SF

ザ・ベスト・オブ・コニー・ウィリス

空襲警報

コニー・ウィリス
大森 望訳

早川書房

7321

THE BEST OF CONNIE WILLIS
by
Connie Willis

Translated by
Nozomi Ohmori
First published 2014 in Japan by
HAYAKAWA PUBLISHING, INC.
This book is published in Japan by
arrangement with
THE LOTTS AGENCY, LTD
through JAPAN UNI AGENCY, INC., TOKYO.

目次

ザ・ベスト・オブ・コニー・ウィリス

『混沌（カオス）ホテル』目次

空襲警報

クリアリー家からの手紙

A Letter from the Clearys

郵便局に、クリアリー家からの手紙があった。ミセス・タルボットの雑誌といっしょに手紙をバックパックにしまうと、わたしは外に出た。ステッチのリードをはずしてやらないと。

ステッチは革ひもの長さぎりぎりまでひっぱって、郵便局の角にすわり、半分窒息しそうなかっこうでコマドリを見つめていた。ステッチはけっして吠えない。相手が小鳥でも、吠えかかったりしない。パパが前脚の傷を縫合したときも、声をあげなかった。玄関ポーチで見つかったときとおなじように、ちょっとふるえながらすわって、パパが前脚を調べているあいだ、じっとおとなしくしていた。最低の番犬だとミセス・タルボットはいうけれど、わたしとしては、ステッチが吠えないでくれるのがうれしい。ラスティときたら、しじゅうわんわん吠えて、きょろきょろしてばかりだったから。

結び目をほどくには、ステッチを角からひきもどして、ぴんと張った革ひもをゆるめてやらなければならなかった。たるみがないと、ほどくどころじゃない。ステッチはくだんのコマドリにずいぶんご執心だったから、これにはけっこうほねがおれた。

「春が来るしるしね、でしょ？」とステッチに声をかけながら、爪でかたい結び目と格闘する。結び目はゆるむ気配もなく、反対に爪が肉のところまで割れてしまった。最高。ほかにも割れかけてる爪があるんじゃないの、とママに責められるに決まってる。

わたしの手は、ほんとにひどいありさまだ。この冬のあいだに、うちのろくでもない薪ストーブのおかげで、両手の甲に百回もやけどしてしまった。手首のすぐ上なんか、何度も何度もおなじところをやけどするものだから、治るひまもない。ストーブが小さいので、長すぎる薪をなんとかつっこもうとするたびに、いつも手のおなじ箇所がストーブの内側にさわってしまう。それもこれも、バカ兄貴のディイヴィッドが、薪をちゃんとした長さに切ってくれないせいだ。何度も何度も、もっと短くしてほしいと頼んでいるのに、わたしのいうことなんかちっともきいてくれない。

薪をあんなに長く切らないようにいってちょうだいとママに頼んだこともあるけれど、無駄だった。ママはディイヴィッドを叱ったためしがない。ママの目から見るかぎり、ディヴィッドがまちがったことをするなんてありえない。二十三歳・既婚というだけの理由で、ママはそう信じこんでいる。

「デイヴィッドはわざとやってるのよ」と、わたしはママにいった。「わたしがやけどして死ねばいいと思ってる」

「パラノイアは、十四歳の女の子の死因ナンバーワンよ」と、そのときママはいった。ママはいつもこういういいかたをする。わたしはそのたびに、殺してやりたいと思うほど腹が立つ。「わざとやってなんかいるもんですか。おまえのストーブの扱いかたが不注意なの。それだけ」

そのくせママは、しじゅうわたしの手を握っては、治る気配もない大きなやけどのあとを、いまにも爆発しそうな時限爆弾を見るみたいな目で見つめる。

「もっと大きなストーブがいるのよ」といって、わたしは手をひっこめた。ほんとに、もっと大きいストーブが必要だ。ガスが来なくなると、パパは暖炉を使うのをやめて、薪ストーブを置くことにした。けれど、大きいストーブだとリビングルームを行き来する邪魔になるとママが文句をいったせいで、ストーブはちっちゃなものになった。ともかく、最初は夜だけしか使わないはずだったのだ。

ストーブを新しいのととりかえてもらえる望みはない。みんな、あのバカみたいな温室にかかりっきりで、ほかのことなんか気にしてない。今年は春がはやくやってきて、わたしの手にも五分五分で治るチャンスができるかもしれない。でも、わたしにだって分別はある。去年の冬、雪は六月半ばまで積もりつづけたし、いまはまだ三月。ステッチの見つけたコマドリも、はやく南に帰らないと、ちっぽけなしっぽを凍りつかせることになるだろう。去年の気候は例外だよとパパはいうけれど、自分でも信じてないに決まってる。ほんとにそう思ってるなら、温室をつくったりしないはずだから。

指の痛みに耐えかねて革ひもを放すと、ステッチは元気のいい男の子みたいにさっきの角に駆けもどっていって、そこにうずくまり、わたしが指をしゃぶるのをやめて結び目をほどくのを待っている。

「そろそろ行かなきゃね」と、わたしはステッチにいいきかせた。「ママに叱られちゃうわ」

雑貨屋に寄って、トマトの種があるかどうか見てくることになっていたけれど、太陽はもうずいぶん西のほうに傾いているし、家まで歩いて帰るには、ゆうに三十分はかかる。暗くなってから家に帰ったりしたら、夕ご飯抜きでベッドに追いやられるに決まってるし、そうなったら手紙を読むこともできない。それに、もしきょう雑貨屋に行けなかったら、あしたまた行かされるはず。そうしたら、あのバカらしい温室の仕事をしないですむ。

あんなもの、爆弾で吹っとばしてやりたい。ときどき、そんな気分になることがある。温室のせいで、どこもかしこもおがくずと泥だらけ。ビニール・シートの切断作業中に、デイヴィッドがビニールの切れっぱしをストーブの上に落としてしまい、それが溶けて、ものすごい悪臭を放っている。でも、わたし以外だれも、このひどいありさまに気づきもしない。今年の夏、自家製のスイカやトウモロコシやトマトが穫れたらどんなにすばらしいだろうという話に夢中なのだ。

　今年の夏が去年の夏とちょっとでもちがう夏になると思う理由が、わたしにはわからない。去年の夏に穫れたのは、レタスとポテトだけだった。レタスはわたしの悲惨な爪とおなじくらいの大きさで、ポテトは石みたいにかたかった。ミセス・タルボットは高度のせいだといったけれど、パパは、気候不順と、とても土とは呼べないパイクス・ピークの花崗岩土壌のせいだと主張して、雑貨屋の裏手にある小さな図書館から、自分でできる温室づくりの本を借りてくると、あの大騒ぎに着手した。そしていまでは、ミセス・タルボットまで、パパのアイデアに夢中になっているというわけ。

　いつだったか、みんなに、「パラノイアは、この高度にいる人間の死因ナンバーワンよ」といってやったことがあるけれど、板を削ったりビニールを張りあわせたりするのに忙しくて、だれもわたしの言葉になんか耳を貸さなかった。

　ステッチが革ひものリードをぐいぐいひっぱって前を歩いていく。ハイウェイに出るがはやいか、わたしはリードをはずした。ラスティとちがって、ステッチはどんどん走っていってしまったりしない。それにどのみち、ステッチを道路から引き離しておくのは無理な相談だ。手綱を握ったままでいようとしたこともあるけれど、そのときは、ステッチにひきずられて道路のまんなかに出てしまい、足跡を残したといってパパにさんざん叱られた。だから、わたしは路肩の凍結したところを歩き、ステッチのほうは気ままに道路をぶらついて、地面の穴をのぞきこんだりしている。ステッチがぐずぐずしてついてこないときは、口笛を吹いて呼んでやると、すぐに走ってくる。

わたしはかなり早足で歩いていた。冷気が肌を刺しはじめているというのに、セーター一枚しか着ていない。丘の頂(いただ)きで立ち止まると、ステッチに向かって口笛を吹いた。あと一マイル。ここからは、パイクス・ピークの頂上が見える。春が来るというパパの説が正しいのかもしれない。山頂にほとんど雪がないし、焼け跡も、去年の秋ほど黒くはなくなっている。ひょっとしたら、また木が生えてきているのかも。

去年のこの時期には、山頂全体が真っ白だった。それを覚えているのは、パパとデイヴィッドとミスター・タルボットが狩りに出かけたあと、毎日毎日雪が降りつづいて、まるまる一カ月近く三人がもどってこなかったからだ。ママは心配で気が狂いそうになっていた。雪が五フィートも積もっているのに、三人がもどってこないかと道路まで毎日見にいくのをやめようとせず、雪男みたいに大きな足跡を残した。ママは毎日、ステッチが暗闇を嫌うのとおなじくらい雪が大嫌いだったラスティを連れて、銃を持って出かけた。あるときママは、枝に足をひっかけて雪の中でころんでしまった。足首を捻挫(ねんざ)して、ようやく家に帰りついたときには、体じゅう凍りついたようにカチカチになっていた。

「パラノイアは母親族の死因ナンバーワンよ」といってやりたかったけれど、そのときミセス・タルボットがしゃしゃりでて、こんどからはあなたがお母さんについていきなさい、だいたい、ひとりでどこかに行くとろくなことはないのよ、と説教を垂れた。つまり、わたしがひとりで郵便局に行くことにあてつけているわけで、自分の面倒くらい自分で見られるわよとわたしがいいかえすと、こんどはママが、タルボットさんに失礼な口をきくんじゃありません、タルボットさんのいうとおりだから、こんどからママといっしょに来なさい、といった。

ママは捻挫が治るのを待たず、足首に包帯を巻くと、翌日にはもう、わたしを連れて出かけていった。道中ひとことも口をきかず、雪の中、黙々と足をひきずって歩いた。道路にたどりつくまで、顔を上げようともしなかった。その日は、ちょっとのあいだだけど雪が止んで、雲は高いところにあったから、パイクス・ピークの山頂が見えた。モノクロームの写真みたいで、ほんとにかっこいいながめだった。灰色の空と黒い木々と白い山。頂上はすっぽり雪におおわれて、有料道路はまるっきり見えなくなっていた。

わたしたちは、クリアリー家の人たちといっしょに、山頂までハイキングに行くことになっていた。

家に帰りつくと、わたしはいった。「おととしの夏、クリアリー家の人たち、けっきょく来なかったね」

ママはミトンをはずしてストーブの前に立ち、凍りついた雪のかたまりをはらいおとした。「もちろん来なかったわよ、リン」とママはいった。

わたしのコートについていた雪が溶けてストーブの上に落ち、じゅっと音をたてた。

「そういうことじゃないの」とわたしはいった。「六月の第一週に来るはずだった。リックが卒業してすぐに。だったら、なにがあったの？　来るのをやめにしただけ？」

「さあね」とママはいって、帽子を脱ぎ、髪をゆすった。前髪がぐっしょり濡れていた。

「たぶん、来ないことにしたっていう手紙をよこしてたのよ」と、ミセス・タルボットが口をはさんだ。「郵便局がその手紙をどこかにやっちゃったんだわ」

「どうでもいいことでしょ」とママ。

「手紙を書くとか、そういうことをしたはずだっていうのね」とわたし。

「きっと郵便局がまちがって、手紙をよその人の私書箱に入れてしまったのよ」と、ミセス・タルボット。

「どうでもいいわ」とママはいって、キッチンのひもにコートを吊るした。

とうとう三人がもどってくると、パパにもクリアリー家のことをたずねてみた。でも、狩りのあいだのできごとを話すのに忙しくて、わたしになんかまるで注意を払ってくれなかった。

ステッチが来ない。また口笛を吹いてから、ステッチを連れに、道路をひきかえす。ステッチはずっと下った丘のふもとにいて、なにかに鼻先を埋めている。

「おいで」と声をかけると、ステッチはこっちを見た。そのとき、いくら呼んでもステッチが来なかったわけがわかった。落ちていた電線にからまっているのだ。革ひもでときどきやるみたいに、電線を足のまわりに巻きつけてしまい、抜け出そうともがくたびに、ますますひどくからまっていく。

ステッチは道路のまんなかにいる。わたしは道路の端に立って、なんとか足跡を残さずにステッチのところまで行く方法はないかと考えた。丘の頂きでは、道路はかちかちに凍りついているけれど、このあたりでは、雪溶け水がいく筋もの大きな流れになって道路を横切っている。ぬかるみに爪先を踏みだしてみると、スニーカーはゆうに半インチも沈みこんでしまった。あわてて足を上げて、爪先のあとを手でならし、手についた泥をジーンズでぬぐった。どうしたらいいんだろう。ママが手のことでがみがみいうのとおなじくらい、パパは足跡のことをうるさくいう。でも、暗くなる前に帰らなかったら、もっと叱られることになる。もう二度と郵便局に行くんじゃないといわれる可能性だってある。

ステッチは、いまにも吠えそうなようすだった。彼にしては前代未聞のこと。首のまわりにも電線が巻きついて、窒息しかけている。

「わかったわ。いま行くからね」できるだけ勢いをつけてジャンプして、雪溶け水の流れに着地すると、水の上をばしゃばしゃ歩いてステッチのそばに行った。途中、何度かふりかえって、水が足跡を押し流してくれているのを確認した。

糸巻きの糸をほどくようにしてステッチを電線から解放してやると、電線を道路の反対側に放り投げた。電線のもう片方の端は、道路脇の電柱からさがっている。こんどステッチがここを通ったら、また彼を縛り首の刑にしてしまいそうだ。

「ばかな犬。さ、急ぐのよ！」急ぎ足で道路をわたると、ずぶずぶのスニーカーで丘を登りはじめた。ステッチは五、六歩走ってきてまた立ち止まり、くんくん木の根元のにおいをかいでいる。「おいでったら！　暗くなるわよ。く・ら・くなるってば！」

それを聞くなり、ステッチは弾丸のように駆け出してわたしの前を通りすぎ、一気に丘の頂上を越えて、中腹まで下っていった。ステッチは暗闇が大の苦手。もちろん、闇をこわがる気持ちが、犬と無縁なのは知っている。でも、ステッチはほんとに闇をこわがる。いつもだったら、「パラノイアは犬の死因ナンバーワンよ」といってやるところだけれど、いまはわたしも、脚が凍りついてしまう前に急いで帰りつきたい。だから、ステッチのあとを追って走りだし、ほとんど同時にふもとにたどりついた。

ステッチはタルボット家の私道でとまった。うちは、ここからほんの二、三百フィート行った、丘の反対側。四方を丘に囲まれた天然の井戸みたいな場所の底に、わが家は建っている。深々と山に埋もれ、隠れているから、知らない人はまず気がつかない。わが家の薪ストーブから立ち昇る煙さえ、タルボット家の丘の頂きにさえぎられて見えない。タルボット家の地所をつっきり、森を抜けて、うちの裏手に出る近道があるけれど、わたしはもう、その道は使っていない。

「闇が来るわよ、ステッチ」ときつい声でいってから、わたしはまた走りだした。ステッチはぴったりあとについてくる。

うちの私道にたどりつくころには、山頂はピンク色に染まっていた。もう何百回目になるだろう、またトウヒの木に小便をひっかけているステッチをひっぱって、土を踏みかためた私道にはいっていった。ほんとに大きな木だ。去年の夏、パパとデイヴィッドがその木を伐り倒し、道路の向こうから倒れてきたように見せかけた。トウヒの木はうちの私道が舗装道路とぶつかる場所をすっぽり隠してくれたけれど、木の幹はささくれだらけで、わたしはいつも、手のおなじ場所をひっかいてしまう。最高。

ステッチもわたしも道路に跡を残していないのを確認してから（ただし、ステッチがいつも残す跡はべつ。犬なら、その跡をたどってたちまちわが家を見つけだすはずだ。ステッチもたぶん、そうやって――つまり、ラスティの残したにおいの跡をたどって――うちのポーチにやってきたのだろう）、すばやく山の陰に身を隠した。暗くなると神経質になるのはステッチだけじゃない。それに、もう脚が痛くなっている。今夜のステッチはほんとにパラノイアだ。家が見えているのに、走りだそうともしない。

デイヴィッドは外にいて、薪の束を運んでいた。ちらっと見ただけで、どの薪も長さがちがっているのがわかる。

「ぎりぎりだったな」とデイヴィッドはいった。「トマトの種はあったか？」

「いいえ。でも、べつのものを持ってきたわ。みんなへのおみやげ」

わたしは、それだけいって中にはいった。パパはリビングルームの床にビニール・シートを広げている。ミセス・タルボットが、シートの反対側の端を持って立っていた。ママは、たたんだままのカードテーブルを抱えて、ふたりが作業を終えるのを待っている。ストーブの前にテーブルをすえて、そこで夕食をとるのがわが家の習慣だ。わたしがはいっていっても、だれひとり顔を上げようともしなかった。わたしはバックパックをおろし、ミセス・タルボットの雑誌と手紙をとりだした。

「郵便局に手紙があったわ」とわたしはいった。「クリアリー家からの手紙よ」

みんなが顔を上げた。

「どこで見つけたんだ？」とパパがいった。

「床の、第三種郵便の山の中。タルボットさんの雑誌をさがしてたら、あったの」

ママはカウチにカードテーブルをたてかけると、腰を下ろした。ミセス・タルボットはぽかんとした顔。

「クリアリー家は、うちのいちばんの友だちでしょ」とわたしはいった。「イリノイ州のクリアリー家の人たちは、おととしの夏、訪ねてくるはずだった。いっしょにパイクス・ピークに登ったりする予定だったわ」

バタンとドアをあけて、デイヴィッドがはいってきた。デイヴィッドは、カウチにすわっているママと、まだビニール・シートを持ったまま、二体の彫像みたいに立ちつくしているパパとミセス・タルボットを見た。

「どうしたんだい？」とデイヴィッドはいった。

「リンが、きょう、クリアリー家からの手紙を見つけたというんだよ」とパパがいった。

デイヴィッドは薪を炉床に投げだした。一本がカーペットを転がって、ママの足元でとまった。デイヴィッドもママも、それを拾い上げようとはしなかった。

「声に出して読もうか？」といって、わたしはミセス・タルボットのほうを見た。まだミセス・タルボットの雑誌を手に持ったまま、封を切って、手紙をとりだした。

「〝親愛なるジャニス、トッド、ご家族のみなさま〟」と、わたしは読みはじめた。「〝栄光の西部はいかが？　そちらでみんなに会うのを楽しみにしていたんだけど、思ったほどはやくは出発できないようです。カーラとデイヴィッドと赤ちゃんは元気ですか？　おちびさんのデイヴィッドに会うのが待ちきれません。もう歩いてる？　ジャニスおばあちゃんはきっと、自慢と喜びで半ズボン（ブリッチ）もはちきれんばかりね。違ったかしら？　西部の人たちは半ズボンをはいてるんでしょ、それとも、もうみんなデザイナージーンズに乗りかえてる？〟」

デイヴィッドは暖炉のわきに立ち、マントルピースに置いた両手の上に頭をのせていた。

「〝手紙を出さなくてごめんなさい。リックの卒業のことでばたばたしてたし、どのみち手紙よりはやくコロラドに着くと思ってたの。でも、いまの情勢だと、計画にはちょっとした修正が加わりそう。リックったら、陸軍に入隊するかたい決意なの。リチャードとわたしは、額（ひたい）に青筋たてて説得しようとしたけど、ますますこじれさせただけだったみたい。せめてコロラド旅行がすむまで入隊を待てばといってるんだけど、リックはそれも聞いてくれなくて。リックがいうには、どうせ旅行のあいだじゅう、わたしたちが口をすっぱくして決心を変えさせようとするに決まってるから、ですって。きっとそのとおりね。わたし、ほんとにリックのことが心配で。軍隊だなんて！　リックは心配しすぎだっていうわ。たぶんそれも、リックのいうとおりでしょうね。でも、もし戦争が起きたら？〟」

ママは身をかがめて、さっきディヴィッドが落とした薪を拾い、それをカウチの自分のわきに置いた。

「〝黄金の西部にお住まいのみなさんにさしつかえがなければ、リックが七月第一週の基礎訓練をすませるまで待ってから、家族そろって出かけようと思うの。それでいいかどうか、返事をください。こんな間際になって計画を変更するのはもうしわけないけど、こんなふうに考えてもらえないかしら。つまり、パイクス・ピークのハイキングに向けて準備する期間がまるまる一カ月増えたって。そちらのみなさんのことはわからないけど、わたしとしては、その時間を有効に使えそうよ〟」

ミセス・タルボットの手からビニール・シートの端がすべり落ちた。こんどはストーブにさわりこそしなかったけれど、すぐそばだったから、ビニールは熱でくるりとめくれあがってしまった。パパはぼんやりつっ立ったまま、それを見ている。自分の持っている端をひっぱろうともしない。

「〝おたくの女の子たちはどうしてる？　うちのソーニャは雑草みたいにたくましく育ってるわ。今年は陸上の大会に出て、メダルと汚れたソックスを山ほど持って帰ってきたのよ。ほんとに、ソーニャのひざを見せてあげたいくらい！　あんまりひどいけがなんで、お医者さんを呼ぶところだった。ソーニャがいうには、ハードルでこすった傷で、コーチは心配ないといってるんですって。でも、わたしは心配したわ、ちょっとだけだけど。とにかく、ほっといて治る傷には見えないのよ。リンやメリッサには、そういう問題はない？

ええ、ええ、そうね。わたしが心配性なだけ。ソーニャは元気よ。リックも元気。七月第一週まで、大事件なんかなにも起きないでしょう。だから、みんなそろってお目にかかれるわ。では、そのときを楽しみに。愛をこめて、クリアリー家一同より。追伸。いままでだれか、パイクス・ピークから転落したことってあるかしら？〟」

だれひとり、口をきかなかった。わたしは手紙をたたんで、封筒にしまった。

「手紙を書けばよかった」とママがいった。「〝いますぐ来なさい〟って連絡すべきだった。

そうしたら、ここに来てたでしょうに」

「そしたら、おれたちはあの日いっしょにパイクス・ピークに登って、すべてがめちゃくちゃになるのを見て、いっしょにめちゃくちゃになってたかもしれない」顔を上げたディヴィッドがいった。デイヴィッドは笑い声をあげ、それから、笑いまじりのかすれた声で、

「来なかったことに感謝すべきだと思うね」

「感謝するですって？」とママがいった。ジーンズのひざに両手をこすりつけながら、「きっと、あの日、カーラがメリッサと赤ん坊を連れてコロラド・スプリングスに行ってたことにも感謝すべきなんでしょうね、おかげで養い口が減ったんだから」

あんまり強くひざをこするものだから、ジーンズに穴があいてしまいそうだった。

「掠奪に来たならず者たちがタルボットさんのご主人を撃ち殺したことにも感謝すべきなんでしょうね」

「いいや」とパパがいった。「だが、あのならず者たちがわれわれ全員を撃ち殺さなかったことには感謝しなきゃいかん。缶詰を持ち去っただけで、種を置いていってくれたことにも感謝しなきゃいかん。火事がここまで広がらなかったことに感謝しなきゃいかん。それに——」

「——まだ郵便が配達されてくることにも？」とデイヴィッドがいった。「それにも感謝すべきなのかい、パパ？」デイヴィッドは家を出て、うしろ手にドアをしめた。

「連絡がなかったときに、電話をかけるかなにかすべきだったわ」とママがいった。

パパはまだ、めくれあがったビニール・シートを見つめていた。わたしは手紙をパパのほうにさしだして、「これ、パパがしまっとく？」とたずねた。

「この手紙は、もう目的をはたしたよ」パパはそういって手紙を引き裂き、ストーブに放りこんで、ガチャンと前扉を閉じた。パパはやけどさえしない。

「温室に来て、手伝っておくれ、リン」とパパはいった。

外は真っ暗で、ほんとに寒くなっていた。濡れたスニーカーがカチカチに凍りつく。パパは懐中電灯をかざし、木の骨組みにビニール・シートを押し当て、ぴんとのばした。わたしは、ビニールを二インチおきにステープルで木のフレームにとめていった。二度に一度は自分の指を刺してしまう。フレーム一本分とめおわると、家にもどってブーツにはきかえてきてもいいかしらとパパにたずねた。

「トマトの種はあったか？」パパは、わたしのいったことが聞こえなかったみたいにたずねた。「それとも、あの手紙をさがすんで、それどころじゃなかったか？」

「さがしてたわけじゃないわ。たまたま見つかったのよ。手紙を持って帰って、クリアリー家の人たちがどうなったのかがわかれば、みんな喜ぶと思ったのよ」

パパはつぎのフレームにビニールをのばした。あんまり強く張るものだから、ビニールに細かいしわが寄っている。「そのことなら、みんなもう知っていたよ」

パパはわたしに懐中電灯をさしだし、かわりにステープルガンをとった。

「パパにいわせたいのか？」とパパはいった。「クリアリー家の人たちがどうなったか、はっきりいってほしいのか？　いいだろう。個人的には、爆弾がシカゴに落ちたとき、一瞬で蒸発してしまったと思いたいな。それならまだしあわせだ。シカゴのまわりには、こみたいな山はない。だから、即死していなければ、火事に巻きこまれるか、放射能のやけどか後遺症で死ぬか、でなければ、ならず者に射殺されたはずだ」

「それとも、自分の家族に」

「それとも、自分の家族に」パパはステープルガンを木に押しあて、トリガーをひいた。

「おとしの夏の出来事については、パパなりの考えがある」パパはガンを下にずらし、またステープルを打ちこんだ。「ロシア人がはじめたとも、合衆国がはじめたとも思わん。どこかの小さなテロリスト・グループか、ひょっとしたらたったひとりの人間がやったんだろう。爆弾を落としたらどうなるか、なんにも考えてなかったんだと思う。世の中のありさまに傷つき、怒り、怯えて、すべてをご破算にしようとしたんだ——爆弾一発で」

パパはフレームのいちばん下までステープルを打ちこんでしまうと、背筋をのばして反対側をとめはじめた。

「この考えをどう思う、リン？」

「いったでしょ。タルボットさんの雑誌をさがしてて、偶然あの手紙を見つけたのよ」

パパはこちらに向きなおり、ステープルガンをわたしにつきつけた。「だが、どんな理由でやったにしろ、この世界全体がぶっこわれて、そいつらの頭の上にもふりかかってきたわけだ。彼らの意図にかかわらず、その結果といっしょに生きていく羽目になった」

「まだ生きていたらね」とわたしはいった。「だれかに撃ち殺されてなかったらね」

「もう、おまえを郵便局に行かせるわけにはいかんな。危険すぎる」

「タルボットさんの雑誌はどうするの？」

「ストーブを見てきてくれ」

わたしは家の中にもどった。デイヴィッドも戻っていて、さっきみたいに暖炉のそばに立ち、壁を見つめていた。カードテーブルはもうストーブの前にすえてあり、暖炉の正面には折り畳み椅子が並んでいた。ミセス・タルボットはキッチンでポテトをきざんでいる。でも、その涙顔からすると、まるでタマネギをきざんでいるみたいだった。

火はほとんど消えかけていた。雑誌のページをちぎってまるめたのをふたつ、ストーブの中に放りこんだ。紙に火が燃えうつり、青と緑の鮮やかな炎が上がる。さらに、松ぼっくりふたつと枯れ枝を何本か、燃えている紙のそばに投げ入れた。松ぼっくりのひとつがわきにころがり、灰に埋もれた。それに手をのばした拍子に、ストーブの前扉にさわってしまった。

またおなじ場所。最高。この水ぶくれで古いかさぶたがはがれて、また最初からやりなおしってわけ。そしてもちろん、ポテトスープの鍋を片手に、ママがすぐわきに立っていた。鍋をストーブの上に置くと、犯罪現場を押さえたとでもいうみたいにわたしの手をつかんだ。ママはなにもいわず、手を握ってつっ立ったまま、目をしばたたいた。

「やけどしたのよ。やけどしただけ」

ママは、なにか移りはしないかと心配しているような手つきで、古いかさぶたの縁におそるおそるさわった。

「やけどだっていってるでしょ！」わたしはそう叫んで、ママの手をふりほどき、ディヴィッドの切ったどうしようもない薪をストーブにつっこんだ。「放射線病じゃないわ。やけどよ」

「お父さんがどこにいるか知らない、リン？」わたしの声が聞こえなかったみたいに、ママはいった。

「裏のポーチ。くだんない温室をいじってるわよ」

「いなくなったの」とママはいった。「ステッチを連れていったわ」

「ステッチを連れてけるわけないじゃない。あの子、暗闇がこわいんだから」ママはなにもいわなかった。「外がどんなに暗いか知ってるの？」

「ええ」ママはそういって、窓辺に歩み寄り、外をながめた。「どんなに暗いか、わかってるわ」

わたしは自分のパーカをフックから下ろすと、戸口へ歩きだした。

デイヴィッドが腕をつかんだ。「いったいどこへ行くつもりだ？」

わたしはその手をふりはらった。「ステッチをさがしにいくの。あの子、暗闇がこわいのよ」

「暗すぎる。道に迷うぞ」

「だからなによ？　ここでうろうろしてるよりよっぽど安全じゃないの」わたしはデイヴィッドの手めがけてドアをたたきつけた。

材木置場までの道を半分来たところで、またデイヴィッドに肩をつかまれた。こんどはさっきとは反対の手で。どっちの手もドアにはさんでやればよかった。

「放してよ。こんな家、出てってやる。だれかべつの人を見つけていっしょに暮らす」

「べつの人なんかいるもんか！　去年の冬、おれたちははるばるサウス・パークまでさがして歩いたんだ。だれひとりいなかった。ならず者たちにさえ出くわさなかった。それに、もしもならず者の胸にとびこんだらどうするつもりだ、タルボットさんを撃ったみたいな？」

「だったらどうだっていうの？　最悪でも、撃たれるだけのことでしょ。それだったらもう経験ずみよ」

「きょうのおまえはどうかしてるぞ、自分でもわかってるだろ？　いきなりはいってきて、あのとち狂った手紙でみんなを無差別銃撃したんだ！」

「無差別銃撃！」あんまり腹が立って、涙が出てきそうだった。「無差別銃撃ね！　去年の夏はどうなのよ？　あのとき無差別銃撃をやったのはだれだったかしらね！」

「おまえには、近道する理由なんかなんにもなかった。二度とあの道を通るなとパパにいわれただろう」

「それがわたしを撃つ理由になるの？　それがラスティを殺した理由なの？」

腕をつかむ力が強すぎて、骨が折れてしまいそうだ。

「ならず者たちは犬を連れていた。タルボットさんの死体のまわりじゅうに犬の足跡があったんだ。おまえがあの近道をもどってきて、ラスティの吠える声がしたとき、おれたちはまたならず者が襲ってきたと思った」デイヴィッドはわたしの顔を見た。「ママのいうとおり、パラノイアは死因ナンバーワンだ。去年の夏は、みんなちょっとおかしくなっていた。たぶん、いまもずっと、ちょっとおかしい状態なんだ。そこへ、おまえがあの手紙を持って帰ってくるようなばかなことをやらかして、みんなに過去のいろんな出来事や、失った人たちみんなのことを思い出させる……」

デイヴィッドはわたしの腕を放し、骨を折りそうなほど強くつかんでいたことにはじめて気づいたような目で、自分の手を見つめた。

「いったでしょ。雑誌をさがしてて見つけたのよ。みんな喜ぶだろうと思ったの」

「ああ。そうだろうよ」

デイヴィッドが家の中にはいったあとも、わたしは長いあいだ外にいて、パパとステッチの帰りを待っていた。ようやく中にはいっても、だれひとり顔を上げようともしなかった。ママはまだ、窓辺に立っていた。ママの頭の上に、星がひとつ見えた。ミセス・タルボットは泣くのをやめて、テーブルに食器を並べていた。ママがスープを皿によそい、みんな席についた。食事をしているあいだに、パパがはいってきた。

ステッチもいっしょだった。それに、まるまるひと山の雑誌も。

「タルボットさん、もうしわけないが」とパパは口を開いた。「さしつかえなければ、この雑誌は軒下に置いておくようにしたい。リンにいって、一度に一冊ずつとってこさせればいい」

「どうでもいいんです」とミセス・タルボットはいった。「もう読む気がしませんから」

パパは雑誌の山をカウチの上に置くと、カードテーブルの前に腰を下ろした。ママがスープを皿によそった。

「種をとってきた」とパパはいった。「トマトの種は水を吸ってだめになってたが、トウモロコシとカボチャの種はだいじょうぶだった」それから、わたしのほうを見て、「郵便局は板張りしてきたよ、リン。わかってくれるな。もうあそこに行かせるわけにはいかん。とにかく危険すぎる」

「いったでしょ」とわたしはいった。「たまたま見つけたのよ。雑誌をさがしてたときに」

「火が消えかけてるぞ」と、パパはいった。

ラスティが撃ち殺されたあと、わたしはまるまる一ヵ月、外出を禁じられた。家に帰ってくるわたしを撃ち殺しやしないかと、みんな怯えていたのだ。近道はやめて、ぐるっと遠回りしてもどってくるからと約束してもだめだった。けれど、ステッチがあらわれたとき、なんにも起きなかったので、また外出してもいいことになった。夏の終わりまで毎日出かけたし、そのあとも、許しが出たときはいつも外出した。クリアリー家からの手紙を見つけるまでに、わたしは郵便物の山ぜんぶを、それぞれ百回は調べなおしていたはずだ。郵便局についてミセス・タルボットのいったことは正しかった。手紙は、よその人の私書箱にはいっていたのだ。

「クリアリー家からの手紙」を書いたのは、ロッキー山脈に位置するウッドランド・パークに住んでいたときのこと。コロラド・スプリングスから山道を登った小さな田舎町で、当時、道路は未舗装だったし、松やポプラ、野の花がふんだんにあり、パイクス・ピークのすばらしい眺めも楽しめた。

そのかわり、この町になかったのが郵便配達で、郵便物を受けとるために、わたしは犬の散歩がてら、郵便局までてくてく歩いていかなければならなかった。と書けば、この小説のアイデアがどこから生まれたかは見当がつくと思う。

もっとも、その郵便局にまつわるいちばんの思い出は、その時点までのわたしの作家人生で最悪の日（その後まで広げても、ワースト2または3にランクされる日）のことだ。当時、雑誌編集部に作品を投稿するには、電子メールではなく郵便を使用した。だから、編集者が不採用票（リジェクション・スリップ）をつけて原稿を返送できるよう、こちらの住所を書いて切手を貼った返信用封筒を同封する必要があった。

郵便局まで何往復もすることになるので、わたしは切手を余分に買って、原稿を送るための封筒と返信用の封筒を同時に二通ずつつくるようにしていた。一通は、いまから原稿を送る雑誌のため、もう一通は、その雑誌で不採用になった原稿を次に送る雑誌のため。

そのころは、リジェクション・スリップ（ふつうは、幅が二センチ半しかない、文字どおりの短冊（スリップ）で、『残念ながら、貴殿の原稿は当社の出版基準を満たしませんでした』という字が印刷してある）を何枚も受けとったけれど、わたしはいつも自分にこういい聞かせて、士気を高く保っていた。この原稿がボツになっても、ガリレオ誌に（またはアシモフズ誌に）送ってある原稿が採用されるチャンスが残ってるわ。

でも、問題のその日、郵便をとりにいくと、待っていたのは返却されてきた原稿ではなく、カウンターまで来るようにという黄色いスリップだった。わーい、おばあちゃんがプレゼントを送ってきてくれたんだ。そう思いながら、わたしはカウンターに歩み寄った。

届いていたのはプレゼントではなかった。小包でさえなかった。それは、わたしの手書きで住所が記された返信用封筒の束だった。その時点であちこちに送ってあった八本の短篇が、ぜんぶボツになって送り返されてきたのだった。まだ採用される可能性はあると自分を慰められる原稿は、オムニ誌にも、F&SF誌にも、ただの一本も残っていなかった。

うーん。長い帰り道を歩きながら、わたしは思った。もしかしたら、運命はわたしになにかを告げようとしているのかも。そのなにかとは、明らかに、もういいかげん莫迦な真似はやめて、作家の道はすっぱりあきらめ、学校の先生にもどりなさい、ということだ。

そうすることを思いとどまらせてくれたのは、すでにつくってあった原稿送付用と返信用の封筒だった。切手代だって莫迦にならない。それを無駄にするくらいなら、最後に一回だけ、残っている原稿をぜんぶ送っても、べつに悪いことはないだろう。

さいわいなことに、そう思って送った原稿のうちの一本——"The Child Who Cries for the Moon"——が、*A Spadeful of Spacetime* というオリジナル・アンソロジーに採用され、そのことに勇気を得たわたしはなおも書きつづけ、とうとうガリレオ誌に原稿が売れ、つづいてアシモフズ誌とオムニ誌とF&SF誌にも売れた。やがて、そうして書いた「クリアリー家からの手紙」と「空襲警報」がネビュラ賞を受賞し、そしてわたしの人生は一変した。

でも、危ないところだった。それに、いまはちょっとした笑い話のように聞こえるとしても、そのときは笑うどころじゃなかった。

だから、もしこれを読んでいる悪戦苦闘中の若い作家志望者がいるとしたら、わたしのアドバイスはこれ、「原稿が何度ボツになっても、どんなに気持ちがくじけても、書きつづけること」。あるいは、わたしの英雄、ウィンストン・チャーチルの言葉を借りれば、「けっして、けっして、けっしてあきらめるな」。

空襲警報

Fire Watch

歴史は時の流れに打ち克ってきた。歴史以外で時の流れに克つものは永遠だけだ。
——サー・ウォルター・ローリー

九月二十日

もちろん、最初に探したのは火災監視（ファイア・ウオッチ）の石碑だった。そしてもちろん、石碑はまだ存在していなかった。石碑の除幕式が開かれ、ウォルター・マシューズ大聖堂首席牧師が挨拶したのは一九五一年のこと。しかし、いまはまだ一九四〇年。それはわかっている。ぼくが火災監視の石碑を見にいったのはついきのうのこと。犯行現場を見ておけば多少は役に立つんじゃないかという見当はずれの考えだった。役に立たなかった。

役に立つものがあるとしたら、〝大空襲下のロンドン〟速習コースと少々の時間だけ。

ぼくにはどちらもなかった。

「時間旅行は、地下鉄に乗るのとはわけが違うんだよ、バーソロミューくん」ダンワージーは、トレードマークの古い眼鏡ごしにこちらを見ながら、目をしばたたいた。「二十日に出発するか、現地実習を中止するか、ふたつにひとつだ」

「でも、準備ができてません。ぼくは四年がかりで準備してきたんですよ、聖パウロと旅をするために。セント・ポール大聖堂に行くためじゃなく。大空襲下のロンドンへ行く準備を二日で済ませろなんて、無理難題にもほどがある」

「いや」とダンワージーはいった。「無理じゃない」これにて対話は終了。

「たったの二日で準備しろってさ！」部屋に帰ったあと、ルームメイトのキヴリンに向かって憤懣をぶちまけた。「それもこれも、どこかのコンピュータがセント・ポールのうしろに's をくっつけたせいだ。でも、ご立派なダンワージー先生は、いくら抗議したって、眉ひとつ動かさない。『時間旅行は、地下鉄に乗るのとはわけが違うんだよ、バーソロミューくん』だって。『準備を済ませたまえ。出発はあさってだ』いやもう、無能もいいところだよ」

「とんでもない」キヴリンはいった。「ダンワージー先生は最高の人材よ。セント・ポール大聖堂に関する本も書いてるし。先生のいうことにちゃんと耳を貸すべきね」

せめてすこしは同情してくれてもよさそうなのに。現地実習の行き先が十五世紀のイングランドから十四世紀のイングランドに変わったときは、キヴリン自身、ヒステリー寸前の状態だった。そもそも、十四世紀にしろ十五世紀にしろ、どうして実習先になる資格があるのか理解できない。伝染病を計算に入れても、危険度ランクはせいぜい5だろう。ロンドン大空襲は8で、セント・ポール大聖堂はうまくすれば10だ。

「もう一度ダンワージーに会えって？」

「ええ」

「で、それから？　二日しかないんだよ。通貨も言語も歴史も、なんにも知らない」

「先生はいい人よ。アドバイスを聞けるうちに聞いておいたほうがいいと思う」さすが、頼り甲斐のあるキヴリンだ。いつも親身になって話を聞いてくれる。

その〝いい人〟のおかげで、ぼくはいま、開け放したままになっている西の大扉を入ってすぐの場所に立ち、わざとそう装うまでもなく田舎者まるだしの茫然とした態度で、存在しない石碑を探している。その〝いい人〟のおかげで、これ以上ないほど準備不足のまま、こうして現地実習にやってきたというわけだ。

教会の内部は闇に包まれて、ほんの一メートルくらい先までしか見通せない。遠くのほうでかすかに光るろうそくの灯と、もう少し手前をこちらのほうへ動いてくる、ぼんやりした白い姿が見えた。聖堂番か、もしかすると大聖堂首席牧師さまかもしれない。首席牧師との面会に備えて用意した、ウェールズで牧師をしている叔父からの紹介状をとりだす。

さらに、尻ポケットにさわって、ボドレアン図書館から失敬してきた『オックスフォード英語辞典改訂版・歴史的補遺付』のマイクロフィッシュがちゃんと入っていることをたしかめた。会話の最中に辞書を引くわけにはいかないが、うまくすれば、最初の会話のときはわからない言葉がでてきても前後関係から見当をつけて適当にごまかし、あとで調べられるだろう。

「えいあるぴいの人？」と男がたずねてきた。見たところ、ぼくと同年輩で、身長は頭ひとつ低く、ずっと痩せている。ほとんど修道僧のような外見。どことなくキヴリンに似ている。白い服を着ているわけではなく、なにか白いものを胸に抱きしめていた。こんな状況でなければ、枕だと思うところだ。こんな状況でなければ、なにを訊かれているのか理解できたはずだ。しかし、頭にインプラントした地中海以南のラテン語やユダヤ律法の知識を、コックニー訛(なま)りや空襲時の対応に関する知識と入れ替える時間がなかった。

与えられた時間はたったの二日間。そして、ご立派なダンワージー先生は、もっぱら史学生の崇高な任務について語りたがり、えいあるぴいのなんたるかを教えてくれなかった。

「どうなんだ？」男はもう一度たずねた。

やっぱり尻ポケットのOEDをとりだそうかとしばし思案した。ぼくはウェールズから来たことになっている。ウェールズが外国だという前提に立てば、辞書を引いても不自然じゃない。とはいえ、一九四〇年にマイクロフィッシュがあるとは思えない。えいあるぴい。なんのことであってもおかしくない。火災監視の通称だという可能性もある。その場合は、とっさにノーと答えるのは危険だ。「いいえ」とぼくは答えた。

男はだしぬけにこっちへ飛び出してきて、ぼくの横をすりぬけると、開いた大扉から外を見わたした。

「くそっ」と毒づきながらもどってきて、「じゃあ、いったいどこにいるんだ？　のろくさいブルジョアのタルトどもは！」前後関係で判断するという作戦もこれまでか。

彼はじろじろぼくを見まわした。えいあるぴいの人間なのに、そうじゃないふりをしているのではと疑っているような視線。しばらくしてようやく、「いま、大聖堂は閉めてる」

ぼくは封筒を差し出した。「バーソロミューという者です。マシューズ首席牧師はいらっしゃいますか？」

男は、〝のろくさいブルジョアのタルトども〟が現れたら、胸に抱えた白い包みでただちに攻撃しようと思っているみたいに、もうしばらく外を眺めていたが、やがてこちらを向くと、観光ガイドのような口調で、「こちらへどうぞ」といって、暗がりの奥へと歩き出した。

彼はぼくを右手のほうへ導き、身廊の南通路を歩いてゆく。大聖堂の見取り図を頭に入れていてよかった。でなければ、意味不明の言葉をわめく聖堂番に連れられて暗闇の中に足を踏み入れた瞬間、自分の置かれた状況を不気味に象徴するこの場面に怖じ気づいて、すぐさま西の大扉から飛び出し、セント・ジョンズ・ウッドに引き返していたことだろう。居場所がわかることで、多少は安心できた。いまは、見取り図のナンバー26、ウィリアム・ホルマン・ハント作『世の光』——ランタンを持つキリストの絵——の前を歩いているはずだが、暗くて見えない。絵の中のランタンがここにあれば役に立つのに。

彼はぼくの前でだしぬけに立ち止まり、またわめいた。

「なにもサヴォイ・ホテルを要求してるわけじゃない。簡易寝台をいくつか要求しただけだ。ネルソンだって、いまのおれたちよりはましだ——すくなくとも、ネルソンには枕が支給されてる」闇の中、白い包みをたいまつのようにふりかざす。やっぱり枕だった。「頼んで二週間もたつのに、まだみんな、トラファルガーで戦死した将軍たちの上で眠ってる。あの女どもと来たら、ヴィクトリアでトミー連中に紅茶とマフィンをふるまうのに夢中で、おれたちのことなんか気にもかけてない！」

怒りにまかせた独白に、べつだん返事は期待されていないらしいので助かった。なにしろ、キーワードの意味が、三つにひとつくらいしかわからない。男はどんどん歩きつづけ、祭壇に灯るろうそくの弱々しい光が届かない闇の中に姿を消すと、黒い穴の前でまた立ち止まった。ナンバー25、昇り階段——囁きの回廊、ドーム天井、図書室（非公開）へ。その階段を上がって、廊下を進み、中世風の扉の前でまた立ち止まり、ノックした。

「じゃ、これで。おれは下で待ってなきゃいけないんだ。だれもいないと、寝台が寺院（アビー）（ウェストミンスター寺院）に回されかねないからな。首席牧師にもう一回向こうに電話してほしいと伝えてくれ」そういうと、枕を楯のように抱えたまま、石段を降りていった。

さっき一度、彼がノックしているが、どっしりしたオーク材の扉は、すくなくとも三十センチの厚さがありそうだ。首席牧師さまには聞こえなかったにちがいない。自分でもう一度ノックしなければ……。言うは易く、行うは難し。ピンポイント爆弾で大聖堂を爆破した、あのテロリストだってそうだ。すべてが一瞬で終わり、なにも感じないとわかっていてさえ、「いまだ！」と決心するのは楽じゃない。だからぼくは、扉の前に立ちつくしたまま、史学部とダンワージー先生と誤ちを犯したコンピュータを呪った。そのコンピュータのおかげで、およそ頼りにならない架空の叔父からの架空の手紙一通を頼りに、この黒い扉の前に立つ羽目になったのだから。

今回は、いつも頼りになるボドレアン図書館にさえ裏切られた。ベイリアルとメイン・ターミナルの双方から注文した大量の資料は、いまごろきっと、一世紀彼方にあるぼくの部屋に山積みになっていることだろう。そして、すでに実習を済ませたキヴリンは、現地調査の先輩として山ほどアドバイスすることがあるはずなのに、こっちから助けを求めるまで、聖者のように押し黙って部屋の中を歩きまわっていた。

「ダンワージー先生に会いにいった？」とキヴリンはたずねた。

「ああ。どんな貴重な情報をくれたと思う？　『沈黙と謙虚さは史学生の気高い責務』だってさ。セント・ポール大聖堂が好きになるだろうともいわれたよ。恩師からの珠玉の助言。あいにく、ぼくに必要な情報は、爆弾が落ちる時刻と場所なんだけどね。それがわかれば、頭の上に落ちてくる前に逃げられる」ベッドにごろりと横になって、「なにかアドバイスは？」

「記憶検索は得意なほう？」

ぼくは体を起こした。「かなりね。吸収したほうがいいと思う？」

「その時間はないでしょ。できるだけたくさん、長期記憶に直接入れておくべきね」

「エンドルフィンを使えと？」

記憶補助薬を使って情報を長期記憶に蓄えた場合の最大の問題は、情報が短期記憶に一マイクロ秒も残らないため、気分的におちつかないばかりか、記憶の検索プロセスがややこしくなることだ。自分が見たことも聞いたこともないとはっきりわかっている事実をとつぜん思い出すと、いちばん不安をともなうタイプの既視感が生じる。しかし、そういう不気味な感覚以上に問題なのが、記憶の検索だ。脳がどうやって望みの情報を記憶貯蔵庫からとりだすのか、正確なことはわかっていないが、短期記憶が関係しているのはまちがいない。情報が短期記憶の中で費やす短い時間は、たとえそれがほんの一瞬であっても、もうちょっとで思い出せそうという感覚をもたらすだけじゃなく、なにかに役立っているらしい。記憶を分類整理する複雑なプロセスはどうやら主に短期記憶が担っているようで、短期記憶がない場合には、情報をそこに移す記憶補助薬または合成エンドルフィンの力を借りないかぎり、情報が引き出せない。ぼくもむかしは試験対策によくエンドルフィンを使っていた。そのころ検索に困難を感じたことは一度もなかったし、出発日時が間近に迫っていることを考えると、必要な情報のすべてを頭に入れるにはそれしかなさそうだ。でも、それは同時に、知る必要のある情報をまるで知らないまま——しかも、頭にたくわえた情報を忘れてしまうほど長く——過ごすことを意味している。情報を引き出すことができた場合、そのときはじめて、ぼくはその情報を知る。そのときまでは、まったくの無知。心の片隅にある蜘蛛の巣だらけの倉庫にその情報が貯蔵されていることさえわからない。

「補助物質がなくても記憶を引き出せる？」キヴリンは懐疑的な表情でいった。

「いやでもそうするしかないだろうね」

「ストレスにさらされた状態でも？　睡眠不足でも？　エンドルフィン・レベルが低い状態でも？」

キヴリンの現地実習はいったいどんなものだったんだろう。当人はそれについてひとことも口にしないし、学部生は質問してはいけないことになっている。中世にもストレス要因があったとか？　中世の人間はみんな、ぐっすり眠ってたんだと思っていたのに。

「そう祈ってる。とにかく、役に立つと思うアイデアがあったら、なんでも試してみるよ」

キヴリンは殉教者めいた表情でこちらを見つめて、「役に立つものなんてなにもない」

ありがとう、ベイリアルの聖キヴリン。

でも、とにかくやってみた。そうしているほうが、ダンワージーの部屋に座って、時代考証的に正しく誂えられた古風な眼鏡ごしに目をしばたたかれ、きみはセント・ポール大聖堂が好きになるだろうといわれているよりはましだった。ボドレアン図書館にリクエストした資料が届かないので、クレジットカードの負担をかえりみず、ブラックウェル書店で大量に学習テープを買い込んだ。第二次世界大戦、ケルト文学、大量運輸の歴史、観光ガイドなど、思いつくものはぜんぶ。そして高速レコーダーをレンタルし、脳に知識を注入した。

終わったときは、なにも覚えた気がしないことで不安になり、地下鉄でロンドンへ向かい、ラドゲート・ヒルの坂を登ってセント・ポール大聖堂へ赴くと、火災監視の石碑を見て、記憶が甦るかどうかたしかめた。甦らなかった。

「エンドルフィン・レベルがまだ正常値にもどってないせいだ」そうひとりごちて、緊張をほぐそうとしたが、現地実習が目前に迫っているとあっては、気分をリラックスさせるなんてとても無理だった。それに、向こうへ行ったら、飛んでくるのは本物の銃弾だ。史学生の実習だからといって、殺されないとはかぎらない。ロンドンからの帰り道、地下鉄の中で歴史の本を開き、夜通しずっと読みつづけて、けさ、迎えにやってきたダンワージーの部下にセント・ジョンズ・ウッドへと連行された。

それから、ＯＥＤのマイクロフィッシュを尻ポケットに突っこんで出発した。持って生まれた機知でなんとか切り抜けるしかないだろうなと思いながらも、一九四〇年に行ってから記憶補助薬が入手できることを祈っていた。到着初日ぐらいは無事に切り抜けられるだろうという予想だったのに、時代人が話しかけてきたほとんど最初の言葉でいきなりつまずいてしまうとは。

まあ、まったく失敗というわけじゃない。短期記憶にはなにも入れるなというキヴリンのアドバイスに反して、大英帝国の通貨と、地下鉄の路線図と、オックスフォード大学発行のロンドン地図は頭に入れた。そのおかげでここまでやってこられた。首席牧師との面会だって、きっとうまくやれる。

ノックする勇気をようやく奮い起こしたちょうどそのとき、マシューズ首席牧師が扉を開けたので、ピンポイント爆弾の場合とおなじく、あっという間に、苦痛を感じることもなく、すべてが終わった。手紙をさしだすと、首席牧師はぼくの手を握り、「またひとり仲間が増えてうれしいよ、バーソロミュー」というような、ちゃんと意味がわかる言葉をかけてくれた。首席牧師は、神経が張りつめ、疲れたようすだった。大空襲ははじまったばかりで、まだまだ先は長いんですよと教えたりしたら、倒れてしまいそうだ。いやいや、わかってますとも。しっかり口を閉じておくこと。気高い沈黙がうんぬんかんぬん。

「ラングビーに案内させよう」枕を抱えた聖堂番のことだろうと思ったが、そのとおりだった。首席牧師に先導されて降りていくと、階段の下でラングビーが出迎えた。ちょっと息を切らしているが、うれしそうな表情。

「簡易寝台が届きました」とマシューズ首席牧師に向かっていう。「ほんとなら恩に着るとこですけどね。向こうの女たちはみんなハイヒール履いて、偉そうにしてて。『おかげでお茶の時間がなくなったじゃないの』とかほざくもんだから、『そりゃよかった。十キロばかり体重減らしたほうがよさそうな子もいるじゃないか』っていってやったんです」

マシューズ首席牧師でさえ、ラングビーの言葉を完全に理解したわけではなさそうだった。「寝台は地下聖堂に入れたかね？」とたずねてから、ぼくを紹介した。「バーソロミューくんは、ウェールズから着いたばかりだ。ボランティアに来てくれた」

火災監視員ではなく、ボランティア。

ラングビーが大聖堂を案内してくれた。全体に薄暗いなか、おぼろげなあれこれを指さして説明し、それから階段を降りて、地下聖堂の墓石のあいだに設置されたキャンバス張りの折り畳みベッド十台をたしかめ、その途中でネルソン卿の黒大理石の石棺も見せてくれた。ラングビーいわく、きょうは初日だから見張りはしなくていい。そのかわり早く寝たほうがいい、空襲下では睡眠がいちばん貴重だから。それはそうだろう。ラングビーはあいかわらず、例の枕を恋人のように胸に抱きしめている。

「空襲警報のサイレンはここからでも聞こえる？」とたずねた。ラングビーはあの枕の下に頭を突っこむんだろうか。

ラングビーは低い石の天井を見まわしながら、「聞こえる人間もいれば、聞こえない人間もいる。ブリントンは麦芽粉乳（ホーリックス）を飲まないと眠れない。ベンス－ジョーンズは天井が落ちてきても目を覚まさない。おれは枕がないとだめ。だいじなのは、なにがあろうと八時間は眠ること。そうしないと、歩く死人になっちまう。そして、命を落とす」

元気が出るそのアドバイスを残して、ラングビーは今夜の見張りに出かけた。寝台のひとつに例の枕を置き、だれにもさわらせるなとぼくに厳命した。かくしてぼくはひとりベッドに腰を下ろし、初体験の空襲警報が鳴るのを待ちながら、歩く死人だか歩かない死人だかにならないうちに、いままでのことをこうして書きとめようとしている。

持ち込んだOEDを使って、ラングビーの言葉を多少解読した。まあまあの成功率。〝タルト〟とは、ペストリーもしくは売春婦のこと（たぶん後者だろう。もっとも、枕についてはまちがっていたが）。ブルジョアは、中流階級のあらゆる欠点に応用できる単語だ。

〝トミー〟は兵士を意味する。〝えいあるぴい〟は、どんな綴りでも見つからず、あきらめかけたとき、戦時中に頭文字語や略語が使われたという記憶が長期記憶からふっと浮かび上がり（聖キヴリンに祝福あれ）、きっと略語にちがいないと思い当たった。ＡＲＰ。防空監視団（エアレイド・プレコーション）。そうとも。あんな最低のベッドをよこすところはほかにない。

九月二十一日

着いた当初のショック状態から回復すると、この三カ月あまりの実習期間中になすべき課題を史学部から指示されていないことに気がついた。この日記帳と、叔父からの手紙と、戦前の紙幣で十ポンドを渡され、過去へ送りこまれたのだ。この十ポンドで（列車と地下鉄の切符代を払ったから、もうそれより減っている）、十二月末までの生活費と、叔父が急病だからウェールズに帰ってこいという第二の手紙が届いてセント・ジョンズ・ウッドにもどるときの旅費はまかなえるはずだ。そのときまで、ぼくはこの地下聖堂で、棺の中のネルソンとともに暮らすことになる。ラングビーの話によると、ネルソンの遺体はアルコール漬けになっているそうだが、直撃弾を食らったら、たいまつみたいに燃え上がるんだろうか。それとも、腐敗した液体が地下聖堂の床に流れ出すだけ？　食事はガスこんろで調理され、ひどいお茶や、形容しがたい燻製ニシン（キッパー）が出る。この贅沢な暮らしの代償として、ぼくはセント・ポール大聖堂の屋根に立ち、焼夷弾（しょういだん）の火を消す。

加えて、この現地実習の課題を——それがなんだとしても——達成しなければならない。いまのところ、ぼくにとって重要な課題はただひとつ、叔父からの第二の手紙が届くまで生き延びて、無事に帰ること。

　いまは、ラングビーが〝ロープのコツ〟を教えてくれる時間ができるまで、不要不急のどうでもいい仕事をしている。悪臭を放つ小魚を炒めたフライパンを洗い、木の折り畳み椅子を地下聖堂の祭壇側の壁際に（立てておくと夜中に爆撃のような轟音とともに倒れることがあるので）寝かせたまま積み上げ、睡眠をとろうとした。

　どうやらぼくは、空襲の最中でも平気で眠れる幸運なタイプではなかったらしい。夜の大部分を、セント・ポール大聖堂の危険度はどのくらいだろうと考えてすごした。実習には、最低でも6以上が必要だ。ゆうべは、地下聖堂が爆心地で、この実習の危険度は10だ、デンヴァーでの実習を志願したほうがましだったと確信した。

　いままでのところ、いちばん興味をひかれた出来事は、猫を目撃したことだ。思わず目を奪われたが、他人にさとられないように注意した。ここでは、猫はありふれた存在らしい。

九月二十二日
　まだ地下聖堂。ラングビーは定期的に、いろいろな政府機関（すべて略称）の悪態をつきながら駆け込んできては、そのうち屋根に上がらせてやるからと約束して、また飛び出していく。ぼくはといえば、ひまつぶしの仕事もなくなってしまい、手押しポンプの使いかたを独学で覚えた。ぼくの記憶検索能力に関するキヴリンの心配は取り越し苦労だった。これまでのところ、なんの問題もない。それどころか、消火活動に関する情報を記憶から呼び出し、手押しポンプの使いかたを含むすべてのマニュアルを写真つきで思い出した。もしも燻製ニシンを調理する火がネルソン卿に燃えうつるようなことがあれば、ぼくは英雄になれる。

昨夜は大騒ぎだった。宵のうちにサイレンが鳴り、シティのオフィス・ビルで働いている掃除婦たちが地下聖堂に避難してきた。そのうちのひとりが空襲警報のサイレンみたいな叫び声をあげたので、ぐっすり眠っていたぼくも目が覚めた。ネズミが出たらしい。みんなで墓石やベッドの下を長靴でたたいてまわり、ネズミはもういないと納得させてやらなければならなかった。史学部が想定していた課題はきっとこれだ——害獣駆除。

九月二十四日

ラングビーに連れられて見まわりにいった。聖歌隊席に入ると、ゴム長靴と金属ヘルメットをあてがわれ、手押しポンプの使いかたを一からレクチャーされた。ラングビーによると、アレン隊長がぼくらのために消防士用の石綿入り防火服を調達してくれるそうだが、まだ届かないので、自前のウールのコートとマフラーが頼り。まだ九月なのに、屋根の上はとても寒い。十一月並みの気温だし、夜明け前の風景も荒涼としてわびしく、いかにも十一月っぽい。ドームに上がって屋根の上に出ると、平らだと思っていた屋根は、大小の尖塔や雨樋(あまどい)や彫像があちこちにでっぱっていた。まるで、手の届かない場所に焼夷弾がひっかかりやすくするため、わざとそう設計したみたいだ。

焼夷弾が屋根を燃やして大聖堂が火事になる前に、砂をかけて消す方法を教わった。西の塔やドームのてっぺんに上がるときのために、ドームの基部に積んであるロープの使いかたを習う。中にもどり、囁きの回廊に向かった。

巡回のあいだじゅう、ラングビーはたえまなくしゃべりつづけた。実用的な指示もあれば、大聖堂の歴史に関する蘊蓄(うんちく)もあった。囁きの回廊に上がる前に、ラングビーはぼくを南の扉のところへ導き、ロンドン大火の直後の逸話を披露した。いわく、そのとき、クリストファー・レンは、まだくすぶっている大聖堂の焼け跡に立ち、職人に命じて墓地から石を運んでこさせて、親石のしるしにした。その石にはラテン語で〝われはよみがえる〟と書いてあり、この偶然に感銘を受けたレンは、南の扉の上にその語句を刻ませた。史学部の一年生ならだれでも知っている話なのに、しゃべり終えたラングビーは得意満面。しかし、この話が胸を打つのも、火災監視の石碑のインパクトあればこそで、そうでなければただのいい話だろう。

ラングビーはぼくをせきたてて階段を上がり、囁きの回廊をとりまくせまいバルコニーに出た。すでにバルコニーを半周して向かい側に立ち、ここの広さや音響効果を大声で説明している。それから、うしろの壁のほうを向いて、静かにいった。「この囁き声がちゃんと聞こえるだろ。ドームのかたちのせいで、音波が増幅されるんだ。空襲のときにここにいると、ドームが割れたかと思うような音がする。ドームのさしわたしは三十メートル。回廊の高さは二十四メートルだ」

見下ろすと、視界から手すりが消え、白と黒の大理石の床が目の回る速度で迫ってくる。眼前にあるものにしがみつき、膝をついたが、めまいがして胸が苦しい。すでに太陽が昇り、大聖堂全体が金色に染まっているように見えた。彫刻をほどこした木製の聖歌隊席も、白い石柱も、オルガンの鉛色のパイプも、なにもかも金、金色だ。

ラングビーがやってきて、ぼくを引き起こそうとしている。

「バーソロミュー」という叫び声。「どうしたんだ？　しっかりしろ」

手を離したら、大聖堂と過去すべてが頭上に崩れ落ちてくる。史学生のぼくとしては、そんな事態を引き起こすわけにいかない。そう説明しなきゃいけないのはわかっていた。なにか口にしたが、いうつもりだったこととは違ったらしく、ラングビーは握る手に力を込めただけだった。彼はぼくを手すりから無理やり引きはがして階段のほうへ投げ出した。段の上に力なくくずおれたぼくから一歩下がり、黙って見ている。

「いったいどうしちゃったんだろう」とぼく。「高所恐怖症の気なんかなかったのに」

「震えてるぞ」とラングビーが鋭くいった。「横になったほうがいい」ラングビーはぼくを地下聖堂に連れていった。

九月二十五日
記憶検索。防空監視(ARP)マニュアル。爆撃被害者の症状。第一段階——ショック。麻痺。負傷に無自覚。本人にしか意味の通じない言葉。第二段階——震え。吐きけ。負傷や損失を実感。現実感覚がもどる。第三段階——コントロール不能の多弁。救護者に、ショック反応を説明したいという欲求。

ラングビーはもちろんこれらの症状に気づいたはずだが、爆弾など落ちなかったという事実をどう解釈するだろう。自分のショック反応について、自分でもろくに説明できない。史学生の気高い沈黙の義務に阻まれているからというだけではない。

ラングビーはなにもいわず、それどころか、あしたの晩の第一当直につけと、なにごともなかったかのように指示したし、だれよりも気楽そうに見えた。これまでに会った人間はみんなびくびくしていたが(短期記憶に入っている数少ない知識のひとつによれば、空襲下でもロンドン市民はみんな落ち着きはらっていたはずなのに)、ここに来て以来、大聖堂の近くに爆撃機が襲来したことは一度もない。敵機は主に、イースト・エンドや埠頭方面を標的にしている。

今夜、不発弾に関する照会があった。首席牧師の態度と、大聖堂が一般公開を中止していることについてずっと考えている。ロンドン大空襲のあいだ、セント・ポール大聖堂はずっと公開されていたという話をたしかに読んだ気がするのに。機会がありしだい、九月の出来事を記憶検索してみよう。その他の情報に関しては、この実習の課題が（もしあるとすれば）わかるまで、正しい知識を引き出すべくもない。

航時史学生（ヒストリアン）のためのガイドラインはないし、制限もない。相手に信じてもらえると思うなら、自分は未来人だとだれかれかまわず吹聴してまわってもかまわない。ドイツに行けるのなら、ヒトラーを殺すこともできる。いや、ほんとうに可能だろうか。タイム・パラドックスについては史学部でさんざん議論されているが、現地実習を終えた大学院生はなにもしゃべらない。過去は改変不能の強固なものなのか、それとも毎日生まれる新しい過去を時間旅行者がつくりだしているのか。後者の場合、ぼくらの行動の結果は——もし結果があるとしたら——どういうものなのか。それがわからないかぎり、どんな行動にも踏み切れない。世界を破滅させないことを祈りつつ、果敢に干渉しなければならないのか、それとも過去にはいっさい干渉してはならず、未来を変えないために必要とあらば、大聖堂が焼け落ちるのも拱手傍観（きょうしゅぼうかん）していなければならないのか。

深夜の研究授業にはうってつけのテーマだが、いまここでは問題にならない。ぼくはヒトラーを殺せないのと同様、セント・ポール大聖堂が焼け落ちるのを座視できない。いや、このいいかたは正しくない。きのう、囁きの回廊にいたとき、そのことに気づいた。ヒトラーがセント・ポール大聖堂に放火する現場を見つけたら、ぼくはきっとヒトラーを殺すだろう。

九月二十六日

きょう、若い女性と出会った。マシューズ首席牧師が大聖堂の一般公開を決めたので、火災監視員が見張りに立っているあいだに、掃除婦や一般の人々がまた入ってくるようになった。その女性は、どことなくキヴリンに似ていた。もっとも、キヴリンのほうがずっと長身だし、あんなふうに髪をちりちりにしてもいない。彼女はさっきまで泣いていたような顔だった。キヴリンも、現地実習から帰ってきて以来、よくそんな表情をしている。中世はキヴリンにとって荷が重すぎた。どんなふうに対処したんだろう。きっと、土地の司祭に不安を打ち明けたにちがいない。キヴリンのそっくりさんが同じことをするつもりじゃないことを心から祈った。

「なにかご用ですか?」いいえという返事を期待しつつそうたずねた。「ぼくはボランティアです」

彼女は悩みごとがありそうな顔だった。「お給料、もらってないの?」赤くなった鼻をハンカチで拭いながら、「セント・ポール大聖堂や火災監視のことを新聞で読んで、もしかしたら仕事の口があるんじゃないかと思って。ほら、給食所とかで。お給料をもらえる仕事が」緑の赤い目に涙が溜まっている。

「あいにく、給食施設はないんです」キヴリンが相手だといつも自分がつい短気を起こすのを思い出し、できるだけ親切にいった。「それに、ほんとは避難所でもなくて。火災監視員の何人かは地下聖堂で寝るけど。でも、隊員はみんなボランティアなんです」

「じゃあ、だめね」女はハンカチで目をこすり、「大聖堂は好きだけど、ボランティアの仕事は無理。田舎からもどってきた弟のトムがいるし」どうも、事情がよくわからない。苦しんでいるようだけれど、口調は明るいし、泣き出すようすもない。「ちゃんとした寝場所を見つけなきゃいけないの。トムといっしょだから、地下鉄で寝ているわけにもいかなくて」

ぞっとする感覚にとつぜん襲われた。意図せざる記憶検索がときおり引き起こす鋭い痛み。

「地下鉄?」記憶を探りながら訊き返した。

「ふだんはマーブル・アーチ駅。弟のトムが早めに行って場所をとっといてくれるから、あたしはあとから……」言葉を切り、ハンカチを鼻にあててくしゃみをした。「ごめんなさい。ああ、もう、ひどい風邪!」

赤い鼻、涙ぐんだ目、くしゃみ。呼吸器の感染症だ。泣かないでと声をかけなくてよかった。これまで致命的な失敗をせずに済んでいるのは運がよかっただけ。長期記憶を検索できないせいじゃない。必要な情報の半分は、そもそも保存されてさえいない——猫、風邪、昼の光のもとで見る大聖堂の姿。当然知っているはずのことを知らないせいでボロを出すのは時間の問題だ。それでもやっぱり、今夜の当直が終わったら記憶検索を試してみよう。少なくとも、災難に見舞われるかどうか、見舞われるとしたらそれがいつなのかぐらいはわかるだろう。

例の猫をあれから二度見かけた。体は真っ黒で、のどの部分だけが白いから、灯火管制のために黒く塗ったみたいに見える。

九月二十七日

いま、屋根から降りてきたところ。体の震えがまだ止まらない。

はじめのうち、爆撃はイースト・エンドに集中していた。信じられない眺めだった。夜空のあちこちにサーチライトが交差し、火事の炎がテムズ川に照り映えて雲をピンク色に染め、炸裂する砲弾が花火のような閃光を発する。耳を襲する雷のような音がたえまなく響くなか、はるか頭上を飛ぶ爆撃機のうなりがときおり混じり、高射砲の吃音（きつおん）がそれにつづく。

真夜中ごろ、爆弾がすぐ近くに落ちはじめ、列車に轢（ひ）かれたかと思うようなすさまじい音が響きわたった。なけなしの勇気もその音に打ち砕かれ、思わず屋根に身を伏せてしまいたくなったが、ラングビーは見張りをつづけている。囁きの回廊での醜態をくりかえして、彼に優越感を与えるのはまっぴらだ。

ぼくは昂然と頭を上げて砂のバケツをしっかり握りつづけ、そういう自分を誇りに思った。

午前三時を過ぎたころ、爆撃の咆哮がやみ、三十分ほど間が空いた。それから、屋根にあられが降るようなパラパラパラパラという音が鳴り響いた。ラングビー以外の全員がシャベルと手押しポンプに飛びついた。ラングビーはぼくを見ていた。そしてぼくは、焼夷弾を見ていた。

焼夷弾が落ちたのは、時計塔のうしろ、ぼくが立っている場所からわずか二、三メートルのところだった。思ったよりずっと小さく、長さが三十センチくらいしかない。激しく火花を散らし、緑がかった白の炎をこちらに届きそうなほど長く噴き出している。いまにも灼熱の溶けた塊となって煮えたぎり、屋根を貫くだろう。炎と、消防士の怒号、数キロメートルにわたって広がる白い瓦礫の山。なにも、なにひとつ残らない。火災監視の石碑さえも。

囁きの回廊の再演だ。自分がなにか口走った気がして、ラングビーの顔を見ると、歪んだ笑みを浮かべていた。

「大聖堂が焼け落ちる」とぼくはいった。「なにも残らない」

「ああ」とラングビー。「それが目的なんだろ？　セント・ポール大聖堂を焼くことが。それが計画じゃないのか？」

「計画って、だれの？」莫迦みたいに訊き返した。

「ヒトラーに決まってるだろ。ほかにだれがいる？」それから、ラングビーはほとんど無造作に手押しポンプをとった。ARPマニュアルのページがとつぜん頭の中に閃く。まだ火花を吐き出している焼夷弾のまわりにバケツの砂を撒き、べつのバケツをとってその上にまた中身をぶちまけた。黒い煙がもくもくと立ち昇り、シャベルを探すのにも苦労した。くすぶりつづける焼夷弾をシャベルの先で探り、それをすくって空バケツの中に放り込むと、その上に砂をかけた。いがらっぽい煙のせいで涙がだらだらと頬に流れる。横を向いてその涙を袖で拭ったとき、ラングビーが見えた。

彼は手を貸そうとするそぶりも見せない。にっこり笑って、「じっさい、計画としては悪くない。だが、もちろん、そうはさせない。そのためにおれたち火災監視がいるんだからな。大聖堂が燃えるのを止めるために。そうだろ、バーソロミュー？」

この現地実習の課題が、いまわかった。セント・ポール大聖堂を焼失させようとするラングビーを止めることだ。

九月二十八日

ゆうべはラングビーのことを誤解していた、言葉の意味をとりちがえていたんだと自分にいい聞かせた。ナチのスパイでもないかぎり、大聖堂を焼こうとするはずがない。ナチのスパイがどうやって火災監視員になれる？　が、そのとき、自分が持ってきた偽の紹介状のことを思い出し、ぶるっと身震いした。

たしかめるには、どうすればいい？　祖国に忠誠な一九四〇年のイギリス人だけが知っている決定的な事実を使ってテストするとしたら、化けの皮がはがれるのはぼくのほうだ。記憶検索がちゃんと機能するようにしなければ。

それまでは、ラングビーから目を離さないようにしよう。すくなくとも当面は、むずかしいことじゃない。ラングビーが、今後二週間分の当直予定表を貼り出したばかりだ。みんな、だれかと組んで見張りに立つ。

九月三十日

今月なにがあったか、やっとわかった。ラングビーが教えてくれた。

昨夜、聖歌隊席で、コートや長靴を身に着けているとき、ラングビーがいった。「まあ、今度がはじめてってわけじゃないしな」

なんの話かさっぱりわからなかった。到着初日に、えいあるぴいの人かと訊かれたときと同じくらい五里霧中。

「大聖堂を破壊する計画だよ。前にも一度やろうとしたんだ。九月十日に。高性能爆弾で。そりゃ知らないか。ウェールズにいたんだもんな」

ろくすっぽ聞いていなかった。ラングビーが「高性能爆弾」と口にした瞬間に、すべてを思い出していた。爆弾は道路の下から潜り込み、大聖堂の基礎のところで止まった。爆発物処理班が不発弾の信管をはずそうとしたが、近くのガス管からガス洩れが発生していた。処理班は大聖堂から人員の立ち退きを指示したが、マシューズ首席牧師が拒否したため、そのまま爆弾を撤去し、ハックニー・マーシュで爆発させた。瞬時に完全な記憶検索が完了した。

「あのときは爆発物処理班が大聖堂を救った」ラングビーが話している。「いつも、だれかがいてくれるみたいだな」

「そうだね。いるんだよ」といって、ぼくはラングビーのもとを離れた。

十月一日

ゆうべ、九月十日の出来事を思い出せたときは、突破口が開けたと思ったが、それからひと晩じゅうこの寝台に横たわり、セント・ポール大聖堂に潜入したナチのスパイについて記憶を検索しているのに、なにも出てこない。思い出すには、なにを思い出すべきかが正確にわかっている必要があるんだろうか。それじゃ、なんの意味もない。

ラングビーはナチのスパイじゃないかもしれない。だとしたら、なんだろう。放火犯？　狂人？　地下聖堂は墓場の静けさにはほど遠く、考えごとには不向きだ。掃除婦たちは夜中までぺちゃくちゃしゃべっているし、空襲のくぐもった音がさらに状況を悪くする。けさ、やっと眠りに落ちたときは、地下鉄駅シェルターが爆撃されて、ガス管が破裂し、人々が逃げまどう夢を見た。

十月四日

きょう、あの猫を捕まえようとした。掃除婦たちがネズミに怯えているから、猫に退治させようと思いついたのだ。それに、猫を間近で見たかった。ゆうべ、高射砲弾の破片が燃えているのを消火したとき、手押しポンプといっしょに使ったバケツを手にとった。

まだ少し水が残っているが、猫が溺れるほどではないし、計画では、猫にバケツをかぶせたあと、下から手を入れて首根っこを捕まえ、地下聖堂に連れていってネズミを捕らせるつもりだった。机上の空論。ぼくは猫に近づくことさえなかった。

バケツを振り上げたとき、底に二センチほど溜まっていた水が外に飛び散った。猫は飼い馴らされた動物だと記憶していたが、思いちがいだったらしい。猫の満足げな顔がいっぺんにひきつり、髑髏（どくろ）のようなおそろしい形相に変わったかと思うと、無害に見えた前足から凶暴な爪が伸び、掃除婦たちをもしのぐ金切り声をあげた。

驚きのあまりバケツをとり落とし、転がったバケツが柱にぶつかった。猫は姿を消した。うしろからラングビーの声がした。「そんなんで猫が捕まるもんか」

「みたいだね」ぼくはかがみこんでバケツを拾った。

「猫は水を嫌う」あいかわらず、あの平板な口調だった。

「ふうん」聖歌隊席にバケツをもどそうと、ラングビーの前を歩きながら、「知らなかった」

「だれでも知ってる。莫迦なウェールズ人でもな」

十月八日
この一週間、ふたりひと組で見張りに立っている——爆撃にうってつけの月夜がつづくせいだ。ラングビーが屋根に上がってこないので、捜しに降りた。
ラングビーは西の大扉の前で、見覚えのない老人と立ち話をしていた。老人は小脇にはさんだ新聞をラングビーに手渡したが、ラングビーはそれを老人に返した。老人はぼくの姿を見るなり、外に出た。「観光客だよ」とラングビーがいった。「ウィンドミル座の場所を教えてくれって。すっ裸の女の子が出るって新聞で読んだらしい」
ぼくの疑わしげな表情を見てとったらしく、ラングビーはいった。「具合の悪そうな顔だな。睡眠不足か？　今夜の第一当直は、だれかに交替させよう」

「いや」ぼくはそっけなくいった。「見張りに立つよ。屋根の上が好きなんだ」おまえを見張れるからな、と心の中でつけ加える。

ラングビーは肩をすくめて、「地下聖堂にいるよりはましだろうな。屋根の上なら、爆弾が落ちてくるとき、ちゃんと音が聞こえるから」

十月十日

ふたりひと組で見張りをしているあいだは、記憶検索の不具合に悩まずに済むから、まだましかもしれない。火にかけたやかんをじっと見つめているうちはなかなか湯が沸かないという、あの法則だ。だから、思い出そうと努力するより、それを忘れて、ほかのことをしていたほうがいい。じっさい、この作戦が成功する場合もある。二、三時間ほかのことを考えたあとや、ひと晩ぐっすり眠ったあとなら、なにもしなくてもひょっこり頭の中の知識が浮かんできたりする。

でも、ひと晩ぐっすり眠るなんて不可能だ。掃除婦がたえまなくおしゃべりをつづけているばかりか、例の猫が地下聖堂に入ってきて、みんなに体をすりつけ、サイレンみたいな声で燻製ニシンをねだる。今夜の当直の前に、自分の寝台を袖廊（そでろう）から出して、ネルソンのとなりに移そう。たとえアルコール漬けでも、ネルソンは口を閉じているから。

十月十一日

トラファルガーの夢を見た。軍艦の大砲、煙、降りかかる漆喰（しっくい）の粉、ぼくの名を叫ぶラングビー。目が覚めたときは、一瞬、折り畳み椅子の山が爆発したのかと思った。煙に包まれて、なにも見えない。

「いま行く」といって、長靴を履きながらラングビーのほうに歩き出した。割れた漆喰片とごちゃごちゃになった折り畳み椅子が袖廊にうずたかく山をなしている。ラングビーがその山をけんめいに掘っていた。「バーソロミュー！」と叫び、漆喰のかたまりを脇に放り投げる。「バーソロミュー！」

そのときもまだ、火災の煙だと思っていた。駆けもどって手押しポンプをとってくると、ラングビーの横に膝をつき、ばらばらになった椅子をひっぱりはじめた。なかなか動かない。そのとき、急におそろしい考えが頭に浮かんだ。この下に死体が埋まっている。天井の破片だと思ってつかんだら、人間の手かもしれない。かかとに体重をあずけて吐きけをこらえ、それからまた瓦礫の山に立ち向かった。

ラングビーは椅子の脚をシャベルがわりにして、どんどん瓦礫を掘っている。止めようとその手をつかむと、ラングビーは邪魔な漆喰の破片をどけるようにして手を動かし、大きくて平らな漆喰片を持ち上げた。その下から、床があらわれた。ふり返ってうしろを見ると、掃除婦はふたりとも、祭壇のそばにある壁のくぼみに身を寄せ合っていた。

「だれを捜してる?」ラングビーの腕をつかんだままたずねた。

「バーソロミュー」といって、ラングビーが床の瓦礫を押しのけた。灰と埃に汚れた両手から血が流れている。

「ぼくはここにいるって。無事だよ」漆喰の埃にむせながら、「寝台を袖廊の外に出して寝てたんだ」

ラングビーは掃除婦たちのほうをさっとふりかえり、かなりおちついた声でいった。

「この下にはなにが?」

「ガスこんろだけよ」暗いくぼみの中から、掃除婦の片方がおずおずといった。「あと、ミセス・ガルブレイスのハンドバッグ」

ラングビーが瓦礫をかきまわして両方とも見つけた。ガスの火は消えていたが、こんろから勢いよくガスが噴き出していた。

「大聖堂もぼくも、きみのおかげで助かったことに変わりはない」ぼくは下着に長靴という格好で、無用な手押しポンプを手に立っていた。「全員、ガス中毒で死んでたかもしれなかったんだから」

ラングビーは立ち上がった。「おまえなんか救うべきじゃなかった」

第一段階——ショック。麻痺。負傷に無自覚。本人にしか意味の通じない言葉。ラングビーはまだ、手の出血に気づいていない。自分がいったことも覚えていないだろう。彼は、ぼくの命を救うべきじゃなかったといった。

「おまえなんか救うべきじゃなかった」ラングビーがくりかえした。「おれにはおれの任務がある」

「血が出てるよ」ぼくは辛辣にいった。「横になったほうがいい」囁きの回廊にいたときのラングビーそっくりの口調だった。

十月十三日
あれは高性能爆弾だった。聖歌隊席に穴が空き、大理石の像がいくつか壊れたが、てっきり崩落したかと思った地下聖堂の天井は持ちこたえた。漆喰の一部が衝撃で剝落しただけだった。
ラングビーは、自分が口にしたことを覚えていないと思う。ぼくにとってはアドバンテージだ。危険な相手がはっきりしたおかげで、思いがけない方向から不意をつかれる心配をしなくて済む。しかし、相手がいつ、なにをする気なのかわからなくては、手の打ちようがない。
ゆうべの爆撃に関する情報は長期記憶に入っているはずだが、今回は漆喰が落ちてきても記憶が呼び覚まされることはなかった。いまはもう、検索しようともしていない。暗闇に横たわって、天井が落ちてくるのを待ちながら、ラングビーに命を救われたときのことを思い出している。

十月十五日

きょう、あの娘がまたやってきた。風邪はまだ治っていないが、働き口が見つかったそうだ。会えてうれしかった。洒落た制服を着て、爪先のあいた靴（オープン・トゥ）を履き、髪には念入りにパーマをあてている。こちらはまだ爆弾のあとかたづけの最中で、ラングビーはアレンといっしょに聖歌隊席を囲う板を調達に出かけていたから、ぼくは彼女のおしゃべりを聞きながら床を掃除した。埃のせいで彼女がくしゃみをしたが、今度はぼくにも事情がわかっていた。

彼女はエノラと名乗り、いまは婦人義勇隊（WVS）で避難者用給食車を運転する仕事をしているといった。驚いたことに、ぼくのおかげでその仕事に就くことができたと礼をいうために訪ねてきたらしい。セント・ポール大聖堂には給食施設つきのちゃんとした避難所がないとWVSに話したところ、シティを巡回する給食車の運転をまかされたのだとか。「だから、近くを通りかかったときは、ときどき顔を出して、ようすを知らせるわね」

エノラはいまもまだ、弟のトムといっしょに地下鉄駅で寝泊まりしているそうだ。安全なのかと訊くと、たぶん安全じゃないけど、そこなら直撃弾が落ちてきても音が聞こえないからありがたいという返事だった。

十月十八日

疲れすぎて、これを書くのもやっと。今夜は焼夷弾九個とパラシュート爆弾一個が落ちてきた。もっとも、ドーム屋根にひっかかりそうに見えたパラシュート爆弾は、風に流されて離れていった。焼夷弾のうち二個はぼくが消火した。こっちに来て以来、少なくとも二十個の焼夷弾を消したし、消火を手伝ったのは何十個もあるが、まだ足りない。焼夷弾たった一個、ラングビーから目を離したたったたった一分間で、すべてが無になりかねない。

こんなに疲れている理由のひとつはそれだ。毎晩、自分の仕事とラングビーの監視で神経をすり減らし、落ちてくる焼夷弾をひとつも見逃すまいとしている。地下聖堂の寝床にもどれば、今度は記憶検索に神経をすり減らす。スパイ事件とか火災とか、一九四〇年秋のセント・ポール大聖堂にまつわる出来事について頭に詰め込んだ情報を、なんでもいいから思い出したい。努力が足りないという思いがつきまとって離れないが、ほかになにをすればいいのかわからない。記憶が検索できないかぎり、この時代の人々と同様、ぼくはまったくの無力だ。あしたなにが起きるのか、まるでわからない。

必要とあれば、帰るときが来るまで、この仕事をつづけよう。ぼくがここにいて焼夷弾を消しつづけるかぎり、ラングビーはセント・ポール大聖堂を焼失させることができない。彼はあのとき、地下聖堂で、「おれにはおれの任務がある」といった。

そして、ぼくにはぼくの任務がある。

十月二十一日

高性能爆弾の直撃から二週間近く経つが、あれから例の猫を見ていないことにいまごろ気がついた。地下聖堂の瓦礫の下にはいなかった。下敷きになっている人間がだれもいないことをラングビーとふたりで確認したあとも、さらに二回、みんなと交替で調べたからまちがいない。でも、聖歌隊席にいた可能性はある。

ベンス－ジョーンズ老人は、心配ないという。「だいじょうぶ。ドイツ軍が爆撃でロンドンをぺちゃんこにしようが、猫たちはワルツを踊って歓迎するだろうよ。なぜだかわかるか？　猫はだれのことも愛さない。わしらの半分は、愛するだれかのために命を落とす。こないだの晩、ステップニーで死んだ婆さんは、飼い猫を助けようとしていた。いまいましい猫は、アンダースン式シェルターの中にいた」

「じゃあ、あの猫はどこへ行ったんだろう」

「どっか安全な場所だ。まちがいない。もし大聖堂のそばから消えていたら、わしらもこれまでだな。沈みかけた船からネズミが消えるって話があるが、ありゃまちがいだ。消えるのは猫だよ、ネズミじゃなくて」

十月二十五日

ラングビーが観光客だといった男がまた現れた。ウィンドミル座がまだ見つからないはずもない。男はきょうも新聞を小脇にはさみ、ラングビーはいるかとたずねたが、ラングビーは消防士用の石綿入り防火服を調達すべくアレンと遠出していて留守だった。男の新聞の紙名が目に入った。〈労働者(ワーカー)〉。ナチの新聞か？

十一月二日

この一週間ぶっつづけで屋根に上がり、無能な職人たちが爆弾の穴をふさぐ作業の手伝いをしている。連中の仕事ぶりは最低だ。一方の端にはまだ、人間がひとり転落しそうなほど大きな隙間が開いているというのに、彼らの主張では、落ちたところで天井にひっかかって止まるし、「それで死ぬわけじゃねえ」から問題ないという。隙間の下のスペースが焼夷弾にとって絶好の隠れ場所になるという事実を理解していないらしい。

ラングビーに必要なのは、そのたった一個の焼夷弾だけだ。セント・ポール大聖堂を焼きつくすには、自分で火をつける必要さえない。焼夷弾が一個、手遅れになるまで発見されずに燃えつづければそれでいい。

いくら職人にかけあっても埒(らち)が明かない。マシューズ首席牧師に直訴すべく下に降りると、ラングビーとあの観光客が窓の近くにある柱の陰にいるのが見えた。ラングビーは新聞を手に持ち、男になにか話している。一時間後、ぼくが図書室から降りてきたときも、ふたりはあいかわらずそこにいた。屋根の隙間もあいかわらずそのままだ。マシューズ首席牧師は、隙間の上に厚板を渡して、それが焼夷弾を防いでくれるのを祈るしかないだろうという。

十一月五日

記憶の検索はあきらめた。睡眠不足が祟って、紙名がわかっている新聞に関する情報さえ検索できない。いまはふたりひと組で見張りの当直に立つのが常態になっている。掃除婦たちも（猫と同様に）ここを見捨てて出ていったので、地下聖堂は静かになったが、それでも眠れない。

うとうとしたと思ったら、夢を見る。きのうはキヴリンが、聖者のような姿で屋根の上にいる夢を見た。「きみの実習の秘密は？」とぼくはたずねた。「なにを発見するはずだった？」

キヴリンはハンカチで鼻水を拭いて、「ふたつある。ひとつ、沈黙と謙虚さは史学生の気高い義務。ふたつ」といってから、ハンカチを鼻に当ててくしゃみをした。「地下鉄で寝てはいけない」

一縷の望みは、合成物質を手に入れて、トランス状態を引き起こすこと。それが問題だ。

合成エンドルフィンがまだ存在しないのはたしかだし、たぶん、幻覚剤もまだだろう。アルコールはまちがいなく手に入るが、ビール（名前のわかる酒はこれしかない）より度数の高いものがいる。火災監視の同僚にたずねるのも危険だ。そうでなくてもラングビーには怪しまれている。となると、またしてもＯＥＤ問題。知らない単語をどうやって見つけ出すか。

十一月十一日

あの猫がもどってきた。ラングビーはまだ石綿入り防火服の調達をあきらめず、きょうもアレンと出かけたから、大聖堂を離れてもだいじょうぶだろう。

日用品の買い出しに、食料雑貨屋へ行くことにした。願わくば、アルコールも調達したい。もう夕方で、チープサイドにもたどり着かないうちに空襲警報のサイレンが鳴り出したが、空襲がはじまるのはいつも暗くなってからだ。必要な品をぜんぶ買い、なんとか勇気を出して酒があるかと訊ねることにも成功したが——パブへ行けと言われた——それに時間がかかったので、店を出ると、外は、とつぜん穴の中に落ちたのかと思うくらい真っ暗だった。

セント・ポール大聖堂の方角どころか、通りの道すじも、いま出てきた店がどこにあるのかさえわからない。もう歩道ではない場所に立ち、燻製ニシンやパンを入れた茶色の紙袋を片腕に持ち替える。目の前に持ってきても見えない反対の手でマフラーを探り、首のまわりにかき寄せながら、暗闇に目が慣れますようにと祈ったが、目を慣らすための乏しい光もない。大聖堂の火災監視員はいつも月を目の敵にして、第五列めと罵っているけれど、いまはその月が恋しかった。でなければ、灯火管制の覆いの隙間から漏れるバスのヘッドライトの細い光でもいい。せめて方向感覚さえつかめれば。サーチライトでもいい。でなければ高射砲の砲火。なんでもいい。

そのとき、バスの光が見えた。黄色くて細いスリット状の明かりがふたつ、遠くに浮かんでいる。まっすぐそっちに向かって歩き出したとたん、歩道の縁石につまずいて転びかけた。ということは、バスは道路と直角に走っていることになる。ということは、あの光はバスじゃない。そのとき、すぐそばで猫がニャーオと鳴き、脚に体をこすりつけてきた。ぼくは、さっきまでバスのヘッドライトだと思っていた黄色い光を見下ろした。周囲数キロメートルにわたってひとつの光もないのはたしかなのに、猫の目はどこからか集めた光をこちらに反射させている。

「そんなにぴかぴかさせてると、灯火管制違反で防空監視員にとっ捕まるぞ、にゃんこ」そう声をかけたとき、頭上で飛行機のうなりが聞こえた。「でなきゃ、ドイツ軍に」

突然、世界に光が爆発した。サーチライトが夜空を切り裂くのとほぼ同時に、テムズ川沿いがまばゆく輝き、ぼくの帰り道と猫の姿を照らし出した。あの猫だった。

「迎えにきてくれたのかい、にゃんこ」と陽気にいった。「いままでどこにいたんだ？　ニシンが切れてるのを知ってたんだろ。妥協を知らないやつだな」

大聖堂までの帰り道、ぼくはずっと猫に話しかけ、命を救ってくれたお礼にニシンをひと缶あけて半分やった。ベンスｰジョーンズは、猫は雑貨屋でミルクのにおいを嗅ぎつけて寄ってきたんだろうという説を述べた。

十一月十三日

灯火管制中に迷子になった夢を見た。顔の前にかざした手も見えないほどの暗闇にいると、ダンワージーが来て懐中電灯でこちらを照らしたが、もと来た方向が見えるだけで、行く手は見えなかった。

「彼らにそれがなんの役に立つんです？　この時代の人間には、行く手を照らす光が必要なんですよ」

「テムズ川の照り返しでも？　火事や高射砲の光でもか？」とダンワージー。

「ええ。このおそろしい真っ暗闇にくらべたら、なんだってましだ」すると、ダンワージーがもっと近づいてきて、懐中電灯をくれた。受けとってみると、それは懐中電灯ではなく、南の袖廊にあるハントの絵に描かれたキリストのランタンだった。ぼくはそのランタンで歩道の縁石を照らし、帰り道を探そうとしたが、ランタンが照らしたのは縁石ではなく、火災監視の石碑だったので、あわててその灯を消した。

十一月二十日

きょう、ラングビーに直接かけあってみた。

「老紳士と話をしているところを見かけたんだけど」という言葉は、告発めいて聞こえたが、それはわざとだった。ラングビーが考えなおして、計画を中止してくれればいいと思ったのだ。

「新聞を読んでやってたんだ。話をしてたわけじゃない」ラングビーは聖歌隊席を片づけ、砂嚢（さのう）を積み上げているところだった。

「じゃあ、新聞を読んでやってるところを見た」けんか腰でいうと、ラングビーは砂袋を投げ出して背すじを伸ばした。

「それがどうした？　ここは自由の国だ。新聞を読んでやろうがどうしようがおれの自由だ。おまえがあのＷＶＳの小娘と話をしてもいいのといっしょだろ」

「なにを読んでやってる？」

「読んでくれといわれたものならなんでも読むさ。あのじいさんは、毎晩、仕事から帰ると、ブランデーを一杯やりながら奥さんに新聞を読んでもらう習慣だった。ところが、その奥さんを空襲で亡くした。だからおれが読んでやってる。おまえにとやかくいわれる筋合いはない」

　もっともらしく聞こえた。嘘をつくとき特有の用心深いさりげなさもなかった。だから、もう少しで信じるところだったが、ぼくは本気のラングビーの口調を聞いたことがあった。地下聖堂で。高性能爆弾が落ちたあとに。

「ウィンドミル座の場所が知りたい観光客じゃなかったのか」

　ラングビーは一瞬、ぽかんとした顔になり、それから、「ああ、あのときの話か。新聞を持って入ってきて、ウィンドミル座の場所を教えてくれといったんだ。おれは番地をたしかめようと新聞を調べた。あれはうまい手だったな。新聞を読めないとは思わなかった」だが、もうじゅうぶんだった。嘘をついているのがわかった。

　ラングビーはぼくの足元近くまで砂嚢を積み上げた。「そりゃ、おまえにはわからないだろうさ。人間の親切心ってやつが」

「ああ。わからないね」とぼくはそっけなくいった。

　これではなんの証拠にもならない。アルコールの名前らしきものをべつにすれば、ラングビーはなにも情報を洩らさなかったし、彼が新聞を朗読していたからといって、マシューズ首席牧師にいいつけるわけにはいかない。

　ラングビーが聖歌隊席の作業を終えて地下聖堂に降りていくまで待って、砂嚢をひとつ屋根の上に運び上げ、亀裂のそばに持っていった。板張りはしてあるが、そのあたりを歩くときはみんな足音を忍ばせるみたいに用心している。砂嚢を切り裂いて、隙間から天井に砂を落とした。ここは焼夷弾が入り込むのに絶好の場所だとラングビーが思いついたとしても、もしかしたら砂が焼夷弾の火を消しとめてくれるかもしれない。

十一月二十一日

きょう、エノラに〝叔父さん〟の金を少し渡して、ブランデーを買ってきてくれと頼んだ。思ったよりずっと気が進まないようすだったから、なにかぼくの知らない社会慣習がありそうだが、とにかく承知してくれた。

エノラがなんの用で来たのかはわからない。弟が地下鉄駅でいたずらをして駅員に叱られた話をしていたのだが、ぼくがブランデーを頼むと、話の途中で帰ってしまった。

十一月二十五日

きょう、エノラが来たが、ブランデーは空振りだった。休みをとってバースの叔母さんのところへ行くのだという。少なくともしばらくは空襲から遠ざかっていられるわけで、そのあいだは彼女のことを心配しなくて済む。このあいだ途中になっていた弟の話を最後までしてから、空襲が終わるまでトムを預かってほしいと叔母さんに頼むつもりだけれど、叔母さんが承知してくれるかどうかわからないといった。

トム少年は、犯罪者同然の不良の域にまでは達していないらしい。バンク駅のシェルターで掏摸（すり）をはたらいて二度捕まったため、姉弟はしかたなくマーブル・アーチ駅に移ったのだそうだ。なんとかエノラをなぐさめようとして、男の子はみんな、人生で一度や二度はグレる時期があるもんだよといった。もっとも、ほんとうにいいたかったのはこういうことだ。心配する必要なんかぜんぜんない。話を聞くかぎり、トム少年はなにがあってもしぶとく生き残るタイプだ。あの猫やラングビーと同じく、他人のことなんかどうでもよくて、自分にしか興味がない。空襲下でも生き延びるすべを知っているし、いずれ一人前の男になるだろう。

それから、ブランデーを買ってきてくれたかとたずねると、エノラは爪先のあいた靴に目を落とし、悲しそうにつぶやいた。「もう忘れてくれたと思ったのに」

火災監視員はひとりずつ順番にみんなの酒を買う決まりなんだという作り話をすると、エノラはいくらか機嫌を直したようだったけれど、バースへの旅行を口実にして頼みごとをすっぽかす可能性はまだある。自分で買いにいくしかなさそうだが、大聖堂にラングビーを残していく気になれない。旅行に出る前に、きょう、ブランデーを持ってくると約束させた。でもエノラはもどってこないし、もう空襲警報が鳴りはじめた。

十一月二十六日

結局、エノラは現れずじまい。きのうの話だと、きょう正午の列車で発ったはずだ。まあ、ロンドンを離れて安全なところにいるのがせめてものなぐさめか。あたたかいバースで過ごせば、あの風邪も治るかもしれない。

今夜、ARPの女性がやってきて、うちの簡易寝台の半分を貸してほしいと頼み、地上シェルターが爆撃されたイースト・エンドの惨状を教えてくれた。死者四人、重軽傷者十二人。「地下鉄駅のシェルターじゃなくてまだよかったわ。もし駅だったら、ほんとにひどいことになってただろうから」

十一月三十日

あの猫を連れて、セント・ジョンズ・ウッドにもどる夢を見た。

「救助活動かね？」とダンワージーがたずねた。

「いいえ、先生」ぼくは胸を張って答えた。「現地実習でぼくがなにを発見する予定だったのかわかりましたよ。完璧なサバイバル能力の持ち主です。タフで機略に富み、利己的。連れ帰れたのはこいつだけでした。ほら、ラングビーは殺すしかなかったんで。大聖堂の焼失を阻止するために。エノラの弟はバースに行ってしまったし、ほかの連中は生き延びられないでしょう。エノラは冬なのに爪先のあいた靴を履き、地下鉄で眠り、髪をピンで留めてカールさせています。大空襲を生き延びるのはまず無理ですね」

「かわりに、彼女を救うべきだったんじゃないかね」とダンワージーがいった。「名前はなんといったかな」

「キヴリンです」そう答えたときに目が覚めて、寒さに身震いした。

十二月五日

ラングビーがピンポイント爆弾を携えている夢を見た。茶色の紙包みのように小脇に抱え、セント・ポールズ駅を出てラドゲート・ヒルの坂を上がり、西の大扉にやってきた。「こんなのフェアじゃない」ぼくは片腕を伸ばしてラングビーの行く手をさえぎり、「火災監視員はいまだれも当直についてない」

ラングビーは爆弾を枕のように胸にぎゅっと抱きしめ、「おまえのせいだ」というなり、ぼくが手押しポンプやバケツをとる間もなく、開いた戸口の奥に爆弾を投げつけた。

ピンポイント爆弾は二十世紀末にならないと発明されないし、希望を失った共産主義者たちがそれを入手し、小脇に抱えて運べるサイズに改良したのはさらに十年後のこと。シティの四百メートル四方を一瞬にして消し去ることのできる包み。これが現実になるはずのない夢で助かった。

夢では陽射しのまぶしい朝だったが、けさ、見張りの当直を終えると、太陽が数週間ぶりに顔を出した。いったん地下聖堂に降りたあと、また屋根に上がって二度巡回し、さらに階段や一階やせまい通路など、気づかれずに落ちてきた焼夷弾が潜り込んでいる可能性がある場所をぜんぶ見てまわった。それで少しは安心したが、眠るとまた夢を見た。今度は、ラングビーがにやにやしながら火事を見つめている夢だった。

十二月十五日

けさ、あの猫を見つけた。ゆうべの空襲は激しかったものの、主にキャニング・タウン方面で、大聖堂の屋根にはとくに被害はなかった。なのに、猫は死んでいた。階段の上に横たわる死骸を見つけたのは、当直外の個人的な見まわりをしていたときのことだ。衝撃による死。のどの白い毛並みをべつにすれば、体のどこにも目立ったしるしはなかったが、抱き上げてみると、毛皮の下はゼリーのようにぐずぐずになっていた。

どうすればいいのか、考えられなかった。一瞬、動転のあまり、地下聖堂に埋葬できないか、マシューズ首席牧師にかけあってみようと本気で思った。名誉の戦死とか、そういうことで。トラファルガー、ワーテルロー、そしてロンドンでの戦死者。結局、死骸を自分のマフラーにくるんでラドゲート・ヒルを下り、爆撃で倒壊した建物の瓦礫の下に埋めた。そんなことをしてもなんの意味もない。瓦礫は犬やネズミから守る役には立たないし、かわりのマフラーが手に入る見込みはゼロ。叔父さんの金は、ほとんど使い果たしてしまった。

こんなところに座っている場合じゃない。大聖堂にはまだチェックしていない通路や階段が残っているし、不発弾や時限発火の焼夷弾や、なにか見逃したものがあるかもしれない。

この時代に来たときは、気高き救助者、過去の救い主を自任していた。その仕事をうまくこなしているとはとてもいえないが、少なくとも、エノラは無事だ。セント・ポール大聖堂を安全のためにまるごとバースへ送って、保管しておくことができればいいのに。ゆうべ、このあたりはほとんど空襲がなかった。猫はなにがあっても生き延びると、ベンス－ジョーンズはいった。もしあの猫が、帰りの道案内のためにぼくのところへ来る途中だったとしたら？　爆撃はすべて、キャニング・タウン方面だった。

十二月十六日

エノラは一週間前にもどっていた。猫の死骸を見つけた西の階段に立つ彼女の姿を目にし、まるで安全じゃないマーブル・アーチ駅で寝泊まりしていると聞いたときは、しばらく言葉の意味が理解できなかった。「バースに行ったんじゃなかったのか？」と莫迦みたいに訊き返した。

「叔母さんに、トムは引き受けるけど、あたしはだめだといわれたの。叔母さんの家は疎開児童でいっぱいで、すごくうるさくて。マフラー、どうしたの？　ここ、丘の上だからとっても寒いのに」

「ぼくは……」答えられなかった。「なくしたんだ」

「新しいのなんて、もうぜったい手に入らないよ。衣類も配給制になるんだって。毛糸も。あんないいマフラー、もう二度と見つからないのに」

「わかってる」ぼくは目をそらした。

「ちゃんと使えるものを捨ててしまうなんて。犯罪よ。ほんとに」

なにもいえなかった。ただ黙ってきびすを返し、顔を伏せて、爆弾と死んだ動物を探しながら歩き去った。

十二月二十日

ラングビーはナチじゃない。共産主義者だ。この単語はうまく書けない。共産主義者（コミュニスト）。

第一当直を終えて地下聖堂にもどると、掃除婦のひとりが、柱のうしろに押しこんであった〈労働者〉を見つけたといって持ってきた。

「いまいましい共産主義者め」ベンス－ジョーンズがいった。「ヒトラーを助けてやがる。王政廃止を唱え、シェルターで騒ぎを起こす。国賊だ」

「共産主義者だって、あんたと同様、イングランドを愛してるのよ」と掃除婦。

「やつらは自分しか愛してない。どうしようもなく利己的な人種だ。やつらがヒトラーに電話をかけてても驚かないね」ベンス－ジョーンズはいった。「『もしもし、アドルフ。爆弾を落とすならここだ』ってな」

ガスこんろにかけたやかんが沸騰しはじめた。掃除婦が立ち上がって、ふちの欠けたティーポットに湯を注ぎ、また腰を下ろした。「自分の意見をいったからって、大聖堂を焼くわけじゃないよ」

「もちろんだよ」階段を降りてきたラングビーがそういうと、腰を下ろして長靴を脱ぎ、ウールのソックスを履いた足を伸ばした。「だれが大聖堂を焼かないって？」

「共産主義者」ベンス－ジョーンズがラングビーをまっすぐ見つめていった。彼もラングビーを疑ってるんだろうか。

ラングビーは目をそらそうともせず、「おれだったら、共産主義者のことなんか心配しないね。今夜、大聖堂を焼こうとがんばってるのはドイツ軍だ。いままでに焼夷弾が六個。そのうちひとつは、もう少しで聖歌隊席の上の大穴に落ちるところだった」カップを差し出し、掃除婦がお茶を注いだ。

ラングビーを殺してやりたいと思った。できるものなら、驚きの目でなすすべもなく見守るベンス－ジョーンズや掃除婦の前で、みんなに向かって警告の叫びを発しながら、この地下聖堂の床の上で彼の体を粉々に打ち砕いてやりたかった。「共産主義者がなにをしたか知ってるか？」と叫びたかった。「知らないだろ？　こいつを止めなきゃいけないんだ」

立ち上がり、ラングビーのほうに歩き出すことさえした。彼は、まだ石綿入りの防火服を羽織ったまま、足を投げ出してすわっていた。

だがそのとき、金色に染まった囁きの回廊や、紙包みをさりげなく小脇に抱えて地下鉄駅から出てくる共産主義者の姿が頭に浮かび、あのときと同じ罪悪感の眩暈(めまい)と無力感に襲われて、自分の寝台の縁に腰かけ、どうすべきか考えようとした。

みんな、この危険がわかっていない。連中を国賊呼ばわりしたベンスン－ジョーンズでさえ、共産主義者には王政廃止を訴えるぐらいしかできないと思っている。共産主義者がどんな存在になるのか、彼らは知らないし、知るすべもない。いまの英国にとって、スターリンは盟友だ。共産主義者はロシアを意味する。この時代の人間は、カリンスキーや新ロシアや、〝共産主義者〟を〝脅威〟と同義語にする出来事を、なにひとつ聞いたことがない。彼らが知ることはけっしてない。

共産主義者がおそるべきテロリストに変質するころには、火災監視はもう存在しない。こともあろうにこのセント・ポール大聖堂で、〝共産主義者〟という言葉がこんなにも軽々しく口にされることの皮肉を感じることができるのはぼくだけだ。

共産主義者。わかっていてしかるべきだった。当然、すぐにそれとわかるべきだった。

十二月二十二日
また、ふたりひと組で見張りに立つ。ぜんぜん寝てないのでふらふらする。けさは危うく屋根の亀裂から転落するところだったが、膝のところで引っかかって、なんとか助かった。
エンドルフィン分泌量が激しく上下しているし、早く睡眠をとらないとラングビーのいう歩く死人になってしまいそうだが、ラングビーを屋根の上でひとりにするのがこわい。大聖堂の中で、あの共産党員の仲間とふたりだけにするのがこわい。とにかく、ラングビーから目が離せない。彼が眠っているときも見張るようになった。
アルコールさえ入手できたら、こんな悲惨な状態でも、トランス状態に入れると思う。でも、パブへ行くことさえできない。ラングビーはいつも屋根の上にいて、チャンスを狙っている。今度エノラが来たら、ブランデーを買ってきてくれるよう説得しなければ。もうあと数日しか残っていない。

十二月二十八日
エノラがやってきたのは、けさ、西のポーチでクリスマス・ツリーを直しているときだった。ツリーは、このところ三晩つづいた爆撃の揺れで倒れたのだ。ツリーをまっすぐ立てたあと、まわりに散らばった飾りを拾って吊るしているとき、霧の中からサンタクロースみたいに上機嫌なエノラがとつぜん現れ、さっと身をかがめてぼくの頬にキスした。そのあと、背すじを伸ばした彼女の顔を見ると、長びく風邪で鼻が赤くなっていた。エノラは、色鮮やかな紙で包んだ箱をさしだして、「メリー・クリスマス」といった。「さあ、開けてみて。プレゼントよ」

ぼくは思考能力をほとんど失っていた。ブランデーのボトルが入っているにしては薄すぎる箱だったのに、一縷の希望をついにエノラが持ってきてくれたんだと思いこんでしまった。「ほんとにありがとう」といいながら、包み紙を破って箱を開けた。

マフラーだった。グレーの毛糸のマフラー。それがなんなのか理解できず、たっぷり三十秒もマフラーを見つめていた。「ブランデーは？」とぼくはたずねた。

エノラはショックを受けた表情になった。鼻が赤くなり、目が潤む。「あなたに必要なのはこっち。衣類の配給切符を持ってないし、しじゅう外にいる仕事なんだから。すごく寒くなってきたのに」

「ブランデーが必要だったんだ」と怒りにまかせていう。

「親切のつもりだったのに」といいかけたエノラをさえぎって、

「親切？　ぼくはブランデーを頼んだんだ。マフラーが必要だなんていったおぼえはない」マフラーの箱をエノラに突き出し、ツリーが倒れたときに割れた豆電球のコードをはずしはじめた。

エノラは、キヴリンが十八番にしている殉教者の表情を浮かべ、「ここにいるあなたのことがいつも心配なのよ」とまくしたてるようにいった。「ドイツ軍はセント・ポールを狙ってる。それに、テムズ川も近い。酒なんか飲むべきじゃないと思ったの。敵があたしたちを皆殺しにしようとしているこのときに、命を粗末にするのは犯罪よ。敵に味方するようなもの。ある日、ここに来てみたら、あなたがもういなくなっていたなんていうことになるのが心配なのよ」

「じゃ、マフラーをどうすればいい？　爆弾が落ちてきたら、頭に巻いて身を守る？」

エノラはくるっときびすを返して走り出し、階段を二段降りたところで灰色の霧に包まれて見えなくなった。ぼくは割れた豆電球のコードを持ったまま追いかけようとして、コードに足をひっかけ、階段の下まで転げ落ちた。

ラングビーが助け起こし、「おまえを見張りの当直からはずす」とむっつりいった。

「そんなことさせるもんか」ぼくは答えた。

「いや、するとも。屋根の上で、歩く死人といっしょになるのは願い下げだからな」

ぼくはラングビーに導かれて地下聖堂に降り、カップにお茶を注いでもらい、ベッドに寝かされ、なにからなにまで面倒を見てもらった。ラングビーは、これこそ待っていた機会だというそぶりを少しも見せない。空襲警報が鳴るまでは、ここで寝ていよう。屋根に上がってしまえば、疑いを招くことなくぼくを追い返すのは不可能だ。

石綿入り防火服に長靴姿の彼、献身的な火災監視員のラングビーが、出ていく前になんといったと思う？　「睡眠をとってくれ」だと。ラングビーが屋根にいて、眠れるわけがない。生きながら焼かれるようなものだ。

十二月三十日

空襲警報のサイレンで目を覚ますと、ベンス－ジョーンズ老がいった。「気分がよくなっただろう。二十四時間ぶっ通しで眠ってたぞ」

「きょうは何日？」長靴を探しながらたずねた。

「二十九日だ」と答えてから、戸口に突進しかけたぼくに向かって、「急ぐことはない。今夜は敵さんが遅くてな。来ないかもしれん。それなら助かる。干潮だからな」

ぼくは階段に通じる戸口で立ち止まり、冷たい石壁に手をつくと、「大聖堂は無事？」とたずねた。

「まだ立ってる。悪い夢でも見たか？」

「うん」この数週間見つづけていた悪夢の数々を思い出した――セント・ジョンズ・ウッドでぼくの腕に抱かれる死んだ猫、紙包みと〈労働者〉を小脇に抱えたラングビー、イエス・キリストのランタンに明々と照らされた火災監視の石碑。それから、夢なんかまったく見ていなかったことを思い出した。ぼくが得たのは心から願っていた種類の眠り、思い出す助けになるような眠りだった。

　そして、そのおかげで思い出した。セント・ポール大聖堂が共産主義者によって焼失したことではない。新聞の見出し。『マーブル・アーチに爆弾。爆風で18人死亡』日付ははっきりしないが、年だけはわかった。一九四〇年だ。一九四〇年はきっかりあと二日残っている。ぼくはコートとマフラーをひっつかみ、階段を駆け上がって大理石の床を走り抜けた。

「どこへ行く?」ラングビーが叫んだ。彼の姿は見えなかった。

「エノラを助けなくちゃ」ぼくの声が、暗い礼拝堂にこだました。「マーブル・アーチが爆撃される」

「いまは出るな」ラングビーは火災監視の石碑が立つことになる場所で、ぼくの背中に叫んだ。「潮が引いてる。このいまいましい――」

　あとの言葉は聞こえなかった。すでに階段を駆け下りて、タクシーに飛び乗っていた。このタクシー代で、手持ちの金はあらかた尽きた。用心して別にしてあったセント・ジョンズ・ウッドまでの交通費さえ使い果たした。しかし、まだオックスフォード・ストリートを走っているうちに爆撃がはじまり、運転手は車をとめて、これ以上は進めないといって、真っ暗闇の中にぼくを放り出した。もう間に合わない。

　爆風。地下鉄に降りる階段に倒れたエノラ――爪先のあいた靴を履いたままで、体のどこにも外傷はない。抱き上げると、皮膚の下はゼリーのようにぐずぐず。エノラにもらったマフラーで、彼女の体を包んでやらなきゃいけない。なぜなら、もう手遅れだから。百年前へと時を遡ってきた挙げ句、時間に遅れてエノラを救えなかった。

ハイド・パークの高射砲座を目印に最後の数ブロックを走り、マーブル・アーチ駅の階段を駆け下りた。切符売り場の女になけなしの小銭を渡してセント・ポールズ駅までの切符を買う。それをポケットに突っ込み、階段のほうに走った。

「走らないで」売り場の女が穏やかにいった。「左側をどうぞ」

右側の入口は木挽き台で封鎖してあり、その先の金属ゲートは閉じられて、鎖がかけてある。ゲートの上の行き先案内板にはテープで×印がされて、かわりに木挽き台に釘留めされた『全列車こちら』という新しい案内板が左の方向を指している。

運行停止中のエスカレーターの上にも、通路の壁にもたれて座る人々の中にも、エノラの姿はない。目についた最初の下り階段はふさがっていた。一家族がそこを占拠して、四隅に花の刺繡を施した布の上に食べものを並べ、足の踏み場もない。配給のパンとバター、蠟紙で蓋をしたジャムの小瓶。ラングビーとふたりで瓦礫の下から掘り出したのと同じようなこんろの上に、やかんがかけてある。階段の上に層をなして滝のように広がる夜食の食卓を見下ろして立ちすくんだ。

「ぼくは——マーブル・アーチ駅は——」と口を開く。爆風に飛ばされた壁のタイルの犠牲者がさらに二十人。「ここにいちゃだめだ」

「われわれにだって、ここにいる権利がある」父親らしき男がけんか腰でいった。「なんの資格があってどけっていうんだ？」

段ボールの箱から皿を出していた女が、ぼくを見上げて怯えた表情を浮かべた。やかんが沸騰してピーピー鳴りはじめた。

「どくのはそっちだ」男がいった。「さっさと通れ」

男は立ち上がって一方に身を寄せ、道をあけた。ぼくは、刺繍がしてあるテーブルクロスを踏まないように注意しながら、申し訳ない気持ちで通らせてもらった。

「すみません。人を捜してるんです。ホームにいるはずの」

「あのありさまじゃ、見つけるのはとても無理だな」男が親指でホームのほうを指した。布を踏みそうになりながら、急いで男の脇をすり抜け、角を曲がったとたん、眼前に地獄の情景が広がった。

いや、地獄じゃない。畳んだコートを背中にあてて壁ぎわに座る女店員たちは、元気だったり陰気だったり不機嫌だったりとそれぞれだが、べつだん苦しんでいるわけではない。男の子ふたりが、拾った一シリング貨を奪い合っているうちに、コインを線路に落とした。ホームの端から下を覗き、どっちがとりにいくかでいい争っていたが、駅員に怒鳴られてうしろに下がり、その前を満員の電車が轟音とともに通過する。駅員は片手にとまった虫を反対の手で叩こうとしてしくじり、それを見た男の子たちがげらげら笑う。そんな彼らのまわりじゅう、死を招くタイルが貼られたトンネル壁の広がりに沿って、うしろの通路や階段の上までぎっしりと、まるで負傷者のような人間の群れが見渡すかぎり埋めつくしている。数百数千の人間たち。

よろめいて、うしろの階段につまずき、さっきの家族のティー・カップをひっくり返してしまった。こぼれたお茶が洪水のようにテーブルクロスに広がる。

「だからいっただろ」男が陽気にいった。「あっちは地獄だ。下はもっとひどい」

「地獄」ぼくはいった。「そうですね」エノラはとても見つからない。救えない。こぼれたお茶を拭いている女性を眺めながら、この人を救うこともできないんだと思い当たった。エノラも、猫も、この果てしない階段と時の袋小路の中でこうして迷っている人たちのだれひとりも、ぼくは救うことができない。彼らは百年前に死んでいる。過去は救うべくもない。きっと、それこそが、史学部がぼくをここに送って学ばせようとしたことだ。ああ、わかったよ。学んだよ。もう帰っていいかい？

もちろん、まだだ。おまえは愚かにも有り金ぜんぶをタクシー代とブランデーに使い果たした。しかも今夜は、ドイツ軍がシティを焼き払う夜だ（もう手遅れになったいま、ぜんぶ思い出した。大聖堂の屋根には二十八個の焼夷弾が落ちる）。ラングビーはこの絶好のチャンスを生かし、おまえは最初からわきまえているべきだった、もっともつらい教訓を、身をもって学ぶことになる。おまえにセント・ポール大聖堂は救えない。

　ホームにもどり、黄色い線の内側に立って、電車が来るのを待った。切符をとりだし、セント・ポールズ駅に着くまでずっと手の中に握りしめていた。駅に着くと、もうもうたる煙がシャワーのように押し寄せてきた。大聖堂は見えない。

「干潮なんだって」絶望的な口調でいう女の声を聞きながら、布に覆われたホースがとぐろを巻いている中に踏み込んだ。足をとられてとっさについた両手がいやな臭いの泥にまみれ、そのときようやく（遅まきながら）潮の満ち干の重要性に気がついた。火災と闘うための水がない。

　警官に行く手をさえぎられ、なんといったらいいかわからずに立ちすくんだ。「一般市民は立ち入り禁止です」警官がいった。「大聖堂が爆撃されている」

　雷雲のようにうねる煙のあちこちに火花が散り、金色に染まった大聖堂のドーム屋根がその上にそびえ立つ。

「火災監視員です」と告げると、警官は腕を下ろし、次に気がつくと、ぼくは屋根の上にいた。

　脳内のエンドルフィン分泌量が空襲警報のサイレンみたいに上下していたにちがいない。それ以降のことはほとんど短期記憶になく、ばらばらになった瞬間だけが断片的に残っている。みんなでラングビーを運び下ろすときに大聖堂の片隅でトランプをしていた人たち、風に乗ってドームの中を飛び交う火のついた木片、エノラみたいに爪先のあいた靴を履いていた救急車の運転手、火傷したぼくの両手に塗られた軟膏。そして、それら断片の中心にある、いちばん鮮やかな瞬間は、ラングビーを追ってロープを伝い降り、彼の命を救ったときのことだ。

煙に目をしばたたきながら、ぼくはドーム脇の屋根に立っていた。シティは燃え上がり、大聖堂もその熱で発火しそうに見えた。爆撃の轟音だけでも、その振動で大聖堂を倒壊させそうなほど。ベンス－ジョーンズは北西の塔のそばに立ち、鋤で焼夷弾を叩いている。ラングビーは、爆弾があけた穴を板でふさいだ場所のすぐそばから、ぼくのほうを見ている。そのうしろに焼夷弾が落ちた。ぼくが背後のシャベルをつかんで向き直ると、ラングビーの姿はなかった。

「ラングビー！」と叫んだが、自分の声さえ聞こえない。屋根の隙間にラングビーが転落したのに、だれもそのことに（焼夷弾にも）気づいていない。気づいているのはぼくだけだ。ラングビーが落ちた隙間へと屋根を歩いていった記憶はない。ロープをよこせと叫んだ気がする。受けとったロープを腰に巻いて結び、両端を同僚の手に渡してから、隙間に降りた。穴の内側は火明かりで底のほうまで照らされている。眼下に白っぽい瓦礫の山が見えた。ラングビーはあの下だ。そう思って、壁を蹴り、穴の底に跳び下りた。底はせますぎて、瓦礫をどかす場所がない。うっかり動かすと、ラングビーにぶつけてしまうかもしれない。厚板や漆喰の破片をうしろに投げようとしたが、ろくろく体をひねるスペースもない。一瞬、ラングビーはここにいないのかもしれないと思ってぞっとした。地下聖堂のときみたいに、裂けた木片をどかしても、その下から現れるのはなにもない敷石だけじゃないか……。逆に、ラングビーがここに埋もれているとしたら、ぼくはいま、彼の体の上を這いまわっていることになる。そう思うと足がすくんだ。もし彼が死んでいたら、力なく横たわる遺体を踏みつけるうしろめたさには耐えられない。

そのとき、亡霊のような手が伸びてきて足首をつかんだ。ラングビーだ。数秒のうちに体の位置を入れ替え、彼の頭を掘り出した。

ラングビーは死人のように青ざめていたが、もう恐怖は感じなかった。

「焼夷弾は消したぞ」とラングビーがいった。安堵のあまり言葉が出ず、ただじっと彼を見つめた。一瞬、自分が笑い出すかと思ったくらいだ。そのくらい、彼が生きていたことがうれしかった。そしてようやく、自分がいうべきことがわかった。

「だいじょうぶか？」

「ああ」ラングビーは肘をついて体を起こそうとした。「だいじょうぶで悪かったな」

ラングビーは起きられなかった。体重を右に移そうとして苦痛にうめき、またあおむけになると、でこぼこの瓦礫が彼の背中の下でいやな音をたてた。ラングビーの体をそっと持ち上げて、怪我の具合をたしかめようとした。きっと、なにかの上に落ちたにちがいない。

「もう役に立たないぞ」ラングビーは荒い息を吐きながらいった。「おれが消したからな」

はっとしてラングビーに視線を向けた。譫妄状態で寝返りを打とうとするんじゃないかと心配だった。

「おまえがここを狙ってたのはわかってる」ラングビーはぼくの手に抵抗しようとはせず、しゃべりつづけた。「これだけ屋根があれば、遅かれ早かれ起こることだ。ただし、ここはおれがちゃんと見張っていた。仲間になんと報告する気だ?」

ラングビーの防火服のうしろに長い裂け目ができていた。その下で、彼の背中が焦げ、くすぶっている。ラングビーは焼夷弾の上に落ちたのだ。

「たいへんだ」直接触れないように注意しながら、急いで火傷の度合いをたしかめようとした。火傷の深さはわからないが、コートが裂けた細い部分に限られているようだ。焼夷弾を体の下からとりだそうとしたが、外殻がまだストーブのように熱い。とはいえ、融けてはいない。ぼくが撒いておいた砂とラングビーの背中が火を消し止めたのだ。しかし、空気にさらしたら、また燃え出さないともかぎらない。ラングビーといっしょに落ちたはずのバケツと手押しポンプを探して、きょろきょろあたりを見まわした。

「武器を探してるのか?」ラングビーの言葉は、負傷者とは思えないほどはっきりしていた。「おれを置き去りにすればいいじゃないか。このまま放っておけば、朝までにはくたばるだろうよ。それとも、内々に汚れ仕事を済ませたいのか？」

立ち上がり、屋根の上にいる同僚を大声で呼んだ。ひとりが懐中電灯で照らしたが、光は下まで届かない。

「死んだのか？」上からだれかが叫んだ。

「救急車を頼む」ぼくはいった。「火傷してる」

火傷に触れないように気をつけてラングビーの体を支えながら、立ち上がるのに手を貸した。ラングビーはちょっとふらついてから、壁にもたれて立ち、ぼくが厚板の切れ端をシャベルがわりにして砂をすくい、焼夷弾を埋めるのを見守っていた。穴の上から降りてきたロープをラングビーの体に巻きつけた。立ち上がったあと、ラングビーはひとこともしゃべっていない。腰にまわしたロープを結ぶあいだも、されるがままになって、なおもじっとぼくを見つめている。

「地下聖堂でおまえを窒息死させておけばよかった」とラングビーはいった。

木の支柱にもたれ、両手で体を支えてゆったりと立つラングビーは、ほとんどくつろいでいるように見えた。たるんだロープを彼の両手にかけ、自分で握らなくても済むように、一回ぐるっと巻きつけた。

「囁きの回廊のあの一件以来、おまえには気をつけていた。高所恐怖症じゃないのはこれでわかったよ。だいじな計画をおれにぶち壊されたと思ってさっきここに降りてきたとき、この高さをまるでこわがってなかったからな。囁きの回廊ではいったいどうしたんだ？良心の痛みか？　赤ん坊みたいにまるくなって泣いてたじゃないか。『ぼくらはなんてことをしたんだ？　なんてことをしたんだ？』って。おまえを見てると気分が悪くなる。なんで正体がばれたかわかるか？　猫だよ。猫が水を嫌いなのはだれだって知ってる。汚らわしいナチのスパイ以外はな」

ロープが引かれた。「よし、ひっぱりあげてくれ」そう声をかけると、ロープがぴんと張りつめた。

「あのＷＶＳの女は？　やっぱりスパイなのか？　マーブル・アーチ駅で落ち合う手筈だったのか？　あそこが爆撃されるといってたな。おまえは最低のスパイだ、バーソロミュー。おまえの仲間は九月にあそこを爆撃したんだよ。営業を再開したんだ」

ロープがぐいと引っぱられて、ラングビーの体を持ち上げはじめた。彼は両手をひねってロープをしっかりつかみ直した。右肩が壁をこする。両手でラングビーの体をそっと押して、左側に壁が来るようにした。

「大きなまちがいだぞ」ラングビーはいった。「おれを殺すべきだったのに。思い知らせてやる」

ぼくは暗闇の中に立ち、自分用のロープが降りてくるのを待った。屋根に引き上げられたときには、ラングビーは意識を失っていた。ぼくは火災監視員たちのあいだを抜けてドームに入り、地下聖堂に降りた。

けさ、叔父からの手紙を受けとった。五ポンド札が一枚、同封されていた。

十二月三十一日

ダンワージーの部下がふたり、セント・ジョンズ・ウッドまで迎えにきて、試験に遅刻しているといった。抗議もしなかった。歩く死人に試験を受けさせるなんて不公平だとも思わず、彼らのあとについておとなしく歩いた。最後に眠ったのは……いつだろう。きのう、エノラを捜しにいく前。百年間、眠っていない。

試験場にいたダンワージーは、ぼくを見て目をしばたたいた。部下のひとりがぼくに試験問題を渡し、もうひとりが「はじめ」といった。用紙を裏返すと、手の火傷に塗った軟膏で紙に油のしみがついた。どうして火傷したのかわからず、両手を見つめた。ラングビーに寝返りを打たせたときに焼夷弾をつかんだが、この火傷は手の甲だ。

ふと、その答えが、ラングビーの頑（かたく）なな口調で頭に響いた。「ロープですりむいたんだよ、莫迦。ナチのスパイはロープの登りかたひとつ教わらないのか？」

試験問題に目を落とした。『①セント・ポール大聖堂に落ちた爆弾の数を答えよ。焼夷弾（　）個　パラシュート爆弾（　）個　高性能爆弾（　）個　②以下のそれぞれについて、消火にもっともよく使われた方法を答えよ。焼夷弾（　）パラシュート爆弾（　）高性能爆弾（　）③火災監視ボランティアの数を答えよ。第一当直（　）人　第二当直（　）人　④セント・ポール大聖堂における犠牲者の数を答えよ。負傷者（　）人　死者（　）人』

無意味な問いだ。どの問題も、解答欄はせまく、数字を書くのがやっとだ。消火にもっともよく使われた方法。ぼくが知っていることを、どうやってこのせまい欄に書けるのか。エノラとラングビーとあの猫に関する問題はどこにある？

席を立ち、ダンワージーのデスクに歩み寄った。「セント・ポール大聖堂はゆうべ、あやうく焼け落ちるところだった。なんですか、この問題は？」

「バーソロミューくん、きみの仕事は問いに答えることだ、質問することではなく」

「人間についての問いがありません」怒りの外殻が溶融しはじめていた。

「もちろんあるとも」ダンワージーは問題用紙をめくって二枚目を見せた。『一九四〇年の死傷者数を以下の死因別に答えよ。爆風（　）人　破片（　）人　その他（　）人』

「その他？」いまにも屋根が崩れ落ち、漆喰の破片と憤激のシャワーが降り注ぎかけていた。「その他？　ラングビーは自分の体で火を消した。エノラの風邪は日ごとにひどくなっていた。あの猫は……」ダンワージーの手から問題用紙をひったくり、『爆風』の横のせまい解答欄に『猫1匹』と走り書きした。「先生は彼らのことが、ぜんぜん気にならないんですか？」

「統計的観点からは重要だが」とダンワージーはいった。「しかし、個人個人は、歴史の流れにほとんど無関係だ」

ぼくの反射神経はぼろぼろだったが、驚いたことにダンワージーの反射神経も同じくらい錆びついていたらしい。ぼくのこぶしは彼のあごをかすめ、眼鏡を叩き落とした。

「もちろん歴史の流れに関係してる！」ぼくは叫んだ。「彼らこそ歴史なんだ。こんなくだらない数字なんかじゃなく！」

ダンワージーの部下たちの反射神経は研ぎ澄まされていた。もう一度こぶしを振り上げる間もなく両腕を押さえられ、部屋の外へとひきずられてゆく。

「彼らは、救ってくれる人もなく、過去にいる。目の前にかざした手さえ見えない真っ暗闇の中で、頭上から爆弾が降ってくるんだ。なのに彼らには重要性がないと？　歴史家とは、そういう立場の人間なんですか？」

戸口から廊下へと放り出された。

「ラングビーは大聖堂を救った。それより重要なことをなしとげられる人間がどれだけいると？　あんたは歴史家なんかじゃない。ただの――」ひどい言葉を投げつけたかったが、頭に浮かんだ唯一の悪態は、ラングビーのそれだった。「ただの汚いナチのスパイだ！」と怒鳴る。「ただのブルジョアのタルトだ！」

廊下の床に四つん這いになったぼくの前で、バタンとドアが閉まった。

「あんたの下で歴史家になんか金輪際なるもんか！」そう捨て台詞を叫んで、火災監視の石碑を見にいった。

十二月三十一日
この日記は、合間合間にちょこちょこ書くしかなくなっている。両手の火傷はかなり悲惨な状態だが、ダンワージーの部下たちはあまり面倒をみてくれない。キヴリンが、例のジャンヌ・ダルクっぽい表情で定期的にやってきては、軟膏をべたべた塗りつけるので、そのたびに鉛筆が持てなくなる。

セント・ポールズ駅はもちろんもう存在しないので、ホルボーン駅で降りて歩きながら、マシューズ首席牧師と最後に会ったときのことを思い出していた。シティが炎上した翌朝――つまり、けさのことだ。

「ラングビーの命を救ってくれたそうだね」首席牧師はいった。「それに、ゆうべは、きみたちふたりが大聖堂を救ってくれたと聞いた」

叔父からの手紙を見せると、首席牧師は、それがなんなのかわからないというように、まじまじと見つめていた。やがて、「永遠に救われたままでいるものはなにひとつない」とつづけたので、一瞬、ラングビーが死んだと聞かされるんじゃないかと思ってぞっとした。「ヒトラーが爆撃の目標を変えるまで、われわれはセント・ポール大聖堂を救いつづけなければならない」

ロンドン大空襲はもう終わりかけているんです、と教えたかった。あと数週間で、ヒトラーは地方を爆撃しはじめる。カンタベリーやバースに目標を移し、つねに大きな教会を狙う。あなたもセント・ポール大聖堂もこの戦争を生き延びて、火災監視碑の除幕式をとり行うんです。

「しかし、わたしは希望を抱いている。最悪の時は過ぎたと思う」

「はい」ぼくは、石碑と、いまもなお読むことができるその碑文のことを思った。いいえ、最悪の時はまだ過ぎていません。

ラドゲート・ヒルの頂上近くまでは、なんとか道に迷わずにたどりついたが、そこで完全に方向感覚を失ってしまい、墓地に迷い込んだ男のようにうろうろさまよい歩いた。まるで記憶になかったが、ここの瓦礫は、ラングビーがぼくを救い出そうとして掘っていた白い漆喰のかけらとよく似ている。石碑はどこにも見当たらない。最後に、石碑につまずいて転びそうになり、うっかり墓石を踏んづけた人みたいにぱっと跳びのいた。

残っているのはこれだけ。ヒロシマの爆心地には、数本の樹木が無傷のまま残っていたはずだ。デンヴァーの場合は、議事堂の階段。だが、そのどちらにも、『神の恩寵により この教会を救ったセント・ポール大聖堂火災監視員の男女を記念して』とは書いてない。

神の恩寵。

石碑の一部が欠けている。歴史家は、そこに『永遠に』という文字が刻まれていたと主張するが、ぼくは信じない。マシューズ首席牧師がすこしでも関わっていたなら、そんな文字を刻ませたはずはない。この記念碑を捧げられた火災監視員にしても、永遠に救えるなどとは一瞬も信じていなかったはずだ。ぼくらは焼夷弾をひとつ消火するたびにセント・ポール大聖堂を救ったが、それは次の焼夷弾が落ちるまでのこと。危険な場所を見張り、小さな火は砂と手押しポンプで、大きな火は自分の体で消しとめ、広大で入り組んだ建築物を焼失から守りつづける。まるで、『歴史実習４０１』の履修要項みたいだ。歴史家の存在理由がやっとわかった。なのにぼくは、それを理解する直前に、歴史家になるチャンスを——窓からピンポイント爆弾を放り込むように——あっさりと投げ出してしまった。

いいえ、最悪の時はまだ過ぎていません。

石碑には、ピンポイント爆弾の熱線による焦げ跡が残っている。伝説によれば、爆発の瞬間、大聖堂首席牧師がそこにひざまずいていたという。もちろん、ありもしない作り話だろう。正面玄関は、およそ祈禱にふさわしい場所じゃない。この黒い影が人間の痕跡としても、それは、ウィンドミル座の場所を聞きにきた観光客か、ボランティアの男にマフラーを届けにきた若い女性だった可能性が高い。それとも、猫か。

永遠に救われるものはなにひとつありません、マシューズ首席牧師。初日に西の大扉から大聖堂に入り、暗がりに目をしばたたいたあのときから、そのことはわかっていました。それでもやはり、ずいぶんひどいことです。こうして、膝まである瓦礫の中に立ちつくしているのは。この瓦礫を掘っても、折り畳み椅子や友人たちを救い出すことはできないし、ぼくがナチのスパイだと信じたままラングビーが死んでいったことや、ある日、エノラが大聖堂に来て、ぼくの不在を知ったことがわかっているのですから。ええ、ずいぶんひどいことです……。

でも、もっとひどいことになる可能性だってあった。ラングビーもエノラも死に、マシューズ首席牧師も死んだけれど、彼らはぼくがはじめから知っていたことを知らずに死んだ。囁きの回廊で、ぼくが悲しみとうしろめたさに心をさいなまれて膝を折った理由を――最後は結局、だれひとりセント・ポール大聖堂を救えないのだということを――知らなくて済んだ。ショックに茫然としたラングビーがうちひしがれた表情でぼくを見て、「だれがやった？　おまえの仲間のナチか？」とたずね、ぼくが、「いや、共産主義者だ」と答える。それが最悪の可能性だけれど、そんなことは起きえない。

部屋にもどると、キヴリンがまた手に軟膏を塗ってくれた。睡眠をとって、とキヴリンがいう。荷物をまとめて学寮を出るべきなのはわかっている。大学のスタッフに放り出されるのは屈辱だ。でも、キヴリンといい争う気力はない。キヴリンはエノラに似すぎている。

一月一日

ひと晩ぐっすりどころか、午前の郵便が届いたあとまで眠っていたらしい。いましがた目を覚ますと、キヴリンが封筒を持ってベッドの端に座っていた。

「成績表が届いてる」

ぼくは片腕で目を覆った。「その気になれば、史学部もずいぶん早く仕事をこなせるんだね」

「そうね」

「じゃ、見てみるか」といってベッドに体を起こした。「放り出されるまで、どのくらい時間の猶予があるか」

キヴリンはコンピュータで印字された薄っぺらな封筒をさしだした。ぼくはミシン目を裂いた。

「待って。封を切る前に、いっておきたいことがあるの」キヴリンは、ぼくの火傷した手にそっと手を添えて、「あなたは史学部のことを誤解してる。とてもいい人たちなのよ」

それは、ぼくがキヴリンに期待していた台詞ではなかった。「〝いい人〟っていうのは、ぼくがダンワージーを形容する語彙に入ってないね」そういって、封筒から紙片をひっぱりだした。

それをキヴリンからも見える膝の上に置いたときでさえ、彼女の表情は変わらなかった。

「ふむ」とぼくはいった。

プリントアウトは、ダンワージー教授の手書きのサインが入っていた。成績は優等だった。学位つきの。

一月二日
きょう、郵便が二通届いた。一通はキヴリンの現地調査割り当て通知。史学部は、すべてに気を配っている——ぼくの子守をするあいだだけキヴリンを現代にとどめておくことや、史学専攻の学生を送り込むためのプレハブ式火刑法廷をでっちあげることまで含めて。

史学部がほんとうにそうしたと信じたかったんだと思う。つまり、エノラとラングビーはただの雇われ俳優で、あの猫は、終盤の劇的効果を高めるために用意されたぜんまい仕掛けの精巧なアンドロイドだと。ダンワージーがいい人なんかじゃないと信じたいからではなく、もしこれが仕組まれたことなら、彼らのその後を案じる心労にいつまでも悩まされなくて済むからだ。

「前の実習先って、一三〇〇年のイングランドだったよね」ラングビーを見つめたときと同じ疑いの目で見つめながら、キヴリンにたずねた。

「一三四八年」キヴリンが遠い目になった。「黒死病の年」

「うそだろ。よくそんなことが許されたね。ペストは危険度10だ」

「生まれつき免疫があるのよ」そういって、キヴリンは自分の両手に目を落とした。

いうべき言葉を思いつかず、もう一通の封筒をあけた。エノラに関する報告書だった。コンピュータがプリントアウトした事実や日付や統計資料、史学部が愛してやまない数字の群れ。しかしそこには、ついぞ知ることはないだろうとあきらめていた情報が記されていた——エノラは風邪を治して、大空襲を生き延びた。弟のトムはバースでベデカー空襲（一九四二年三月二十八日から二十九日にかけてドイツ空軍が英国の五都市に対して実施した爆撃。ベデカー社の観光ガイドで目標を選んだのでこの名がある）の犠牲になったが、エノラはセント・ポール大聖堂爆破テロの前年にあたる二〇一五年まで生きていた。

報告書の内容を信じたのかどうか、自分でもわからないけれど、でも、そんなことは問題じゃない。ラングビーがあの老人に新聞を読んでやったのと同じく、この報告書は人間の親切心のあらわれだ。史学部はすべてに気を配る。

いや、すべてというわけじゃない。ラングビーがどうなったかは教えてくれなかった。でも、いまこれを書きながら、その答えを自分はもう知ってるんだと気がついた。ぼくは彼の命を救った。ラングビーが次の日に病院で死んだとしても、それはそれでかまわないという気がする。そして、史学部が実習を通じてぼくに学ばせようとしたつらい教訓にもかかわらず、ぼくはそれを——永遠に救われるものはなにひとつない、ということを——信じていない。もしかしたらラングビーだって、永遠に救われたのかもしれないという気がする。

一月三日

きょう、ダンワージーに会いにいった。なにをいうつもりだったのか自分でもわからない。人間の心に落ちる焼夷弾をひっそりと気高く見張りつづける、歴史版の火災監視員になりたいと思います云々と、大仰なたわごとを並べるつもりだったのか。

しかし、デスクの向こうで近眼の目をしばたたくダンワージーは、セント・ポール大聖堂が永遠に失われた日の朝、陽射しを浴びて立つその最後の雄姿を見つめているように見えたし、過去を救う（セーヴ）ことなどできないということをだれよりもよく知っているように思えたから、ぼくはかわりにこういった。「眼鏡を壊してしまってすみませんでした、先生」

「セント・ポール大聖堂はどうだった？　気に入ったかね」そういわれて、エノラとはじめて会ったときと同様、表面にあらわれたものの意味を自分がすっかりとり違えていたような気がした。ダンワージーが思いを馳せているのは、大聖堂が失われたことではなく、ぜんぜんべつのことだ。

「大好きになりました、先生」

「そうか」ダンワージーはいった。「わたしも大好きだ」

マシューズ首席牧師はまちがっている。実習期間中ずっと、記憶と悪戦苦闘した挙げ句ようやくわかったのは、記憶は敵なんかじゃないということと、歴史家という立場は気高い重荷なんかじゃないということだ。なぜなら、ダンワージーが目をしばたたいているのは、大聖堂最後の朝を告げる運命の陽射しに対してではなく、セント・ポール大聖堂の西の大扉を抜けた先にある、あの最初の午後の暗がりに対してなのだから。そして彼は、その暗がりを通して、ラングビーや過去のすべて、あらゆる瞬間と同じく、ぼくらの中に永遠に保存(セーヴ)されたものを見ているのだ。

ジョン・バーソロミューと同じく、わたしも、西の大扉から足を踏み入れ、陽光あふれる高いアーチの金色の輝きの中で教会を見た瞬間、セント・ポール大聖堂と恋に落ちた。

火災監視の話は聞いたことがあったけれど、そんなにくわしくは知らなかった。取材に持っていったノートに書いたメモには、『ロンドン大空襲のあいだ、司祭たちは地下聖堂で寝起きして、出火と同時に火災を消し止めた』とだけ書いてある。その下には、『われらここに横たわる』という文句。これは、作中に入れようかと思っていた詩の第一行だ。構想段階の語り手はセント・ポール大聖堂に埋葬されている偉人たちで——ネルソンとウェリントンとゴードン将軍——彼らが現代における自分たちのカウンターパートに対して論評するという形式で書くことを考えていた。

しかし、大聖堂を実際に自分の目で見て、戦時中、それがほんとうに焼失寸前だったことを知り、最終的に「空襲警報」となったこの物語を書かなければならないとさとった。

「どっかに行って」わたしは、英国旅行に同行した夫と友人たちに向かっていった。「お茶でも飲んでてちょうだい。わたしはこれをぜんぶ書きとめなきゃ」それから二時間、必要になるかもしれないことすべてを必死にメモした。地下聖堂の見取り図、囁きの回廊に通じる階段の段数、各チャペルや『世の光』やネルソンの墓の場所。

旅行から帰って、戦争と大聖堂と火災監視について調べられるかぎりのことを調べた。ロンドン大空襲と恋に落ちたのはそのときのことだと説明していたけれど、二、三年前、たまたま一冊の本を見つけて、ブリッツに魅惑されたのが実際はそれよりずっと前だったことに気がついた。

その本とは、ルーマ・ゴッデンの『ラヴジョイの庭』。八年生のときの先生、ミセス・ワーナーが、毎日、ランチのあとに朗読してくれた本だった。いわゆるヤングアダルト向けの本ではないし、先生がどうして生徒たちにその本を朗読することにしたのかもわからない。たぶん、いちばんもっともな理由――自分でその本が好きだった――からだろう。同級生の受けがどうだったのかぜんぜん覚えていないけれど、わたしはその本が大好きだった。

主人公は、ラヴジョイ・メイスンという少女で、ロンドンの教会が爆撃されたあとの瓦礫に花を植える。ずっとあとになって、これはフランシス・ホジソン・バーネット『秘密の花園』の語り直しだということにやっと思い当たった。
『ラヴジョイの庭』はすばらしい本だ——もっとも、さっき書いたとおり、八年生を相手に朗読するような本ではかならずしもない。ラヴジョイは非行少女で、非嫡出子。彼女の母親は役割モデルになるとはいいがたく、ネグレクトや破産、不幸な結婚生活や癌や死など、大人の問題が扱われている。

しかしそれでも、『ラヴジョイの庭』はすばらしい本だし、思いがけない場所に危険ややさしさが潜んでいる。それに、希望が。でも、わたしにとっていちばんよかったのは、ロンドン大空襲を垣間見る機会を与えてくれたこと。この本が最初の種を蒔いた——ラヴジョイの庭に蒔かれた矢車草の種とそっくりの種を。ただし、その種が芽を出したのは、わたしが陽光あふれるセント・ポール大聖堂に足を踏み入れた日のことだった。

教訓——教師たちよ、生徒に本を朗読しなさい。親たちよ、子供に本を朗読しなさい。でも、子供に読ませるべきだと思う本や、みんなが読んでいる本、年齢やテーマが子供にふさわしい本を選ばないこと。子供にはふさわしくないもの、ほかの人が退屈だと思うかもしれないものでもいいから、あなた自身が好きなものを朗読してください。あなたが蒔いた種は、何年も先、ずっとずっとあとになって芽を出すかもしれないし、二十年後に花を咲かせるかもしれないのだから。

マーブル・アーチの風

The Winds of Marble Arch

　地下鉄（チューブ）には乗りたくないとキャスはいった。

「前に来たときは好きだったじゃないか」ネクタイをさがしてスーツケースをかきまわしながら反論した。

「訂正。好きだったのはあなた」キャスはショートにした髪をブラッシングしながら、「あたしは、汚くて臭くて危険だと思った」

「それはニューヨークの地下鉄（サブウェイ）だろう。こっちはロンドン地下鉄道（アンダーグラウンド）だよ」ネクタイが見つからない。スーツケースのサイドポケットのファスナーを開けて、片手をつっこんだ。

「このまえロンドンに来たときは地下鉄に乗ったじゃないか」

「それに、スーツケースを抱えて三階まで階段を歩いて登った。あの最低のＢ＆Ｂに泊まったせいで。あんな思いをするのは二度とごめんよ」

もちろん、そんな必要はない。コノート・ホテルにはエレベーターがあるし、ベルボーイもいる。

「地下鉄(チューブ)は大嫌いだった。それでも地下鉄を使ったのは、タクシーに乗るお金がなかったからよ。いまは乗れるでしょ」

もちろん乗れる。ちゃんとしたホテルにも泊まれる。床はカーペット敷き、バスルームは共同ではなく、各部屋についている。あのなんとかホテルとは大ちがいだ。なんて名前だっけ？　裸足ではぜったいに歩きたくない、茶色のリノリウム張りの床。バスタブの上についているメーターにコインを入れないと湯も出なかった。

「あのとき泊まったホテル、なんて名前だっけ？」とキャスにたずねた。

「記憶から追放したわ。覚えてるのは、最寄りの地下鉄駅がお墓の名前だったことだけ」

「大理石の門(マーブル・アーチ)だ。でも、墓地にちなんだ名前じゃないよ。ハイド・パークにある門の名前なんだ。ローマのコンスタンティヌス帝の凱旋門を模してつくられた門」

「ふうん。でも、お墓みたい」

「ロイヤル・ヘルニア(ハーニア)だ！」だしぬけに思い出した。

キャスがくすっと笑って、「ロイヤル・ヘリテージね」

「ホテル・ロイヤル・ヘルニア・オブ・マーブル・アーチ。行ってみなきゃ。昔のよしみで」

「もうつぶれてるんじゃない？」キャスがイヤリングをつけながらいった。「あれから二十年よ」

「もちろんまだあるさ。あの汚いシャワー室とかもぜんぶそのまま。あのせまいベッド、覚えてる？　棺桶そっくりだったな。棺桶なら寝返りを打っても転がり落ちないから、そのほうがまだましだ」

　サイドポケットにもネクタイは入っていない。スーツケースからワイシャツをぜんぶとりだし、ベッドの上に積み重ねた。

「このベッドもたいして進歩してないな。まったく感心するよ、長の年月、英国人はよくもまあこんなベッドでどうにか繁殖してきたもんだって」

「あたしたちだってどうにかしたじゃないの」キャスが靴を履きながらいった。「年次大会（カンファレンス）は何時スタート？」

「十時」靴下と下着をベッドの上に放り出しながら、「サラとは何時の約束？」

「九時半」キャスは腕時計に目をやった。「芝居のチケットとるの、頼んでもいいかしら。時間ある？」

「いいとも。長老（ジ・オールド・マン）はどうせ、十一時より前にはあらわれないし」

「よかった。サラとエリオットは土曜しか空いてないのよ。あしたの夜はなにか用事があるらしくて。金曜の夜は、あたしたちのほうが食事の約束でしょ。ミルフォード・ヒューズの未亡人と、息子さんたちと。アーサーはいっしょに芝居に行くって？　連絡ついた？」

「いや。でも。長老はきっと行きたがるよ。なにを見るんだっけ？」ネクタイはあきらめた。

「『ラグタイム』。チケットがとれたらね。劇場はアデルフィ。もしだめだったら、『テンペスト』か『サンセット大通り』で。そっちも売り切れだったら『エンドゲーム』。ヘイリー・ミルズが出てる」

「『キスメット』はやってない？」

キャスはまたくすっと笑って、「『キスメット』はやってないのよ」

「アデルフィはなに駅っていった？」

「チャリング・クロス」キャスが地図を見ながら答えた。「『サンセット大通り』はオールド・ヴィック。『テンペスト』はデューク・オブ・ヨークよ、シャフツベリー・アヴェニューの。チケットは代理店でも買える。直接劇場に行くよりずっと早いわよ」

「いや、地下鉄を使えばちがうね。どの劇場へだって一瞬でたどりつけるから。それに、チケット代理店は観光客御用達だ」

キャスは疑り深い目でわたしを見た。「もしとれたら三列目で。でも、端っこの席はだめよ。それに、ドレス・サークルよりうしろの席も却下」

「天井桟敷も却下？」はじめてロンドンに来たとき、ぼくらが買えるチケットは、いちばんうしろの、いちばん上のほうの席だった。角度が急すぎて、見えるのは役者の頭のてっぺんだけだった。『キスメット』を見にいったとき、長老は最初から最後まで前に身を乗り出し、レンタルの双眼鏡ごしに、堂々たる胸を誇るラルムのアラビア衣裳を上から見下ろしていた。

「天井桟敷も却下」キャスは傘とガイドブックをバッグに突っ込んだ。「使えたら、アメリカン・エキスプレスで払って。だめだったらＶＩＳＡで」

「ほんとに三列目でいいのかな。ほら、前のときは長老のせいであやうく桟敷席から放り出されるところだったじゃないか。まわりにほかの客なんかほとんどいなかったのに」

キャスは支度の手をとめ、「トム」と、心配そうな顔でいった。「あれからもう二十年経つのよ。それに、アーサーと会うのも五年ぶりでしょ」

「そのあいだに長老が成長してるといいたいのかい？　ありえないね。彼のせいでグレースランドから追い出される羽目になったのは、つい五年前だよ。変わってるわけがない」

キャスはなにかいいたそうな顔をしたが、口をつぐみ、また外出用のバッグにものを詰める作業を再開した。「今夜のカクテル・パーティは何時から？」

「シェリー・パーティだって。こっちじゃシェリー・パーティを開くんだ。六時。ここで落ち合うことにしよう。それでいいかい？　それとも時間が足りないかな。きみとサラがロンドンじゅうのデパートを買い占めて、それに——何年だっけ?——三年分のゴシップを交換するのには」

　去年のアトランタと一昨年のバルセロナで、わたしはエリオットとサラに会っていたが、キャスはどちらの大会にも同行していなかった。「買い物はどこで?」

「ハロッズよ。はじめてロンドンに来たとき、あたしが買ったティー・セット覚えてる?あれとおなじのをさがそうと思って。それに、リバティでスカーフと、あとカシミアのカーディガンも。前のときお金がなくて買えなかったものぜんぶ」キャスはまた腕時計に目をやった。「もう出なきゃ。この雨で道が混みそう」

「地下鉄のほうがはやいよ。雨にも濡れない。ピカデリー線でナイツブリッジまで一本。外に出る必要さえない。ハロッズの入口は駅と直結してる」

「荷物を持って、あのおそろしいエスカレーターを昇ったり降りたりする気はありません。二回に一回は故障で動かないし。おまけにネズミまでいる」

「ピカデリー・サーカスでたった一回、たった一匹見ただけじゃないか。それも、ホームじゃなくて線路の上だった」

「あれから二十年経つのよ」キャスはベッドのほうにやってくると、ごちゃごちゃの衣類の山から手品のような手つきでネクタイをひっぱりだした。「たぶんいまごろ何千匹にも増えてる」わたしの頬にキスして、「傘を忘れないようにね。発表がんばって。あなたは地下鉄でどうぞ。地下鉄(チューブ)愛好者はあなたなんだから」といってドアを開け、廊下に出た。
「そのつもりだよ」とうしろから声をかけたが、エレベーターのドアはもう閉まっていた。

キャスの不吉な予言に反して、チューブは二十年前とそっくりおなじだった。いやまあ、そっくりおなじというわけじゃない。自動券売機が設置されているし、自動改札がわたしの五日間有効パスを吸い込み、また吐き出した。くわえて、木製だったエスカレーターは金属製に変わっている。しかし、むかしとおなじように傾斜は急だし、ミュージカルや舞台のポスターが左右に貼ってあるのもぜんぜん変わっていない。あのときは『キスメット』と『キャッツ』だった。今回は『ショウボート』と『キャッツ』。

キャスのいうとおり、わたしはチューブを愛している。世界でいちばんの地下鉄だと思う。ボストンのTは古くてぼろぼろだし、東京の地下鉄網は人間がすし詰めで、ワシントンのメトロは防空壕用に設計されたみたいに見える。パリのメトロは悪くないが、フランスにあるのが難点だ。BARTはサンフランシスコにあるけれど、あれに乗ってもどこへも行けない。

その点、チューブはどこへでも行ける。はるばるヒースローやハンプトン・コート、さらにその先のコックフォスターズだのマドシュートだの、よくわからない郊外の駅まで。あらゆる観光名所について、それぞれチューブの駅があり、迷うことはありえない。

しかしチューブは、ロンドン塔からウェストミンスター寺院へ、バッキンガム宮殿へと移動するのに効率的な交通手段だというだけではない。それ自体が名勝だ。トンネルと階段と通路からなるすばらしい地下迷路。プラットホームの壁を彩る特大サイズの劇場ポスターに負けないくらいカラフルで、すべての柱と壁とトンネルの分岐点に路線図が貼られている。

そのひとつの前で立ち止まり、交差する緑やブルーや赤の線を検分した。チャリング・クロス。乗るのは灰色の線。何線？　ジュビリー線だ。

カーブしたホームを案内板にしたがって歩き、東行きのホームに出た。

電車が出たところだった。線路の上の電光掲示板によれば、次は六分後。せまいトンネルに電車が吸い込まれてゆく。押し出された空気が突風となって吹きつけてくるのを待ち受けた。

かすかにジーゼル油と埃の臭いがする風が、となりに立つ女性の髪を乱し、スカートを波打たせた。電光掲示板の表示が変わる。次の列車まで三分。

新婚カップルを観察しながら時間をつぶした。手をつないで壁のポスターを眺めている。『サンセット大通り』、『スライディング・ドア』、それにハロッズ百貨店。いちばん端のポスターには、〝過去からの爆風〟とある。〝帝国戦争博物館でロンドン大空襲を体験しよう。エレファント&キャッスル駅が便利です〟

「電車がまいります」どこからともなくアナウンスの声がして、わたしは黄色い線まで歩み寄った。

ホームの端には、いまもまだ、〝電車とホームのあいだに広く空いているところがあります。隙間にご注意ください〟という見慣れた警告が書いてある。前のとき、キャスはホームのへりに近寄ろうとしなかった。電車がとつぜん線路からジャンプして襲ってくるんじゃないかと思っているみたいに、いつもタイル張りの壁に張りついていた。

電車が入ってきた。定刻ぴったり。輝くクロームとプラスチックの車体。床にガムはなく、オレンジ色のパイル加工シートに正体不明のなにかが付着していることもない。

「すみません」となりの女性がそういってショッピングバッグをどかし、席を空けてくれた。

チューブはほかの地下鉄より、乗客まで礼儀正しい。それに読書の質も高い。向かいの男性はディケンズの『荒涼館』を読んでいる。

電車の速度が落ちた。「リージェント・パーク」と平板な声がアナウンスする。

リージェント・パーク。前に来たときは、長老が「頭はこっちだ！」と叫び、この駅で電車を飛び降りた。

あのときは、長老の引率でサー・トマス・モアの遺体をめぐる愉快なツアーの最中だった。ロンドン塔で戴冠用宝玉を見物し、列に並んでいるあいだに『ロンドン1日40ドルの旅』を読んだキャスが、「サー・トマス・モアはここの教会に埋葬されているのよ。ほら、『わが命つきるとも』の」といって、ぼくらは全員でぞろぞろ彼の墓に向かった。

「彼の残りも見たいかい？」と長老がいった。

「彼の残り？」とサラが訊き返した。

「そこにはトマス・モアの体しか埋まってないんだ。頭を見なきゃ！」そういうなり、長老はぼくらを率いてレンタカーで出発し、モアの頭部がさらし首にされたロンドン橋、娘のマーガレットが頭をとりかえしたあとで埋葬したチェルシー庭園、それからカンタベリーの、問題の頭がいま埋められているという小さな教会を順ぐりにまわるあいだ、運転席からうしろをふりかえっては解説してくれた。

「トマス・モアの遺体探訪ワールドツアー終了」と猛スピードで車を走らせながら、長老はいったものだ。

「ただし、ハヴァス湖はのぞく」とエリオットがいった。「もともとのロンドン橋はいまそこにあるんじゃなかったか？」そして、サンディエゴで年次大会が開かれたとき、長老はエンジンの轟音を響かせてレンタカーで乗りつけると、ぼくら全員を会場から拉致してアリゾナ州に向かい、ハヴァス湖へ連行した。

長老に会うのが待ちきれない。今回、彼がどんなにとてつもない観光ツアーを計画しているのか予想もつかない。なにしろ、彼のせいで、ぼくらはアルカトラズ島から放り出される羽目になったのだ。

過去四回とも、長老は大会に来なかったから――最初の年はネパール滞在中、あとの三回は本の仕上げにかかりきりになっていた――最近の長老がなにを研究中なのか、早く知りたい。

「オックスフォード・サーカス」平板な声がいった。チャリング・クロスまであと二駅。ドアが開くと、外に顔を出して駅を眺めた。それぞれの駅は、区別しやすいような独自のデザインとシンボル・カラーがある。セント・パンクラス駅は濃紺で縁どられたグリーン、ユーストン・スクエア駅は黒とオレンジ、ボンド・ストリート駅は赤。オックスフォード・サーカス駅は、はじめてロンドンに来たときとは違って、「蛇と梯子」のゲーム盤をモチーフにしたブルーの新しいデザインになっていた。

電車が出発し、速度を上げた。チャリング・クロスまで五分、アデルフィ劇場には十分で着く。タクシーに乗ったキャスよりずっと速いし、快適さはまさるとも劣らない。

電車は八分で到着し、エスカレーターを昇って、雨の中、ストランドを歩き、アデルフィに着いたのは二十分後だった。十五分で着けたはずだが、道路を横断するのに十分待たされた（ひさしの下で雨宿りしながら、傘を持っていけというキャスのアドバイスを聞いておくんだったと後悔した）。大通りはロンドンの黒塗りタクシーやダブルデッカーのバスやミニ・クーパーが数珠（じゅず）つなぎになり、両方向ともものろのろ運転だった。

『ラグタイム』は売り切れだった。ロビーのラックに挿してあった劇場マップを一枚とり、デューク・オブ・ヨーク劇場の場所を調べた。シャフツベリー。最寄り駅はレスター・スクエア。チャリング・クロス駅にもどり、エスカレーターを降りて通路を歩き、ノーザン線のホームを目指した。まだ三十分ある。ぎりぎりだが、なんとかなる。

左手のトンネルをホームのほうに歩き出した。ほかの利用客とペースを合わせて進みながら、くぐもった話し声やハイヒールのカツカツという足音に混じって、近づいてくる電車のうなりが聞こえないかと耳をそばだてた。

人々の歩調が速くなった。ハイヒールが奏でるタタタンのリズムが加速する。尻ポケットから地下鉄マップをとりだした。ピカデリー線でサウス・ケンジントンまで行って、ディストリクト線に乗り換えて——

そのとき、爆風のような風に襲われた。たたらを踏み、危うくバランスを崩しかけた。あごにパンチを食らったように首ががくんとのけぞる。タイル張りの壁で体を支えようとやみくもに手を伸ばした。

IRAの爆弾テロだ！　とっさにそう思った。

しかし、焼けつくような突然の爆風につづくはずの音はなにも聞こえない。湿ったような、いやな臭いだけ。

サリンだ。反射的に鼻と口を手でおおったが、臭いは防げない。硫黄と、湿った土の臭いと、もうひとつべつのなにか。弾薬？　ダイナマイト？　くんくん嗅いで、それをつきとめようとした。

だが、なんだったにしろ、それはもう終わっていた。風は襲ってきたときとおなじようにぱったりやみ、臭いも消えた。かびくさい乾いた空気には、そのかすかな名残(なご)りさえ感じられない。

それに、爆弾とか毒ガスとかでもなかったらしい。ほかの通行人はだれひとり歩調をゆるめようともしない。タイル張りの通路を叩くきびきびしたハイヒールの音は一定のリズムを刻みつづけている。バックパックを背負ったドイツ人ティーンエージャーふたりがくすくす笑いながら急ぎ足で追い越してゆく。タイムズ紙を小脇にはさんだ、グレイのトップコートを着たビジネスマン、ぺなぺなのサンダルを履いた若い女性。だれひとり、なにも気にしていない。

だれもあれを感じなかったんだろうか。それとも、チャリング・クロス駅では日常茶飯事で、もう慣れっこになっているとか？

あんな爆風に慣れてしまう人間などいるわけがない。きっと、感じなかったんだろう。おれは感じたのか？

カリフォルニアの自宅で地震に遭ったときみたいだった。ぐらっと揺れたかと思うと、地震だと思う間もなくおさまってしまい、ほんとうに起きたことなのかどうか確信が持てなくなる。キャスや子供たちに「いまの感じた？」と訊ねてみるか、壁に掛けてある写真の傾きを見てたしかめるしかない。

いまここにある壁の写真はぺったり貼りつけてあるものだけだし、ドイツ人の学生やトップコートのビジネスマンは、「いまの感じた？」の答えをもう教えてくれている。

だが、おれは感じたぞ。そう思って、あのときの感覚を頭の中で再構成しようとした。熱、それから硫黄と湿った土の鼻をつく刺激臭。でも、体のバランスを崩しかけたのは——よろめいて壁に手をついたのは、そのせいじゃない。パニックと泣き叫ぶ人々の臭い。爆発する爆弾の臭い。

しかし、爆弾ではありえない。ＩＲＡは英国政府と和平交渉のテーブルに着いている。もう一年以上テロは起きていない。それに、爆弾なら、爆風の最中に止まったりしない。ロンドンの地下鉄では、前にも爆弾騒ぎがあった——その場合は、自動音声が「ただちに昇りエスカレーターに乗って避難してください」と告げるはずだ。「隙間にご注意ください」ではなく。

でも、もし爆弾じゃないとしたら、いったいなんだ？　それに、どこから来たんだろう？　通路の天井を見上げたが、鉄格子も通気孔も配水管もない。トンネルを歩きながら空気を嗅いだが、ありふれた臭いしかしなかった——埃と、湿ったウールと、たばこの煙。それに、通路が昇り階段になっている箇所では、オイルの強い臭い。

通路の先のほうで、電車がうなりをあげて入ってきた。電車。風が襲ってきたとき、ちょうど入ってくる電車があった。それが原因で風が起こったにちがいない。ホームに出て、そこに立ったままトンネルの奥を見つめた。またあれが起こることを半分望み、半分恐れながら。

電車が入ってきて停車し、ひと握りの乗客が降りてきた。「隙間にご注意ください」と合成音声がいった。ドアがシュッと音をたてて閉まり、電車が出ていった。線路に落ちていた紙切れが風に舞い上がり、側壁に吹き寄せられる。両足を開いてぐっと踏ん張ったが、とくに変わった臭いのしない、ふつうの風だった。

通路にもどり、ドアがないかと壁を検分し、風が吹き出すような隙間がないかとタイルをさわってみた。前とおなじ場所に立ち、べつの電車が入ってくるのを待つ。

だが、なにもないし、わたしは邪魔になっている。まわりを行き来する人々がくりかえし「すみません（ソーリー）」と口の中でつぶやく。「失礼（イクスキューズ・ミー）」の英国流表現にすぎないとわかってはいても、どうしても慣れない。いまだに謝罪されているように聞こえてしまう。通行の邪魔をしているのはわたしなのに。それに、もう大会に行かなければ。

あの風の原因がなんだったにしろ、たまたまの出来事だったのだろう。さまざまな路線のホームをつなぐ通路は上下何層にも分かれ、ウサギの巣のような迷路になっている。どこから風が吹いてきてもおかしくない。たぶん、ジュビリー線の乗客のだれかが腐った卵の箱を抱えていたんだろう。それとも血液サンプル。またはその両方。

ノーザン線のホームに行き、ちょうど入ってきた電車に乗り、どうにか十一時スタートのセッションに間に合う時刻に、大会会場に到着した。しかし、さっきの出来事で思った以上に動揺していたらしい。ロビーで受付をすませ、参加登録証のバッジを胸に着けているとき、外のドアが開いて突風が吹き込んできた。

びくっとして身を引き、そこに突っ立ったまま、ドアのほうを茫然と見つめた。やがて受付テーブルの女性が、「だいじょうぶですか?」と声をかけてきた。

わたしはうなずいた。「長老（ジ・オールド・マン）か、エリオット・テンプルトンはもう受付を済ませてる?」

「お年寄り（アン・オールド・マン）ですか?」女性はけげんな顔で訊き返した。

「お年寄りじゃない。長老だよ」とじれったい口調でいった。「アーサー・バードソール」

「午前の部のセッションはもうはじまっています」とテーブルに並べたバッジの名前を調べながらいった。「ホールのほうはごらんになりました?」

長老はこれまでただの一度もセッションに参加したことがない。

「ミスター・テンプルトンはいらっしゃってますね」受付の女性はバッジを見ながら、「ミスター・バードソールはまだ登録なさっていません」

「ダニエル・ドレッカーは来てるわよ」マージョリー・オダネルがいきなり声をかけてきた。「娘さんのこと、聞いたでしょ」

「いや」エリオットをさがしてあたりを見まわしながら答えた。

「施設にいるのよ。統合失調症だって」

わざわざそんなことを教えてくれるのは、わたしの態度が精神のバランスを欠いているように見えるからだろうか。一瞬そう思ったが、マージョリーはこうつけ加えた。

「だから、娘さんのことはぜったい訊いちゃだめよ。それと、ピーター・ジェイミスンにレスリーはいっしょかと訊くのも禁止。あのふたり、別れたから」

「わかった」といってその場を脱出し、最初のセッションに向かった。客席にエリオットの姿はなく、ランチ会場のホールでも姿が見えなかった。わたしはロンドンに住んでいるジョン・マコードのとなりに腰を下ろし、前置きなしでこう切り出した。

「けさ、チューブに乗ったんだ」

「ひどいもんだろ？」とマコード。「それにめちゃくちゃ高い。一日券っていまいくらだっけ？　二ポンド五十？」

「チャリング・クロスで、妙な風が吹いてきて」

マコードは訳知り顔でうなずいた。「列車が起こすんだ。ホームを出ていくとき、正面の空気が押しのけられる」マコードは両手を使って空気を押し出すしぐさをした。「トンネルに入ると、うしろにちょっとした真空状態ができる。その真空を埋めるために空気がうしろへどっと押し寄せ、それが風になる。列車が駅に入ってくるときも、向きは逆だがおなじことが起きる」

「それは知ってる」とじれったい気分で答えた。「でも、きょうのやつはまるで爆風みたいで、臭いは——」

「ゴミだらけだからな。それにホームレス。通路で寝起きしてる。壁に立ち小便するやつまでいる。チューブはここ数年でかなりひどくなってる」

「ロンドンのものはみんなそう」テーブルの向かいにすわっていた女性が口をはさんだ。

「リージェント・ストリートにディズニー・ストアができたの知ってる？」

「それにGAPも」とマコード。

「隙間(GAP)にご注意ください」とわたしはいったが、ふたりはロンドンの衰退と没落という話題に夢中になっていた。エリオットをさがさなきゃといいわけして、席を立った。

エリオットの姿はどこにもなかった。午後の部のセッションがもうすぐはじまる。ジョンとアイリーンのワトスン夫妻のとなりに腰を下ろした。

「アーサー・バードソールかエリオット・テンプルトンを見かけなかった？」とホールを見渡しながらたずねた。

「エリオットなら、午前の部のセッションの前に見かけた」とジョンがいった。「スチュアートは来てるよ」

　ジョンの向こうからアイリーンがこちらに身を乗り出し、声を潜めて、「スチュアートの手術の話、聞いた？　結腸ガンだって」

「腫瘍はぜんぶとれたと医者はいってるそうだ」とジョン。

「最近は大会に来るのも気が重くて」アイリーンがまた内緒話をするように身を乗り出した。「だれもかれも、老け込むか、病気になるか、離婚するか。ハリ・シュリーニヴァサウが死んだの、聞いた？　心臓発作だって」

「おっと、話をしなきゃいけない相手があそこにいた。すぐもどる」といって、わたしは通路を歩き出した。

　そして、スチュアートと鉢合わせした。

「トム！」と彼はいった。「どうしてたんだ？」

「そっちこそどうしてたんだ？　病気だったって聞いたぞ」

「元気だよ。医者の話だと、発見が早かったからぜんぶとれたそうだ。悩みの種は、ガンの再発じゃなくて、人間、年をとるとこういうことが待ってるとわかったことだな。ポール・ワーマンの話は聞いたか？」

「いや。なあ、セッションがはじまる前に、一本、かけなきゃいけない電話があるんだ」

　そういって、スチュアートが〝万人の衰退と没落〟に関する最新情報を伝えはじめる前に、ロビーのほうへ歩き出した。

「どこにいたんだ?」といって、エリオットがわたしの肩を叩いた。「ほうぼう捜しまわったんだぞ」

「おれがどこにいたかって?」船が難破し、何日もいかだに乗って漂流していた人間のような気分だった。「とにかくほっとしたよ、きみに会えて」といいながら、浮かれ気分でエリオットをながめた。あいかわらずすらりと背が高く、健康そうで、髪の生え際は後退する気配さえない。「ほかの連中はみんな崩壊しかけてる」

「おまえもそっちの仲間だろ」エリオットはにやっと笑った。「一杯やらなきゃいけない顔だ」

「長老はいっしょかい?」とあたりを見まわした。

「いや。この建物のどこにバーがあるか知ってるか?」

「あっちだ」と指さした。

「案内してくれ。話すことが山ほどあるんだ。たったいま、エヴァーズ&アソシエーツと話をして、新しいプロジェクトを承知させた。ビールを飲みながらぜんぶ話すよ」

エリオットはその話を済ませてから、前回の大会以降の自分とサラの近況について語った。

「長老はきょう来ると思ってたのに。でも、今夜には来るだろ?」

「だと思う。でなきゃあしただ」

「彼、元気なんだろ」バーの向こう、スチュアートが立ち話(ばなし)しているほうを見ながらたずねた。「病気とかじゃないよな？」

「ああ」エリオットがびっくりした顔になったのでほっとした。「彼、いまはケンブリッジだからな。サラとおれも、今夜は都合が悪いんだ。エヴァーズ&アソシエーツが祝いの席をもうけてくれることになってて。でも、途中でちょっと顔を出すよ。サラがそうするといいはって。きみたちに会いたがってる。ずっと楽しみにしてたからな。何週間も前からその話ばっかりだった。キャスと買い物に行くのが待ち遠しかったらしい」エリオットはバーカウンターに行って、ビールをもう一杯ずつ運んできた。「そういえば、サラにいわれたんだった。土曜日の芝居と夕食にはおれたちもぜったい行くと伝えておくようにって。なにを観るんだい？『サンセット大通り』とかいわないでくれよ」

「しまった！　どれでもない。チケットを買うのを忘れてた」あわてて腕時計に目をやった。三時四十五分。「チケット売り場はもう開いてるかな」

　エリオットはうなずいた。

「よし」コートをひっつかみ、ロビーのほうに歩き出した。

「『キャッツ』も勘弁してくれよ！」うしろからエリオットが叫ぶ声がした。

　どの舞台だろうと、チケットが残っているものがあればラッキーだ。そう思いながらチューブの駅に走り、改札を抜けた。この時刻では電車に乗るのもひと苦労。エスカレーターはぎゅうぎゅう詰めで、ポケットから劇場マップをとりだすのも骨がおれる。『テンペスト』はデューク・オブ・ヨーク。レスター・スクエアだ。地下鉄路線図をひっぱりだした――ピカデリー線。そちらに向かう通路はエスカレーターよりさらに混雑していて、さらに歩みが遅かった。すぐ前にいる、グレイのスカーフを頭にかぶり、年代物の茶色いコートを着込んだ老齢の女性は、静脈が浮いた手でコートの襟を押さえ、ハリケーンに立ち向かうように背中を丸め、頭を下げて、カタツムリのような速度でのろのろと足を引きずっていた。

老女を迂回して前に出ようとしたが、バックパックを背負ったティーンエージャーの一団に行く手をふさがれた。今度はスペイン人。四人並んで歩きながら〝ウナ・ビスタ・アラ・トッレ・デ・ロンドレス〟（ロンドン塔の景観）について論議している。

ぎりぎりのところで一本のがし、次の電車を待つあいだ、〝今度の電車は4分後〟の表示を十五秒おきにチェックしながら、うしろのアメリカ人カップルの険悪な議論に耳を傾けていた。

「四時にはじまるって、ちゃんといったじゃないの」と女。「これで遅刻ね」

「もう一枚、写真を撮るといいはったのはだれだよ」と男。「もう五百枚も撮ってるくせに、それでもどうしてもあと一枚撮らなきゃいけなかったんだよな」

「この旅行を思い出す記念になるものがほしかったのよ」女は皮肉っぽい口調で、「楽しい楽しい休暇旅行の記念がね」

ホームに滑り込んできた電車に押し合いへし合いしながら乗り込み、ポールをつかんで立つと、ぎゅうぎゅう押されながら劇場マップに目を落とした。ウィンダムもレスター・スクエアのそばだ。ウィンダムではなにをやってるんだろう？

『キャッツ』。

だめだ。しかし、『セールスマンの死』をやっているプリンス・エドワードは、ほんの二、三ブロック先。それにシャフツベリー・アヴェニュー沿いは劇場だらけだ。

「レスター・スクエア」自動音声がアナウンスした。乗客を押し分けて電車を降り、通路を歩くと、昇りエスカレーターに乗ってレスター・スクエアに出た。

地上はさらに混雑がひどく、デューク・オブ・ヨークまでたどり着くのに二十分近くかかったが、結局、チケット売り場は六時まで開かないと判明した。プリンス・エドワードの売り場は開いていたが、残っている『セールスマンの死』のチケットは二枚、それも十五列離れて一席ずつだけ。「五席並びでおとりできるのは、いちばん早くて……」と、黒の口紅をつけた窓口嬢がコンピュータのキーを叩きながらいった。「三月十五日になりますね」

三月十五日（アイズ・オブ・マーチ）か（シーザー暗殺の日を指す）。なんとぴったりだろう。チケットを持たずに帰ったら、きっとキャスに殺されるな。

「ここからいちばん近いチケット代理店は？」と窓口嬢にたずねた。

「キャノン・ストリートに一軒」と彼女はあいまいに答えた。

キャノン・ストリートか。おなじ名前の地下鉄駅があったはず。路線図を調べてみた。ディストリクト線とサークル線。ここからはノーザン線でエンバンクメントまで行って、ディストリクト線またはサークル線に乗り換えればいい。

腕時計に目をやった。もう四時半。六時にはシェリー・パーティの会場に行っていないと。ぎりぎりだ。レスター・スクエアに駆けもどり、ノーザン線のホームから電車に乗った。さっきよりさらに混んでいたが、乗客全員があいかわらず礼儀正しかった。ぎゅうぎゅう詰めの大混雑にもかかわらず、本を広げて読みつづけている。『ボヴァリー夫人』、ジェフ・ライマンの『253』、チャールズ・ウィリアムズの『地獄への転落』。

「キャノン・ストリート」コンピュータ音声が告げた。乗客を押し分けて電車を降りると、出口を目指した。

通路を半分ほど進んだとき、また襲われた。前とおなじ激しい突風、おなじ臭い。いや、おなじじゃない。体勢を立て直して、無関心に歩き過ぎる通勤客を見守る。硫黄と爆薬の刺激臭はおなじだが、かび臭い湿った臭いはない。それに今度は煙の臭いがした。しかし、火災報知器は鳴らず、スプリンクラーも作動していない。だれも気がついてさえいない。

地元の人間はあたりまえすぎて気にもとめないのかもしれない。慣れっこになっていて、臭いも意識しない。製材所とか、化学工場のような。前に一度、キャスの伯父が住むネブラスカ州の家に行ったことがある。肉牛飼育場の臭いが気にならないかとたずねると、「なんの臭いだね」と訊き返された。

しかし、牛の肥料は暴力やパニックの臭いはしない。それに、どこにでもある。もしこれがしつこく残る普遍的な臭いなら、ピカデリー・サーカスやレスター・スクエアではどうしてその臭いを嗅がなかったのか？

はるばるサウス・ケンジントンまで行ってから、無意識のうちに通路を逆もどりして電車に乗ったうえにもう七駅も来てしまったことに気がついた。芝居のチケットを買うことも忘れて。

引き返すつもりで電車を降りてから、どうしていいかわからずホームに立ちつくした。今回は腐った卵も、血液サンプルもなかった。チャリング・クロスの駅に限定された現象ではない。じゃあ、いったいなんだ？

電車から降りたひとりの女性がじれったげに腕時計に目をやった。わたしも自分の腕時計を見た。五時半。もどってチケット代理店に行く時間はない。それどころか、どの線に乗ればいいか調べてまっすぐホテルに帰るだけの時間しかない。

キャノン・ストリートにもどらなくていいことに――あの風にまた直面しなくていいことに心からほっとした。いったいなんなのだろう、そこまで強い恐怖を呼び起こすとは。そう思いながら地下鉄路線図をとりだした。

ホテルに帰るまでの道中ずっとそのことを考えつづけた。キャスに話すべきだろうか。話しても、地下鉄に対する彼女の不信感にだめ押しするだけだろうし、夫の帰りをいまかいまかとじりじりしながら待っているとしたら、地下鉄の風に関する突拍子もない話を聞く気分ではあるまい。キャスは遅刻を嫌う。なのにもう六時をまわっている。ホテルに着くころには六時半近くになっているだろう。

六時四十五分だった。エレベーターのボタンを五分間むなしく押しつづけたあと、階段を昇った。もしかしたらキャスも遅れているかもしれない。彼女とサラは、買い物をはじめたら時間を忘れてしまう。わたしはズボンのポケットからルーム・キーをとりだした。

キャスがドアを開けた。

「遅くなった、ごめん」名札のピンをはずし、ジャケットを脱ぎながらいった。「五分くれ。きみのほうは準備できてる?」

「ええ」キャスはこちらにやってくると、ベッドに腰を下ろしてわたしを見た。

「ハロッズはどうだった?」シャツのボタンをはずしながら、「ティー・セットは買えた?」

「いいえ」キャスは組んだ両手に目を落とした。

スーツケースからきれいなシャツをとりだし、袖を通した。「でも、サラとは楽しく過ごしたんだろ？」ボタンを留めながら、「なにを買ったんだい？　きみたちふたりでハロッズを空っぽにするんじゃないかとエリオットが心配してたよ」口をつぐみ、キャスの顔を見た。「どうした？　子どもたちが電話してきた？　なにかあった？」

「子どもたちは元気よ」

「でも、なにかあったんだ。サラと乗ったタクシーが事故を起こしたとか」

キャスは首を振った。「なにもなかった」それから、目を伏せたままでいった。「サラが浮気してるの」

「なに？」ばかみたいにいった。

「浮気してるのよ」

「サ、サラが？」信じられなかった。愛情豊かで誠実な、あのサラにかぎって。

キャスは、まだ自分の両手に目を落としたままうなずいた。

ベッドに腰を下ろした。「本人がそういったのか？」

「いいえ。もちろんちがう」キャスは立ち上がり、鏡の前に立った。

「だったらどうして……」とたずねたが、答えはわかっていた。子どもたちが水疱瘡（みずぼうそう）にかかったことや、妹が婚約したこと、父親の事業がうまくいってないことを察知したのとおなじやりかただ。キャスはいつも、だれよりも早くものごとに気づく——サブリミナルなサインだか空気の振動だかを感知する超高感度のセンサーを装備している。そして、彼女はつねに正しい。

サラとエリオットの結婚生活はうちとおなじぐらい長い。仲間内の〝結婚はいまなお有効な制度である〟リストのトップに位置しているカップルだった。

「たしか?」

「たしかよ」

どうやって察知したのか聞きたかったが、聞いても意味はない。アシュリーが水疱瘡にかかったときは、「あの子、熱があるときはいつも目がぱっちりするし、二週間前にリンジーがかかってたから」と教えてくれたが、たいていの場合は、ブロンドのショートヘアを軽く揺するだけで、どうやって結論に到達したのか説明できなかった。それでも、キャスはいつも正しかった。いつも正しい。

「でも——きょうエリオットに会ったけど、元気そうだったよ。彼は——」エリオットが口にしたことすべてを思い返して、心配ごとや悩みの徴候がなかったか考えてみた。サラとキャスが湯水のように金を使うだろうといったけれど、それはいつもの愚痴だ。「うまくいってるような口ぶりだったけど」

「ネクタイ締めて」

「でもしサラが――行きたくないなら行かなくていいんだよ」

「ううん」キャスは首を振った。「ちがうの。だめ、行かなきゃ」

「もしかしたらきみの誤解で――」

「いいえ」といってバスルームに入り、キャスはドアを閉めた。


タクシーをつかまえるのに苦労した。コノート・ホテルのドアマンはなぜか姿が見えず、いくら必死に手を振っても、ロンドンの角張った黒いタクシーはすべてそれを無視した。やっと停まってくれた一台も、パーティ会場にたどりつくまで死ぬほど時間がかかった。「芝居の客だよ」運転手は渋滞の理由を陽気に説明した。「お客さんたち、こっちにいるあいだになにか観る予定かね」


サラが浮気していると信じているいまも、キャスはまだ芝居見物に行くつもりだろうかと考えた。しかし、車がサヴォイの前を通過し、『ミス・サイゴン』のネオンサインが輝いているのを見たとき、キャスはたずねた。「どの舞台のチケットがとれたの？」

「とれなかった。時間切れで」あした買いにいくつもりだといいかけたが、キャスは聞いていなかった。

「買おうと思っていたティー・セット、ハロッズになかった」サラの話をしたときとおなじ、希望のかけらもない口調だった。「あのシリーズは四年前に製造中止になったんだって」


パーティには一時間半近く遅刻した。エリオットとサラはとっくに夕食に出かけたあとだろう。そう思って、内心ほっとしていた。

「キャス！」ドアを開けて中に入るなり、マージョリーが叫び、キャスの名札を持って走ってきた。「よかった！　話すことがいっぱいあるのよ！」

「長老を捜してくるよ」とキャスにいった。「あとでいっしょに食事に行くかどうか聞いてくる」たぶん、ソーホーかハムステッド・ヒースにひっぱっていかれる。長老はいつも、ウナギのパイだの本物の英国産スタウトだのを出す隠れた名店を知っている。

混雑したフロアを歩き出した。長老はいつも大勢の取り巻きに囲まれ、にぎやかな笑い声があがっているからすぐにそれとわかる。それに、バーの近くだ。そちらの方向に人々の一団を見つけた。

人混みを縫ってそちらへ歩いていく途中で、トレイからワインのグラスをひとつとったが、近づいてみると長老ではなく、ランチの席にいた連中だった。話題はよりにもよってビートルズ。衰退と没落じゃないのがせめてもだ。

「メンバー三人が再結成ツアーの相談をしていた時期もあったけど」とマコードが話している。「もう立ち消えだろうな」

「長老にひっぱられて、ビートルズ・ツアーに行ったことがあるよ」と口をはさんだ。

「だれか、長老の姿を見てないか？　あのときは、全アルバムのジャケットを再現するんだといって聞かなくて。アビー・ロードを横断しようとして、ぼくらはあやうく死にかけた」

「ケンブリッジから着くのはあしたじゃないかな」とマコードがいった。「長いドライブだから」

長老はかつて、ぼくらを乗せて四百マイルの距離をドライブし、ハヴァス湖のロンドン橋を見にいった。一団の頭ごしに目を凝らし、長老をさがす。彼の顔は見えなかったが、かわりにエヴァーズを発見した。ということは、サラとエリオットはまだこの会場にいるわけだ。キャスは入口のそばでマージョリーと話している。

「リンダ・マッカートニーのことはほんとに悲しいわね」昼間ディズニー・ストアのことを話していた女がいった。

わたしはワインをあおり、遅まきながらシェリー・パーティだったと思い出した。

「彼女、何歳だった？」とマコードがたずねる。

「五十三」

「乳ガンと診断された知り合いが三人いるわ」ともうひとりの女がいった。「三人よ。おそろしい話」

「次はだれかって、いつも考えるようになる」とディズニー女。

「あるいは、次はなにか」とマコード。「スチュアートの話は聞いた？」

シェリーのグラスをディズニー女に押しつけ、むっとした顔にもかまわず、キャスのほうへ歩き出したが、今度は彼女の姿も見えなくなった。立ち止まり、背伸びしてキャスをさがした。

「そこにいたのね、ハンサムさん！」サラがうしろからやってきて、腰に腕をまわした。「ほうぼう捜しまわったのよ！」

頬にキスされた。「エリオットが気をもんでたわよ。あなたにまかせてたら、みんな『キャッツ』に連れていかれることになるんじゃないかって。彼、『キャッツ』が大嫌いなのに、だれかロンドンに来るたびに『キャッツ』に行く羽目になるの。あの人がどんなに気をもむたちか知ってるでしょ。まさか、ちがうわよね。『キャッツ』のチケットとっちゃった？」

「いや」サラの顔を見つめた。いつもと変わらないように見える——黒髪は耳のうしろにひっつめられ、眉はいまもいたずらっぽいアーチを描いている。いつもと変わらないサラ——いっしょに『キスメット』やハヴァス湖やアビー・ロードに行った、あのサラだ。

キャスはまちがっている。他人に関するサブリミナルな信号を察知する能力があるかもしれないが、今回だけはキャスの勘違いだ。うしろめたそうなそぶりも、不安そうな態度も、サラにはまったくない。目をそらしたり、キャスを避けたりすることもない。

「キャスはどこ？」つま先立ちになってフロアを見渡しながらサラがいった。「話があるのよ」

「なに？」

「ティー・セットのこと。きょう見つからなかった話、聞いた？　家に帰ってから思いついたんだけど、セルフリッジ百貨店ならきっとある。あそこはいつも流行から数年遅れだから。あ、いた！」サラは勢いよくそちらに手を振り、「帰る前にそれだけは話しておこうと思って」といって歩き出した。それから、こっちをふりかえって、「エリオットを捜して、すぐ行くと伝えて。それに、『キャッツ』じゃないそうだから安心していいわよ、って。一晩中やきもきされたんじゃたまらないから。どこかそのへんにいるはずよ」と入口のほうにあいまいに手を振る。人混みをすり抜けて歩いていって、ドアのわきに立っているエリオットを見つけた。

「サラを見なかったか？」とエリオット。「エヴァーズが車を回してくるといって、さっき出ていったんだけど」

「キャスとしゃべってるよ。すぐ来るって」

「冗談だろ。あのふたりがしゃべりだしたら――」エリオットはやれやれという顔で首を振り、「サラの話だと、きょうはすごく楽しかったそうだよ」

「長老はもう来てる？」

「電話があって、今夜は来られないってさ。あした会おうという伝言だった。楽しみだよ。彼がケンブリッジに越してから、おれたちもめったに会ってないから。ほら、こっちはいま、ウィンブルドンだし」

「いきなりやってきて、ディケンズのひじを見にいこうと拉致することもなく？」

「最近はないね。ああ、そうだ、覚えてるだろ、サラがアーサー・コナン・ドイルの名前を出したら、長老がおれたちをベーカー街までひっぱっていって、シャーロック・ホームズの消えたフラットを探したときのこと？」

あの日のことを思い出し、つい笑ってしまった。長老が玄関のドアを叩き、「221Bをどこへやったんです、マダム？」と問いただし、スコットランドヤードに通報するといいはった。

「それから今度は、庭（ヤード）がない、庭をどこへやったんだと大騒ぎした」とエリオットも笑いながらいった。

「土曜日、みんなで舞台見物に行く話、伝えてくれたか？」

「ああ。『キャッツ』のチケットをとったんじゃないだろうな」

「まだなんのチケットもとってないよ。時間切れで」

「とにかく、『キャッツ』は勘弁してくれ。『オペラ座の怪人』も」

サラが赤い顔で息せき切って走ってきた。「ごめん。キャスと話があって」わたしの唇にちゅっとキスをして、「さよなら。色男さん。土曜日にね」

「さあ、早く。彼にキスしたいなら土曜日にいくらでもできるだろ」エリオットがサラを戸口のほうにせき立てた。「それと、『レ・ミゼラブル』も禁止!」とふりかえって叫ぶ。

ふたりを笑顔で見送った。きみのまちがいだよ、キャス、と心の中でいう。あのふたりを見てみろ。もし浮気しているならサラがあんなふうにおれにキスするわけがない。エリオットがそれを平然と傍観するはずも、ふたりがティー・セットだの『キャッツ』だのの話をするはずもない。

キャスのまちがいだ。彼女のレーダーはいつも百パーセント正確だが、今回にかぎっては誤作動を起こした。サラとエリオットの結婚生活は順調だ。だれも浮気などしていないし、土曜の夜はみんなで楽しく過ごせる。

この気分がその夜はずっとつづいた。マージョリーがまとわりつき、養護老人ホームに入れるつもりだという自分の父親の衰退と没落について微に入り細にわたってしゃべったり、はじめてロンドンに来たとき、最高のフィッシュ&チップスを食べさせてくれたパブが火事で焼け落ちていることが判明したりしても、それは変わらなかった。

「いいのよ」かつて店があった角に立ち、キャスはいった。「子羊と冠亭に行きましょう。あそこがまだあるのは知ってる。けさ、ハロッズに行く途中で見たから」

「ウィルトン・プレイスだよね」わたしは地下鉄路線図をとりだした。「ハイドパーク・

コーナー駅のすぐ向かいだ。地下鉄で——」

「タクシーを呼んで」とキャスがいった。


キャスは、サラの浮気についてそれ以上なにもいわなかった。あしたもサラと買い物に出かけるということだけ。「まずセルフリッジ、それからリジェクト・チャイナ・ショップ——」パーティでサラに会って、自分がまちがっていたと気がついたのだろうか。


しかし翌朝、わたしが出かけるとき、彼女はいった。「あなたがシャワーを浴びてるとき、サラが電話してきて、キャンセルになったわ」

「土曜の舞台に行けなくなったって？」

「いいえ。きょうの買い物がキャンセル。頭痛がするって」

「あのひどいシェリーを飲み過ぎたんじゃないかな。じゃあ、きょうはどうする？　いっしょにランチを食べるかい？」

「大会に来てるだれかだと思う」

「だれが？」話についていけなくて訊き返した。

「サラの浮気相手」キャスはガイドブックを手にとった。「もしこっちに住んでいるだれかなら、わざわざ危険をおかして、あたしたちがいるあいだに会う必要ないもの」

「サラは浮気なんかしてないよ。会ったからわかる。エリオットにも会った。彼は——」

「エリオットは気がついてない」キャスはガイドブックをバッグに乱暴に突っ込んだ。「男は鈍感なのよ」

キャスはバッグの中にどんどんものを入れていく——サングラス、傘。「今夜はヒューズ一家と七時から夕食の予定。五時半にここで落ち合いましょう」傘を手にとる。

「まちがいだよ。あのふたりの結婚生活はぼくらより長い。サラはエリオットにぞっこんだ。失うものがあんなにたくさんあるのに、どうして浮気なんかで危険にさらす?」

キャスは、傘を手にしたまま、ふりかえってこちらを見た。「さあね」と短くいう。

「なあ」とつぜん、キャスのことがかわいそうになった。「長老とランチを食べるから、きみも来ないかい?　あのインド料理屋のときみたいに、長老がまた追い出されるようなことをしでかすかもしれない。楽しいよ」

キャスは首を振った。「あなたとアーサーは旧交をあたためたいでしょうけど、わたしはセルフリッジを先送りにしたくないの」こちらを見上げて、「アーサーに会ったら——」そこで口をつぐみ、サラについて考えているときとおなじような顔をした。

「彼も浮気をしてると思ってるのかい、なんでもお見通しの物知りさん?」

「いいえ。彼はわたしたちより年上よ」

「だから彼のことを長老と呼ぶんだよ。杖を持って長い白髭を生やしているとでも?」

「いいえ」キャスはバッグを肩にかけた。「セルフリッジにあのティー・セットがあったら、十二客買うつもり」

キャスはまちがってる。それを証明してやる。観劇で楽しいときを過ごせば、キャスも、サラが浮気なんかしているわけがないと思い知るだろう。もしチケットを入手できれば。『ラグタイム』はソールドアウトだった。ということは『テンペスト』も売り切れの可能性が高い。『サンセット大通り』も『キャッツ』もエリオットに却下されたから、残る選択肢はそう多くない。下りのエスカレーターに乗って、劇場のポスターをながめながら思った。それに『レ・ミゼラブル』も却下。

『テンペスト』と、ヘイリー・ミルズが出る『エンドゲーム』は、どちらもレスター・スクエア近くの劇場だ。どちらのチケットも買えなかった場合、リスル・ストリートに一軒、チケット代理店がある。

『テンペスト』はやはり売り切れだった。オールベリー劇場まで歩いた。

『エンドゲーム』は、オーケストラの正面、三列目に五席並んで空きがあった。「すばらしい」といって、アメリカン・エキスプレスのカードをカウンターに出した。むかしとは大ちがいだ。

むかしだったら、山頂の席に空きはないか真っ先にたずねたところだ。傾斜が急すぎて、座席のひじかけをしっかりつかんでいないと転落死する危険があり、レンタルの双眼鏡を使わないと遠すぎて舞台も見えない席。

　そしてむかしだったら、とむっつり思った。むかしだったら、すぐ横にキャスがいて、その安い席だったらチケット代が払えるかどうか、すばやく計算をしていた。なのにいまは、値段も聞かずに中央、前から三列目のチケットをカードで購入し、キャスはタクシーでセルフリッジに向かっている。

　チケットを差し出した窓口嬢に、「最寄りの地下鉄駅は？」とたずねた。

「トッテナム・コート・ロードです」

　路線図を広げた。セントラル線でホルボーンまで行けば、あとはサウス・ケンジントンまで一直線だ。「どっちのほう？」

　窓口嬢は山ほどブレスレットをつけた腕で、あいまいに北のほうを指した。「セント・マーティンズ・レーンをまっすぐ」

　セント・マーティンズ・レーンを歩き、モンマス・ストリートを渡り、マーサー・ストリートを通って、シャフツベリー・アヴェニューとニュー・オックスフォード・ストリートを経由した。明らかにトッテナム・コート・ロードよりもっと近い駅があったはずだが、すでに手遅れ。それに、タクシーに乗る気はない。

　この行程を歩くのに三十分かかり、ホルボーンまでにもう十分かかった。その間に、リリック座はピカデリー・サーカスから四ブロックもない場所にあったことをつきとめた。

ロンドンの地下鉄駅がどんなに深いか、エスカレーターがどんなに長いかを忘れていた。何マイルも降りていくような気がした。板張りの階段をがたごと下り、通路を歩きながら腕時計に目をやった。

九時半。大会会場にはじゅうぶん余裕をもって着ける。長老はいつ来るだろう。ケンブリッジからドライブしてくるということは、一時間と――と考えながら、ツイードのジャケットを着た男につづいて短い階段を下りた。

最後の一段を下りたとき、風が襲ってきた。今回は、爆風というより、冷たい部屋のドアを開けたような感覚だった。

地下室だ。金属製の手すりを探りながら思った。いや、ちがう。もっと冷たい。死の冷気。食肉保管庫。冷凍食品貯蔵室。それに、つんと来る不快な化学薬品臭がまじっていた。消毒薬みたいな。吐き気がするような臭い。

いや、冷蔵室じゃない。生物学の実験室だ。そのとき、ホルムアルデヒドの臭いだと思い当たった。それに混じって、もうひとつべつのなにか。口を閉じ、息をつめたが、甘ったるい、むかつくような悪臭は、すでに鼻孔を抜けてのどに入っていた。ちがう、生物学実験室じゃない。そう考えてぞっとした。遺体安置所だ。

見えないドアは開いたときとおなじく唐突に閉まり、風はぱったりやんだ。しかし、冷気のいやな感触はまだ鼻孔につきまとい、ホルムアルデヒドの不快な味はまだ口の中に残っている。腐敗と死と衰弱の味。

いちばん下の段に立ち、空気を呑み込むような浅い息をしているあいだ、人々はわたしの周囲を歩き過ぎていった。ツイードのジャケットの男が通路の前方で角を曲がるのが見えた。彼は感じたはずだ。わたしのすぐ前にいたのだから。あとを追って歩き出した。ふたり連れの子ども、サリー姿のインド人女性、手提げ袋を持った主婦を追い越してとうとう追いついたとき、男は混雑したホームに出るところだった。

「あの風を感じました?」男の袖をつかんで、そうたずねた。「いまさっき、トンネルで」

男はびっくりした顔をしたが、話を聞いて表情をやわらげ、「アメリカの方ですね。電車がトンネルに入るときはいつもちょっとした風が吹くんです。あたりまえのことで、なんでもありませんよ」袖をつかんでいるわたしの手に、とがめるような視線を投げた。

「でも、さっきのは氷のように冷たくて――」と食い下がる。

「ああ、なるほど。ここはテムズ川のすぐそばですから」男の表情がちょっと厳しくなり、「では、失礼」わたしの手から腕を離すと、「よい休暇を」といって、人混みを縫うようにホームのいちばん端へと歩いていった。

ひきとめようとはしなかった。あの男が感じなかったのは明らかだ。でも、そんなはずはない。すぐ前にいたのだから。

もしあれが現実の風だったとすれば。わたしが風変わりな幻覚を体験しているのでないとすれば。

「やっと来た」女性が線路の先のほうを見ながらいった。電車が入ってくるところだった。風が壁に貼ってあるビラをはためかせ、ホームの端のほうに立つ女性のブロンドの髪を揺らした。彼女はそれにかまわず、となりの男になにか話しかけながら、肩にかけたバッグの革のストラップを動かした。

またあれが襲ってきた。冷気と化学薬品と腐敗の攻撃、衰退の悪臭。

男はあれを感じたはずだ。ホームを見ながらそう思ったが、彼は無頓着に電車に乗り込んだ。そのとなりにいた観光客たちは顔を上げて電車を見たあと、なにごともなかったようにまた手もとの路線図に目を落とした。

彼らは感じたはずだ。そう思ったとき、年配の黒人男性が目に入った。チェックのジャケットを着て、ホームの中ほどに立っている。風が吹いてきたときぶるっと身震いし、亀が甲羅の中に頭をひっこめるように、ごま塩の首をすくめた。

彼は感じたんだ。黒人男性のほうに歩き出したが、彼はもう電車に乗り込み、ドアが閉まりはじめていた。走っても追いつかない。ドアがシュッと音をたてて閉まる間際、わたしは最寄りの車両に飛び乗り、ドアのすぐ内側に立って、次の駅に着くのを待った。ドアが開くなり、ドアの枠をつかんだまま外に出て、老人が降りたかどうかをたしかめた。降りていない。次の駅でも降りなかった。ボンド・ストリートは簡単だった。だれも降りなかった。

「マーブル・アーチ」と抑揚のない声がいい、電車はタイル張りの駅に滑り込んだ。

いったいマーブル・アーチになにがある？　キャスとふたりでロイヤル・ヘルニアに泊まっていたとき、こんなおおぜいの人間がいたためしはなかった。なのにいまは乗客全員が電車を降りてゆく。

でも、さっきの老人は？　ドアから身を乗り出し、彼が降りたかどうかたしかめようとした。

人が多すぎて見つからない。一歩踏み出したとたん、降りたのとおなじぐらいおおぜいの人間が乗り込んできて、わきへ押しのけられた。

老人が乗った車両のほうへとホームを歩きながら、首をのばし、群衆の中にあのチェックのジャケットとごま塩頭をさがした。

「ドアが閉まります」合成音声がアナウンスし、電車のほうを振り向いた瞬間、動き出した電車の窓の向こうから、座席に座った老人がこちらを見ているのが見えた。

今度はどうする？　とつぜん無人になったホームにたたずみ、考えた。ホルボーンにもどって、またあれが起こるかどうかをたしかめる？　だれかほかの人間が――だれか、電車に乗って行ってしまわない人間が――あれを感じるかどうかをたしかめる？

もちろんここではなにも起きない。ここはおなじみの駅だ。はじめてロンドンに来たとき、毎朝この駅から出かけて、毎晩この駅に帰ってきたが、妙な風に出遭うことなど一度もなかった。ロイヤル・ヘルニアはたった三ブロックの距離。ぼくらは手に手をとって隙間風の吹く階段を駆け上がりながら大笑いして、トマス・モアの墓に案内してくれた長老がカンタベリーの聖堂番に向かっていった台詞（せりふ）は傑作だったと――

長老。風の原因がなんなのか、もしくはどうすれば原因をつきとめられるのか、長老ならきっとわかる。長老は謎が大好きだ。ぼくらをグリニッジや大英博物館やセント・ポールの地下聖堂に連れていって、ある海戦でネルソン提督が失った腕がどうなったのか、その行方をつきとめようとした。この風の原因をつきとめられる人間がもしだれかいるとしたら、それは長老だ。

それに、もう到着しているはずだ。そう思って腕時計を見た。しまった、もう一時近い。壁の地下鉄路線図の前に行って、大会会場までのルートをチェックした。ノッティング・ヒル・ゲートまで行って、ディストリクト線かサークル線に乗り換え。次の電車が何分後に来るのか、ホームの上の電光掲示板を見上げていたので、風が襲ってきたとき、あの老人のように背中をまるめ身を縮めて衝撃をやりすごす余裕がなかった。台座の上のサー・トマス・モアさながら、首をまっすぐのばしていた。

しかも、風は必殺の勢いで刃のようにホームを切り裂いた。今回は、遺体安置所の臭いも、熱もなかった。突風と、塩と鉄の臭い、ただそれだけ。恐怖と血と突然の死の香り。なんなんだ？　タイル張りの壁に手をついて体を支えながら思った。いったいなんなんだ、これは？

長老だ。長老に会わなければ。

地下鉄でサウス・ケンジントンに行き、大会会場まで走り通した。長老が来ていないんじゃないかと半分恐れていたが、彼はいた。会場に入ったとたん、彼の声が聞こえた。いつもの取り巻きがまわりに集まっていた。そちらに向かってロビーを歩き出した。

エリオットがその一団から離れて、こちらにやってきた。

「長老に話があるんだ」とわたし。

エリオットは、制止するように腕をつかんだ。「トム――」

エリオットの顔には、キャスがベッドに腰かけて「サラが浮気してるの」と告げたときとおなじ表情が浮かんでいた。

「どうしたんだ？」答えを聞くのが怖かった。

「なんでもない」エリオットはラウンジのほうをふりかえった。「アーサーは――いや」つかんでいた手を離した。「おまえの顔を見たら大喜びするよ。トムはどこだとたずねていたから」

長老は崇拝者たちに囲まれ、安楽椅子に悠然と腰かけていた。二十年前とまったく変わらない外見だ。体はいまもひょろ長く、明るい色の髪はいまも少年っぽくひたいにかぶさっている。

ほらね、キャス。長い白髭も、杖もない。

長老はこちらに気づくなり口をつぐみ、立ち上がった。「トム、この放蕩息子！」その声は前と変わらず力強かった。「朝からずっと待ってたんだぞ。どこにいた？」

「地下鉄（チューブ）だよ」とわたし。「妙なことがあって――」

「地下鉄？　地下鉄なんかでなにをしてたんだ」

「ぼくは――」

「地下鉄にはもう乗るな。トニー・ブレアが政権をとってからすっかりだめになった。ほかのすべてとおなじく」

「いっしょに来てほしいんだ。見てもらいたいものがあって」

「どこに来いって？　地下鉄にか？　とんでもない」長老はまた腰を下ろした。「地下鉄など大嫌いだ。臭くて、汚くて――」

キャスみたいな口ぶりだ。

「なあ」こんな大勢に囲まれていなければいいのにと思いながら切り出した。「きのう、チャリング・クロス駅で妙なことが起きたんだよ。電車が入ってくるとき、トンネルから風が吹き出してくるのは知ってるだろ？」

「もちろん。あのおぞましい、隙間風の吹く場所」

「たしかに。その風なんだよ、見てほしいのは。感じてほしいのは。あれは――」

「それでひどい風邪を引くのか？　いや、ごめんこうむる」

「ちがうんだ。ふつうの風じゃない。ノーザン線のホームに歩いていたとき――」

「その話はランチのときに聞こう」長老は崇拝者たちに向き直った。「どこで食べる？」

知り合って以来ただの一度も、ランチをどこで食べるか、長老が他人にたずねるのを見たことがなかった。わたしは莫迦みたいに目をぱちくりさせた。

「バンコク・ハウスは？」とエリオット。

長老は首を振った。「スパイシーすぎる。タイ料理を食べるといつも腹にガスが溜まる」

「角を曲がったところに寿司屋がありますよ」と取り巻きのひとりが提案した。

「寿司とは！」議論の余地なしという口調で長老が却下した。

もう一度トライした。「きのうチャリング・クロス駅で出くわした風は、硫黄みたいな臭いがする突風で――」

「スモッグだ」と長老がいった。「車が多すぎる。人間が多すぎる大昔の、最悪だった時代に迫るくらいのひどさだ。石炭を焚いていた時代に」

石炭。正体不明の臭いが石炭だという可能性はあるだろうか。石炭は硫黄の臭いがする。

「逆転層のせいでさらにひどくなるんですよ」寿司屋を提案した取り巻きがいった。

「逆転層？」

「ええ」男は反応があったのがうれしそうな口調で、「ロンドンは浅い凹地の中にあって、それが逆転層を発生させるんです。地面の上のあたたかい空気の層が、その下にある地表の空気を閉じ込める。それで煙や微粒子が凝縮されて――」

「ランチはどうなった？」長老が不機嫌そうにいった。

「シャーロック・ホームズの住所がどうなってるか調べたときのこと覚えてるだろ？」とわたし。「今度のは、あれよりもっと妙なミステリーなんだよ」

「そうだ。ベーカー街221B番地。忘れていたよ。おれの引率で、サー・トマス・モアの頭を探すツアーに出かけたときのこと、覚えてるか？　エリオット、カンタベリーでサラがいった台詞をみんなに教えてやってくれ」

エリオットが語り、周囲は、長老も含めて、爆笑の渦に包まれた。だれかが「いい時代だったんですね」といいそうな気がした。

「トム、おれたちが『キスメット』を観にいったときのことをみんなに教えてやってくれ」

「あしたの夜、『エンドゲーム』のチケットをぼくら五人分とってあるんだけど」長老の返答を知りつつもそういった。

長老はみなまでいわさず首を振った。「もう芝居には行かない。劇場もすっかりだめになった。当世風のごたくの山だ」安楽椅子のひじかけを両手でぴしゃりと叩く。「ランチだ！　どこへ行くか決まったか？」

「ニュー・デリー・パレスは？」とエリオットがいう。

「インド料理には我慢できない」と長老がいった。かつてタンドーリ・チキンとダンスを踊り、ぼくらがニュー・デリー・パレスから追い出される原因をつくった人物が。「あっさりしたふつうの食事を出す店はないのか？」

「どこへ行くにしてもはやく決めないと」と、さっきのファンがいった。「午後のセッションは二時からですよ」

「見逃すわけにはいかないな」長老はまわりの面々を見まわした。「じゃあ、どこにする？　トム、いっしょに来るか？」

「だめなんだ。ぼくといっしょに来てくれないか。昔みたいに」

「昔といえば」長老は取り巻きのほうをふりかえり、「『キスメット』から放り出されたときの話はまだしてなかったな。あのハーレムの娘はなんていう名前だったかな、エリオット？」

「ラルム」エリオットが長老のほうを向いて答えた隙に、わたしはその場から逃げ出した。

逆転層。地表近くの空気を逃さないように上から押さえつけ、その結果、煙や微粒子や臭いが凝縮され、濃度が高くなる。

地下鉄でホルボーンにもどり、換気システムを調べようと、セントラル線に降りた。壁に二カ所、劇場のチラシ大の鉄格子があるのと、西向きの通路を三分の二ほど進んだ地点によろい張り（ルーバー）をした通風口があるのを見つけたが、換気扇は見当たらず、空気を動かしたり外気をとりこんだりする装置はどこにもなかった。

なにかあるはずだ。深い駅では、最深部が地下三十メートルにも達する。自然のままの空気循環だけに頼っているはずはない。地上の車が吐き出すジーゼル・エンジンの煤煙や一酸化炭素のことを思えばなおさらだ。換気システムがあるはずだ。しかし、ロンドンの地下鉄駅の建設は、古いものだと一八八〇年代まで遡る。ホルボーン駅はその当時から一度も改修されていないように見えた。

エスカレーターのある広いスペースに出て、上を見上げた。地上の券売機までずっと吹き抜けになっていて、駅の三方には広いドアがあり、すべて外界に開かれている。

たとえ換気システムがなくても、空気は最終的に上に昇り、ロンドンの街路に出る。外から吹き込む風や雨、駅を出入りし、エスカレーターを昇り、通路を歩く人々の動きが空気を循環させる。しかし、逆転層があれば、空気は地表近くに閉じ込められ、脱出することができず――

炭坑では、一酸化炭素や猛毒のメタン・ガスがポケット状に溜まる。曲がりくねったトンネルが複雑につながる地下鉄は、炭坑によく似ている。地下鉄のトンネルの中にガスが溜まり、凝縮されて、時間が経つにつれて毒性が強くなったとか？

逆転層は、なぜ風があるのかの説明にはなるかもしれないが、そもそもなにが風を起こしたのかの説明にはならない。最初にそう思ったような、ＩＲＡの爆弾テロ？　爆風と爆薬の臭いはそれで説明がつくが、ホルムアルデヒドの臭いは説明できない。それに、チャリング・クロス駅のむっとするような土の臭いも。

トンネルのどこかの崩落？　列車事故？

はるばる歩いて駅にもどり、券売機のとなりに立っていた警備員にたずねてみた。「こういうトンネルが崩落することはあるかな？」

「いえいえ、とんでもない。きわめて安全です」と警備員は安心させるような笑みを浮かべた。「心配ありませんよ」

「でも、たまには事故が起こるはずだ」

「保証しますよ、ロンドン地下鉄道（アンダーグラウンド）は世界一安全です」

「爆弾は？　ＩＲＡが――」

「ＩＲＡは和平協定に署名しました」といって警備員は疑り深い視線をこちらに投げた。

あと二つ三つ質問したら、ＩＲＡのテロリストだという疑いで逮捕されかねない。長―

—エリオットにたずねるしかない。それまで、すべての駅であの風が吹くのか、限られた数駅だけなのか、たしかめておこう。

「ロンドン塔にはどう行けばいいか教えてください」といって、観光客のように路線図をさしだした。

「はい。まずセントラル線に乗って——この赤い路線です——バンクまで行きます」警備員は路線図の上で指を動かした。「そこでディストリクト線かサークル線に乗り換えてください。心配ありません。ロンドン地下鉄道は百パーセント安全ですから」

風以外は。そう思いながら下りのエスカレーターに乗った。立ったままペンをとりだし、路線図の行った駅に×印をつけた。マーブル・アーチ、チャリング・クロス、スローン・スクエア。

ラッセル・スクエアにはまだ行っていない。電車に乗ってラッセル・スクエアに行き、通路と、両方向のホームで、電車が二本通過するあいだ待った。ラッセル・スクエアではなにも感じなかったが、メトロポリタン線で行ったセント・パンクラスでは、チャリング・クロスとおなじ、強烈な爆風を感じた——熱と、硫黄の刺激臭と、激しい破壊。

バービカン、オールドゲートではなにもなし。理由はわかる気がした。この両駅では、線路が地上に出ていて、ホームは外気にさらされている。当然、風は閉じ込められることなく散ってしまう。ということは、郊外の駅のほとんどは除外できる。

しかし、セント・ポールズ駅とチャンスリー・レーン駅はどちらも地下にあり、トンネルは深く、風が通るのに、ジーゼル油とカビの臭いがかすかにするだけだった。ほかになにか要因があるはずだ。

路線とは関係ない。電車でウォレン・ストリートをめざしながら思った。マーブル・アーチとホルボーンはセントラル線だが、チャリング・クロスも、セント・パンクラスもちがう。もしかしたら複数路線の乗り入れが鍵かもしれない。チャンスリー・レーン、セント・ポール、ラッセル・スクエアは、どれも一路線しか通っていない。ホルボーンは二路線、チャリング・クロスは三路線。セント・パンクラスは五路線。

チェックすべきなのは、複数の路線が乗り入れている駅だ。トンネルや通路やカーブが蜂の巣状につながる駅。モニュメント駅だ。緑と紫と赤の線が集まる円を見ながら思った。それに、ベーカー・ストリート駅とムーアゲート駅。

いちばん近いのはベーカー・ストリートだが、乗り換えが面倒だ。二駅分しか離れていないのに、ユーストンでノーザン線に乗り換えてセント・パンクラスまで逆方向に引き返し、ベーカールー線に乗らなければならない。キャスがいたら、「どこへ行くのも地下鉄（チューブ）を使うのがいちばん簡単だっていってなかった？」と突っ込まれるところだ。

キャス！　ホテルで落ち合ってヒューズ一家との会食に出かける約束だったのをすっかり忘れていた。

いま何時だろう。助かった、まだ五時だ。あわてて路線図を見た。よかった。ノーザン線でレスター・スクエアまで行って、ピカデリー線に乗り換えればいい。どこへ行くのも地下鉄を使うのがいちばん簡単じゃないなんてだれがいった？　コノート・ホテルには三十分もかからずに帰りつける。

ホテルに着いたらキャスに風の話を打ち明けよう。たとえ彼女が地下鉄を嫌っていても。なにもかも話してしまおう。長老のことも、遺体安置所の臭いと、チェックのジャケットの老人のことも。

だが、キャスはホテルにいなかった。わたしのベッドの枕にメモが載っていた。『グリマルディで7時に』

説明なし。署名さえない、大急ぎの殴り書きに見えた。サラが電話してきたら？　そう思うと、マーブル・アーチの風とおなじぐらい冷たい感覚が走った。長老について正しかったのとおなじように、サラについてもキャスの考えが正しかったら？

しかし、グリマルディに行ってみると、キャスは買い物をしていただけだと判明した。

「フォートナム＆メイソンの陶磁器売り場の店員が教えてくれたのよ。ボンド・ストリートに、製造中止のシリーズ専門のショップがあるって」

ボンド・ストリート。ばったり出くわさなかったのが不思議なくらいだ。でも、キャスは地下鉄の駅にいたわけじゃない。一瞬、怒りがこみあげた。彼女は安全な地上をタクシーで移動していたのだ。

「そこにもやっぱり置いてなかったんだけど、店員が、ケンジントンにあるポートメリオンのショップのとなりの店を試してみたらどうかっていうのよ。午後はまるまるそれでつぶれちゃった。大会はどうだった？　アーサーは来てた？」

来ていたのは知ってるだろうに。キャスは彼が老いたことを予見していた。ロンドン初日の朝、そのことを警告してくれたのに、わたしは信じなかった。

「彼、どうだった？」とキャスはたずねた。

もう知っているだろう。きみのアンテナは、あらゆる人間の波動を感知するんだから。例外は亭主だけ。

もし話そうとしても、キャスは愛用の柄のティー・セットのことに夢中で、耳を貸してもくれない。

「元気だったよ。いっしょにランチを食べて、午後もずっといっしょだった。まるで変わってなかったよ」

「土曜日の舞台も来られるって？」

「いや」と首を振ったところで、ちょうどウェイティング・バーに入ってきたヒューズ一家に救われた。めっきり老け込んではかなげに見えるミセス・ヒューズと、大柄な息子たち、ミルフォード・ジュニアとポール、そしてそれぞれの妻。

初対面同士の紹介がひとわたり済むと、ミルフォード・ジュニアの連れのブロンド女性は妻ではなくて婚約者だと判明した。「バーバラとはもうぜんぜん話が合わなくて」バーで食前酒を飲みながら、ミルフォード・ジュニアがわたしにそう打ち明けた。「彼女が興味を持っているのは買い物だけ。服に、宝石に、家具に……」

ティー・セット。キャスのほうを見ながら心の中でそうつけくわえた。

ディナーのテーブルで、わたしの席はポールとミルフォード・ジュニアのあいだだった。ミルフォードは食事のあいだじゅう、大英帝国の衰退と没落について語りつづけた。

「そして今度はスコットランドが分離を望んでいる。その次は？　サセックス？　シティ？」

「すくなくとも、そうなったらまともな行政サービスが受けられるようになるかもしれない。道路や公共輸送機関の現状と来たら――」

「きょう、地下鉄に乗ったんだけどね」と、きっかけをつかんで口をはさんだ。「だれか、チャリング・クロス駅で列車事故が起きたことがあるかどうか知らないかい？」

「起きていても不思議はないですね」とミルフォードがいった。「地下鉄網全体がひどい状態だ。汚くて、危険で――このまえ乗ったときは、エスカレーターでポケットの財布をすられかけた」

「もう地下鉄には降りないのよ」テーブルの端の席で、チェルシーの陶磁器店についてキャスと話し込んでいたミセス・ヒューズが口をはさんだ。「ミルフォードが死んでからは一度も乗ってないわ」

「ホームレスだらけだからね」とポール。「ホームで寝起きしたり、通路に転がったり。大空襲（ブリッツ）の頃に匹敵するくらいひどい」

ブリッツ。空襲と焼夷弾と火災。煙と硫黄と死。

「ブリッツ？」

「第二次大戦中、ヒトラーがロンドンを爆撃していた当時、地下鉄を防空壕がわりに避難していた市民がおおぜいいたんですよ」とミルフォード・ジュニアが説明した。「線路、ホーム、エスカレーターの上にまで寝泊まりして」

「地上にいるのとくらべて安全だったわけでもないのに」とポール。

「地下鉄も爆撃された？」と勢い込んでたずねた。

ポールはうなずいた。「パディントン。それにマーブル・アーチ。マーブル・アーチでは死者四十人」

マーブル・アーチ。爆風と血と恐怖。

「チャリング・クロスは？」

「さあ、どうかなあ」ミルフォードは興味を失ったようだった。「地下鉄にホームレスの立ち入りを禁止する法律を制定すべきだよ。それと、タクシー運転手には、客が理解できる英語をしゃべることを義務づける」

ロンドン大空襲。もちろんだ。弾薬やなにかの臭いはそれで説明がつく。それに爆風。高性能爆弾。

しかし、大空襲は五十年以上も前の出来事だ。それだけの年月、爆風の空気が拡散もしないで地下鉄の中に残っているなどということがありうるだろうか。

たしかめる方法がひとつある。翌朝、チューブに乗ってトッテナム・コート・ロードの書店街に行き、ロンドン大空襲当時の地下鉄道の歴史に関する本をたずねてまわった。

「地下鉄道？」三軒目に訪れたフォイルズの女性店員は、要領を得ない口調で訊き返した。「地下鉄博物館ならなにか置いてあるかもしれませんが」

「場所はどこ？」

彼女は場所を知らず、トッテナム・コート・ロード駅の駅員も知らなかったが、きのうの行ったり来たりの途中、オックスフォード・サーカス駅のホームでそのポスターを見たのを思い出した。路線図をとりだして調べ、ヴィクトリア駅で乗り換えてオックスフォード・サーカスに行き、チェックした五つめのホームでポスターを見つけた。

コヴェント・ガーデン。ロンドン交通博物館。もういちど路線図を調べ、セントラル線でホルボーンに行き、ピカデリー線に乗り換えてコヴェント・ガーデンをめざした。

どうやらここも爆撃されていたらしい。通路を三分の一ほど歩いたところで、顔を焼く熱風に襲われた。ただし、爆薬の臭いも、硫黄や粉塵の臭いもなかった。灰と炎と、なにもかもすべてが焼け落ちてしまうという暗い絶望だけ。

その香りをまだ体にとどめたまま、急いでエスカレーターを昇り、外のマーケットに出て、Tシャツや絵葉書やダブルデッカー・バスのミニチュアを売る露店の列を素通りして、交通博物館へ向かった。

交通博物館もまた、Tシャツや絵葉書だらけだった。地下鉄のシンボルマークや路線図が図案にあしらわれている。「大空襲（ブリッツ）当時の地下鉄に関する本をさがしてるんだけど」〈隙間にご注意ください〉ランチョンマットやトランプを山積みにしたカウンターの向こうの男の子に声をかけた。

「ブリッツ？」彼は要領を得ない顔で訊き返した。

「第二次大戦の」と説明したが、やはり理解したようすはない。

片手をあいまいに左のほうへ振って、「本はあちらです」

あちらではなかった。本は、いちばん奥の壁、二〇年代と三〇年代の地下鉄広告ポスターを陳列したラックの向こうだった。しかも、書籍のほとんどは電車に関するものだったが、地下鉄の歴史を書いた単行本二冊と、『戦時下のロンドン』というペーパーバックをなんとか見つけ出した。その三冊と、表紙に地下鉄路線図がついたノートを一冊買った。

交通博物館にはカフェが併設されていた。そこのプラスチックのテーブルにすわって、メモをとりはじめた。地下鉄の駅はほとんどすべて、戦時中、防空壕として使われていたことがある。爆撃された駅もたくさんあった――ユーストン、オールドウィッチ、モニュメント。「空襲の結果、破壊されたレンガの粉塵とコルダイト爆薬の刺激臭がいたるところに充満していた」とペーパーバックに書いてあった。コルダイト爆薬。わたしが嗅いだ臭いはそれだ。

マーブル・アーチは直撃を受けていた。通路で手榴弾のように爆発し、吹き飛ばされた壁のタイルが避難していた人々を切り裂いた。血の臭いはそれで説明がつく。熱くなかったことも。純粋に爆風だけだった。

ホルボーンを調べた。防空壕として使われていたことについての記述は何ヵ所かに出てきたが、どの本を見ても、ホルボーン駅が爆撃されたとは書いていなかった。

チャリング・クロスは、二度にわたって爆撃を受けている。一度めは高性能爆弾、二度めはV2ロケット。爆発で水道の本管が破裂し、あふれ出した水が土砂の急流となって、エスカレーターのあるスペースに押し寄せた。あのとき嗅いだ湿った土の臭いはそれだ。わたしが嗅いだのは――崩落した天井から落ちてきた泥の臭いだった。

一九四一年五月十日の夜、十あまりの駅が爆撃されている。キャノン・ストリート、パディントン、ブラックフライアーズ、リヴァプール・ストリート――

コヴェント・ガーデンはリストになかった。ペーパーバックのほうで調べてみた。駅は爆撃されていないが、コヴェント・ガーデン一帯に焼夷弾が投下され、火の海に包まれていた。ということは、ホルボーンの場合も、かならずしも直撃弾を食らっているとはかぎらない。近くに爆弾が落ち、おおぜいの死者が出たとすれば、ホルボーン駅の遺体安置所の臭いはそのせいかもしれない。コヴェント・ガーデン一帯が炎上した事実は、硫黄の臭いや爆発の衝撃を感じなかったことと合致する。

それですべての辻褄（つじつま）が合う——チャリング・クロス駅の泥とコルダイト爆薬の臭い、キャノン・ストリートの煙、マーブル・アーチの爆風と血。わたしが感じている風は、大空襲の風だ。ロンドン上空の逆転層によってトラップされ、出口も行き場もないまま地下に閉じ込められて、迷路のような地下鉄道網のトンネルや通路やポケットの中で再循環するうちに濃縮されたのだ。すべての辻褄が合う。

それに、たしかめる方法もある。爆撃された駅のうちで、まだ行ったことがない駅すべてをリストアップした——ブラックフライアーズ、モニュメント、パディントン、リヴァプール・ストリート。さらに、プレード・ストリート、バウンズ・グリーン、トラファルガー・スクエア、バラムは直撃を受けている。仮説が正しければ、これらの駅ではまちがいなく風を感じるはずだ。

ノートの表紙に印刷されている路線図でそれぞれの駅をさがした。バウンズ・グリーンはピカデリー線のずっと北で、伝説の終着駅コックフォスターズの四駅手前。バラムは、それとおなじくらい遠い、ノーザン線の南端のほうにある。プレード・ストリートとトラファルガー・スクエアは見つからない。閉鎖されたか、それとも名前が変わったのだろうか。結局、ブリッツは五十年も前の出来事なのだ。

いちばん近い駅はモニュメントだ。セントラル線でモニュメントまで行って、それからサークル線でリヴァプール・ストリート、そこから北のバウンズ・グリーンに向かえばい い。モニュメント駅は、ドックのそばにあった——ここも煙の臭いがするはずだ。それに、消火用に使われた川の水と、燃える綿花とゴムと香辛料の臭い。大量の胡椒を保管していた倉庫が全焼している。その臭いはまちがいようがないはずだ。

だが、臭いはしなかった。一時間以上かけて、セントラル線とノーザン線とディストリクト線の通路を歩いたり、それぞれのホームにたたずんだり、階段近くの角で待ったりしてみたが、なにも感じなかった。

いつでも起きるというわけではないのかもしれない。サークル線でリヴァプール・ストリートへ向かいながら考えた。ほかにもファクターがある——時刻とか気温とか天候とか。風が吹くのは、ロンドンの上空に逆転層があるときだけかもしれない。けさの天気予報をチェックしておくのだった。

問題のファクターがなんであれ、それはリヴァプール・ストリート駅にも欠けていた。

しかし、ユーストン駅では、電車から降りるなり、風が全力で襲ってきた――煤(すす)と恐怖と焼け焦げた木材の強烈な爆風。いまではその正体がわかっているのに、それでも、心臓の動悸と口の中がカラカラになる恐怖の味がおさまるまで、冷たいタイルの壁にしばらく寄りかかって体を支えなければならなかった。

次の電車を待ち、さらにその次の電車を待ったが、また風を感じることはなかった。いったんヴィクトリア線に降りたあと、ちょっと考えてから地上にもどり、窓口の係員にバウンズ・グリーン駅は線路が地上に出ているかとたずねた。

「だと思いますよ」係員はきついスコットランドなまりで答えた。

「バラムは？」

係員は警戒するような顔になった。「バラムは反対側です。路線もちがいますよ」

「知ってる。地上に出ているかどうかを知りたいんだ。どうなんだい？」

係員は首を振った。「あいにく存じません。すみません。バラムに行くなら、ノーザン線で、トゥーティング・ベクおよびモーデン方面行きの電車にお乗りください。エレファント＆キャッスル行きではなく」

わたしはうなずいた。バラムはバウンズ・グリーンよりもっと郊外にある。線路はほぼ確実に地上に出ているだろう。それでも、ためしてみる価値はある。

バラムは、すべてのロンドン地下鉄駅の中でいちばん大きな爆撃の被害に遭っている。

爆弾が落ちたのは駅の真上ではなく、すぐ手前だったが、場所としては最悪だった。停電で駅は闇に包まれ、上下水道とガスの本管が破裂した。汚水の濁流が滝のように駅へと流れこみ、真っ暗になった通路にあふれ、階段からトンネルへと突進した。三百人が溺死した。たとえバラム駅が地上にあろうと、それがまだ残っていないわけがない。そしてもし残っていれば、下水とガスの臭いはまちがいようがないはずだ。

駅員の指示にはしたがわなかった。おなじ方向にあるブラックフライアーズに寄り道して、黄色いタイル張りのホームに三十分間たたずみ、なにも感じないことを確認してから、バラムへ向かった。

長い道中、電車はほとんど無人だった。ロンドン・ブリッジから先、おなじ車両に乗っていたのはふたりだけだった。本を読んでいる中年の女性と、いちばん隅の席で泣いている少女。

ツンツン頭に眉ピアスの少女は、頬に流れたマスカラを拭うどころか、窓のほうに顔を向けようともせず、身も世もなく泣きつづけていた。

どうしたのかと声をかけるべきだろうか。そんなことをしたら、少女にちょっかいを出そうとしていると、中年女性に思われるかもしれない。わたしが近づいても、少女が気がつくかどうかさえ定かではなかった——すべてを忘れて悲しみに浸る少女の姿は、ティー・セットを見つけることに一心不乱のキャスを思い出させた。少女の胸が張り裂けたのはそれが原因だろうか。お気に入りのシリーズが製造中止になった？　それとも、親友が彼女を裏切り、浮気し、老いた？

「バラ」機械音声がアナウンスし、少女ははっとわれに返ったように頬の涙を拭うと、ナップサックをつかんで電車を降りた。

中年女性のほうは、読んでいる本から一度も顔を上げないまま、バラムまでずっと乗車していた。電車がバラム駅に着いたとき、ドアのほうに歩いていって彼女の横に立ち、彼女が読みふけっているペンギン・クラシックのタイトルを盗み見た。『風と共に去りぬ』。

しかし、風はまだ去ってない。そう思いながら、バラム駅のホームで壁にもたれて立ち、ときおり入ってくる電車の音に耳を傾け、下水とメタン・ガスと闇の突風をむなしく待った。ロンドン大空襲の風はまだここにある。地下鉄のトンネルや通路をいつまでも果てしなく亡霊のように吹き過ぎ、火災と洪水と破壊を思い出させるもののあいだをさすらいつづけている。

もし、それが正体だとしたら。というのも、バラムでは汚水の臭いを嗅ぐことも、かつて爆撃があったことを示すなにかを感じることもなかった。通路の空気は乾燥して埃っぽかった。白カビの臭いさえない。

それに、もし感じたとしても、まだホルボーンの説明がつかない。両方向で三本ずつ電車をやり過ごしてから、エレファント&キャッスル行きの電車に乗り、帝国戦争博物館に向かった。

〝ロンドン大空襲を体験しよう〟とポスターには書いてあったが、展示には、地下鉄駅が爆撃されたことに関するものはひとつもなかった。もっとも、ギフトショップではさらに三冊の参考書が見つかった。最初から最後までぱらぱらめくってみたが、ホルボーン駅およびその近郊の爆撃についての言及はなかった。

もしあの風がロンドン大空襲の名残りなら、どうしてはじめてロンドンに来たとき感じなかったのだろう。あのときはしじゅう地下鉄を使っていた。大会に行くときも、芝居見物に行くときも、長老の探訪ツアーにつきあうときも、ひとすじの煙も、硫黄の臭いも、感じることはなかった。

あのときとなにがちがうんだろう。天気？　はじめてのときは、ほとんど毎日ずっと雨だった。それが逆転層に影響したのか。それとも、あのあとなにかが起きたのか。地下鉄の路線が変わるとか、駅と駅の連絡が変わるとか。

小雨の降るなか、エレファント＆キャッスル駅まで歩いて引き返した。司祭服の男と、白いサープリスを腕にかけた少年ふたりが駅から出てきた。きっと近くに教会があるんだろう。そう思ったとき、それがホルボーンの答えかもしれないと気がついた。

教会の地下聖堂は、大空襲のあいだ防空壕として使われた。一時的な死体保管所（モルグ）として使われたこともあったのではないか。

索引を〝モルグ〟で調べてみたが、見つからないので、〝死体処理〟を引いた。思ったとおりだ。教会や倉庫のほか、もっとも被害の大きかった空襲のあとでは、プールまでが死体の保管に使われている。ホルボーン駅のそばにプールがあったとは思えないが、教会はあったかもしれない。

たしかめる方法はひとつ——ホルボーンへ行って、探してみるしかない。地下鉄路線図を調べた。よし、ここからホルボーンまでは一本だ。ベーカールー線のホームへ行って北行きの電車に乗った。郊外へ向かったときとおなじぐらいガラガラだったが、ウォータールーでドアが開くと、ものすごい数の群衆がどっと乗り込んできた。

まだラッシュアワーのわけはない。そう思って腕時計に目をやった。六時十五分。しまった。七時に劇場でキャスと待ち合わせなのに。劇場まであと何駅だろう。路線図をとりだし、頭上の鉄棒につかまって、駅を数えた。エンバンクメント、チャリング・クロス、ピカデリー・サーカス。それぞれ五分として、この人混みのなか、駅を出るのにもう五分。だいじょうぶだ。かろうじて間に合う。

「ベーカールー線の電車は、エンバンクメントまでの折り返し運転となりました」機械音声のアナウンスが入った。「エンバンクメントから北の各駅においでのお客さまは、恐れ入りますが代替経路をご利用ください」

いまだけは勘弁してくれ！　あわててまた路線図を出した。代替経路。ノーザン線でレスター・スクエアまで行って乗り換えて、ピカデリー・サーカス。いや、レスター・スクエアで降りて残りの数ブロックを走ったほうがはやい。

ドアが開くなり電車を飛び出し、ノーザン線の乗り場をめざして通路を走った。七時五分前。なのにレスター・スクエアまであと二駅、駅から劇場まで四ブロックある。ホームに電車が入ってきたらしく、通路の向こうから振動音が聞こえてくる。人混みをかきわけ、「すみませんすみませんすみません」と叫びながら走り、ぎゅうぎゅう詰めの北行きホームに駆け込んだ。

さっきの電車は南向きの線路だったようだ。〝次の電車は4分後〟と頭上の掲示板に表示されている。

やれやれ。電車が動き出し、正面の空気を押しのけて背後に真空をつくりだす音を聞きながらためいきをついた。悲惨な状況。エンバンクメントは爆撃された駅だ。あとは大空襲の爆風が襲ってくれれば完璧だな。

心の中でそうつぶやいたとたん、風が吹いた。髪が乱れ、コートの襟がめくれ、『ショウボート』のポスターの端が裏返った。爆発の衝撃も、熱もなかった。エンバンクメントは、テムズ川に面した、いちばん火災のひどかった場所なのに。風はかぎりなく冷たく、しかしホルムアルデヒドの臭いも、腐敗臭もなかった。氷のような寒気と、乾燥と粉塵の息がつまるような臭いだけ。

ほかの風にくらべればまだましなはずだが、そうではなかった。もっとひどかった。目を閉じ、ホームのうしろの壁にもたれて息を整えなければ、とても電車に乗れなかった。

なんなんだ？　あらためてそう思ったが、大空襲の名残りだということはこれが証明している。戦時中、エンバンクメントも爆撃を受けた。死者も出たにちがいない。というのも、いま嗅いだのは、死の臭いだったからだ。死と恐怖と絶望の臭い。

よろめきながら電車に乗り込んだ。車内は立錐（りっすい）の余地もない乗車率で、その混雑と、人間がこれだけぎゅうぎゅう詰めになっていれば、どんな風も（それどころか空気さえも）ここまでは届かないという思いとのおかげでどうにか気力とおちつきをとりもどし、電車がレスター・スクエアに着くころには、どのぐらい遅刻することになるだろうと、そのことだけを心配していた。

七時十分。まだなんとか開演には間に合うが、ギリギリだ。せめてものなぐさめは、キャスがチケットを持っていること。運がよければ、エリオットとサラがいま到着して、せわしなくあいさつを交わしている最中かもしれない。

もしかしたら、長老の気が変わって、やっぱり来ることにしたかもしれない。きのうはたまたま調子が悪かっただけで、今夜は昔の彼にもどっているかもしれない。

電車が駅に着いた。通路を走り、エスカレーターを昇り、シャフツベリー・アヴェニューに出た。雨が降っていたが、その心配をしている余裕はなかった。

「トム！　トム！」息を切らせた声がうしろから叫んだ。

ふりかえると、半ブロック向こうで、サラが必死に手を振っていた。

「聞こえなかったの？」息を弾ませて追いついてきたサラがいった。「駅からずうっと呼びつづけてたのに」

ずっと走ってきたらしく、髪の毛は乱れ放題。垂れ下がったスカーフの端が地面に引きずりそうになっている。

「遅刻はわかってるけど」サラが腕をひっぱった。「でもちょっと待って。息が止まりそう。あなた、年とってからマラソンをはじめたろくでもない健康おたくじゃないでしょ」

「ちがうよ」と答え、通行の邪魔にならないよう、近くの店の前に移動した。

「エリオットはいつも、ステアマスターを買ってトレーニングするんだっていってるけど」サラは垂れ下がったスカーフをはずし、ぞんざいに首に巻きつけた。「あたしはシェイプアップなんかぜんぜん興味ないの」

キャスはまちがっている。これがその証拠。レーダーが誤作動を起こし、キャスは根本的に状況を誤解した。

まじまじと見つめていたらしい。サラは片手で髪を隠すようなしぐさをした。「ひどいありさまなのは知ってるわよ」といって傘をさした。「それはともかく、どのぐらい遅刻？」

「まだ間に合うよ」サラの腕をとり、オールベリー劇場のほうに歩き出した。「エリオット は？」

「劇場で落ち合うことになってるの。キャスはティー・セット買えた？」

「知らない。けさ別れたきりなんだ」

「あ、いた、そこ」サラが手を振りはじめた。

キャスはオールベリーの前、〝今夜の上演回は売り切れました〟という雨に濡れた看板の横に、寒そうな顔でぼんやり立っていた。

「雨なんだから中で待てばいいのに」といいながら、ふたりの先に立ってロビーに入った。

「駅を出たところでばったり会ったのよ」とサラが首のスカーフをほどきながらキャスに説明する。「というか、あたしがトムを見つけたの。必死に叫んで、やっと気がついてもらえた。エリオットはまだ来てない？」

「まだよ」とキャス。

「ランチのあと、彼とミスター・エヴァーズは引き上げたの。きょうはさんざんだったから、その話は出さないでね。ミセス・エヴァーズはギフトショップの売り物をぜんぶ買い占めるといいはるし、そのあとはタクシーがつかまらないし。キューには一台もタクシーがいないみたい。しかたなく地下鉄（チューブ）に乗ったんだけど、駅まで何ブロックもあって」サラは髪に手をやった。「もう悲惨」

「エンバンクメントで乗り換えた？」キュー・ガーデンは何線だったかと考えながらたずねた。もしかしたらサラも風を感じたかもしれない。「ベーカールー線のホームにいた？」

「覚えてない」サラはじれったげにいった。「それ、キューを通る路線？　チューブの専門家はあなたでしょ」

「コートを預けてこようか」とあわてて申し出た。

サラはコートを脱ぎ、長いスカーフをまるめて片方の袖に押し込むと、こちらにさしだした。キャスは首を振った。「寒いの」

「ロビーで待てばよかったのに」

「あ、そう」とキャスがいい、わたしは驚いて彼女を見た。遅刻に怒ってるんだろうか？どうして？　幕が開くまでには十五分あるし、エリオットはまだ着いてもいない。

どうしたんだい——といいかけたが、サラが先に口を開き、「ティー・セットは買えた？」

「いいえ」キャスはまだ怒りを含んだ口調で、「どこにも売ってないの」

「セルフリッジは行った？」とたずねるサラの声を背中に聞きながら、わたしはサラのコートをクロークに預けにいった。もどってくると、エリオットが到着していた。

「遅くなってごめん」エリオットがこちらを向いて、「どうしてこんな——」

「みんな遅刻だ」とわたし。「キャス以外はね。さいわい、そのキャスがチケットを持っていた。持ってるよね？」

キャスはうなずき、イヴニングバッグからチケットをとりだした。それを受けとり、われわれは中に入った。「右側の通路を進んだ右側です」座席案内係がいった。「前から三列目になります」

「階段を昇らなくていいのか？」とエリオットがいった。「梯子もなし？」

「ハーケンもザイルもなし」とわたし。「双眼鏡もなし」

「冗談だろ。どうふるまえばいいんだ、そんな特等席で」

足を止め、案内係からプログラムを買った。エリオットとわたしが三列目にたどりついたときには、キャスとサラはもう着席していた。「こりゃ驚いた」通路側の席にすわっている人々の前をすり抜けて自分の席に向かいながら、エリオットがいった。「賭けてもいいけど、ここからだとほんとに舞台が見えるぞ」

「サラのとなりがいいか？」

「まさか、とんでもない」エリオットが冗談を飛ばした。「思う存分、コーラス・ガールを見つめたいからな。女房にプログラムでひっぱたかれずに」

「そういう芝居じゃないと思うよ」

「なあキャス、これ、どういう芝居なんだい？」

キャスがサラの体ごしにこちらに身を乗り出した。「ヘイリー・ミルズが出る芝居」

「ヘイリー・ミルズか」エリオットは、頭のうしろで手を組んで椅子にもたれ、むかしを懐かしむようにいった。「十歳の時分には、彼女のことがほんとにセクシーだと思ってたよ。とくに、『バイバイ、バーディー』のダンス・ナンバーが」

「それはアン・マーグレットよ、ばかね」サラがわたしの体ごしに手をのばし、プログラムでエリオットをぴしゃりと叩いた。「ヘイリー・ミルズが出てたのはあれよ。いつも、ものごとの明るい面ばかり見る女の子の役――なんて名前だっけ？」

キャスが答えをいわないのに驚いて、そちらに目をやった――ヘイリー・ミルズのファンなのに。コートをぎゅっと肩に引き寄せ、寒さにこわばった顔で席についている。

「ヘイリー・ミルズはあなたも知ってるでしょ」とサラがエリオットに向かっていった。「『ティカの炎の木』をいっしょに見たじゃない」

エリオットはうなずいた。「むかしからあの胸は好きだった。それとも、アネットとまちがえてるかな」

「そういう芝居じゃないと思うけど」サラがいった。

そういう芝居ではなかった。みんなハイネックの衣裳をまとい、ヘイリー・ミルズはさらにぶあつい生地のコートを着込んで舞台に登場した。「遅れてほんとにごめんなさい、あなた」といってコートを脱ぎ、タートルネックのセーター姿になって歩いてくると、ステージの煖炉の正面に立った。「外はすごく寒くて。それにとても妙な風」

「〝わが心に命を奪う風が吹く。彼方の遠い大地から〟（A・E・ハウスマンの詩より）」と、だれだか知らない夫役の俳優が応じ、エリオットがわたしの耳元に口を寄せて、「まいったね、文芸ものか」といった。

夫の台詞の残りは聞き逃したが、どうして遅くなったのかと妻にたずねたと見えて、ヘイリー・ミルズは、「アシスタントが手を怪我して、病院に連れていってたの。傷を縫ってもらうのにすごく時間がかかって」と答えた。

病院。それは考えなかった。大空襲のあいだ、病院の死体保管所は満杯だったはずだ。ホルボーンの近くに病院はあっただろうか。幕間（まくあい）の休憩時間にエリオットにたずねてみよう。

とつぜんパチパチパチパチと拍手の音が鳴り、われに返った。舞台が暗転している。第一場を見逃してしまった。舞台に照明がもどると、休憩時間の芝居談議にせめて半分はついていけるよう、芝居に神経を集中した。

「風が強くなってきたわ」と、ヘイリー・ミルズが想像上の窓の外を見ながらいった。

「嵐になる」と、夫ではない男がいった。

「それがこわいの」ヘイリー・ミルズは、自分の胸を抱いた腕を寒そうにさすりながら、「ああ、デレク。もし彼にわたしたちのことを気づかれたら？」

サラの向こうのキャスを横目で見たが、客席は暗く、表情まではわからなかった。これがどんな芝居なのか、キャスも知らなかったんだろう。でなければこれを候補に挙げたりしなかったはずだ。

しかし、ヘイリー・ミルズの態度はサラとは大ちがいだった。ひっきりなしにたばこを吸い、うろうろ歩きまわり、夫が部屋に入ってくるとあわてたように電話を切り、ほかならぬ夫はもちろん、だれが見てもかならず気づくほどあからさまに疚しげだった。

エリオットはもちろん気づいた。「あの亭主はどうしようもないバカだな」と幕が降りるなりいった。「彼女が浮気してることぐらい、犬だって気づく。芝居の登場人物ってのは、多少なりとも現実の人間みたいな行動がどうしてとれないもんかね」

「現実の人間がヘイリー・ミルズみたいな外見をしてないからよ」キャスがいった。「彼女、最高だったわよね、サラ。ちっとも年をとってないみたい」

「冗談だろ?」とエリオット。「そりゃまあ、自分をいつわって、配偶者の浮気に知らないふりをする人間がいるのは知ってるが、しかし――」

「お手洗いに行かなきゃ」とキャスがいった。「きっとすごい列よ。いっしょに行きましょう、サラ。聞くも涙、語るも涙のティー・セット物語を話してあげる」

キャスとサラは席を立ち、わたしたちの前をすり抜けて通路に出た。

「白ワインを一杯、もらっておいて」サラが通路からこちらをふりかえってリクエストした。エリオットとふたり、人混みを縫ってバーまでたどりつくのに十分、飲み物を出してもらうのにもう五分かかった。サラとキャスはまだもどってこない。

「で、きょうは一日どこにいたんだ？」エリオットがサラの分のワインを飲みながらいった。「ランチのときに捜したのに」

「ちょっと調べることがあってね。地下鉄のホルボーン駅は、ブルームズベリだよな」

「だと思う。地下鉄にはめったに乗らないが」

「駅のそばに病院がないかな」

「病院？」エリオットは当惑したように、「どうかな。たぶんないな」

「教会は？」

「さあ。どういうことだ？」

「逆転層って聞いたことないか？　空気がトラップされて――」

「女子トイレの現状はとにかくどうにかかすべきね」サラがワイン・グラスを奪いとってぐいと飲んだ。「三幕が終わるまで並んでなきゃいけないかと思った」

「それは名案だな」とエリオット。「長老の台詞じゃないが、もしこいつが最近の芝居の典型だとすれば、たしかに演劇は地に落ちた！　つまり、観客は、ヘイリー・ミルズのあの亭主がとことん鈍感で、女房の浮気にまるで気づかない人物だと信じることを求められてるわけだろ。浮気相手のあのもうひとりの男、ええっと、なんて名前だったか――」

「ポリアンナ」キャスがいった。「一幕と二幕のあいだじゅう、ずっと思い出そうとしてたのよ。いつもものごとの明るい面を見る少女の名前」

「サラ」とわたしはいった。「ホルボーンのそばに病院はあるかい?」

「グレート・オーモンド・ストリート小児病院。ジェイムズ・バリが全財産を寄付した病院よ。どうして?」

グレート・オーモンド・ストリート小児病院。それにちがいない。そこが一時的な死体保管所に使われて、その空気が——

「あまりにも見えすいている」エリオットはまだ不倫問題にこだわっていた。「ヘイリー・ミルズが演じる女房がどこにいたのかの言い訳に使うのが——」

「彼女、すてきよね」とキャス。「何歳だと思う? すごく若く見える」

休憩時間終了のベルが鳴った。

「行きましょう」キャスがワイン・グラスを置いていった。「他の人がすわってる前をまたすり抜けていくのはいやだから」

サラは残りのワインをひと息に飲み干した。しかし、もう手遅れだった。端のほうの席にすわっていた客が立ち上がって、わたしたちを通してくれた。

「でもそう思うだろ」エリオットが席に着きながら、「ふつうの人間ならだれだって——」

「しっ」サラの体ごしにキャスが大きく身を乗り出して黙らせた。「もう照明が落ちるわ」

そのとき照明が落ち、幕が上がりはじめ、わたしは奇妙な安堵を感じた――とりかえしのつかない災厄がかろうじて回避されたとでもいうような。

「それでもいいたいね」エリオットは聞こえよがしに声をひそめ、「あれだけたくさんの手がかりを目の前に投げ出されて、それでも女房の浮気に気づかない男なんかいるわけがない」

「どうしてよ」サラがいった。「あなたは気づかなかったじゃない」そして、ヘイリー・ミルズが舞台に登場した。

わたしのとなりでは、暗闇の中、エリオットがみんなとおなじように拍手している。なにごともなかったかのように。それを見ながら思った。エリオットはいまのが空耳だと思うだろう。あっという間に消えて、現実だったかどうかもわからなくなる地下鉄の風とおなじように、エリオットは妻の言葉が現実ではなかったと考え、わたしの体ごしに身を乗り出して、「どういう意味だい？　きみが浮気してるというわけじゃないだろ？」とたずねると、サラが「あたりまえでしょ、ばかね。あなたはどんなことにも気づかないって意味よ」と答え、なにもかもが崩れ去ってしまうことはなく、無事に――。

「相手は？」とエリオットがたずねた。

その声は、ヘイリー・ミルズの台詞と、その夫役の台詞とのあいだの空白に大きく響いた。前の列にすわっている男がふりかえり、こっちをにらんだ。

「相手は？」エリオットがさっきより大きな声でくりかえした。「浮気の相手はだれなんだ？」

キャスがのどを締めつけられているような声で、「やめて――」

「ああ、そうだな」エリオットが立ち上がった。「だれが相手だろうとおなじことだ」そして端の席の客を押しのけるようにして通路へ出ていった。

はてしない一分間、サラはじっとすわっていたが、やがて立ち上がると、わたしの足にひっかかってあやうく倒れそうになるのもかまわず、しゃにむに前を進んでいった。

サラのあとを追うべきだろうかと考えながら、キャスに目をやった。サラのコートとスカーフの預かり証はわたしが持っている。キャスはコートの前をぎゅっとつかんだまま、硬直したように舞台を見上げている。

「こんなことつづけられない」いまはもう実年齢そのままに見えるヘイリー・ミルズが、それでも果敢に台詞をいった。「離婚したいの」そしてキャスが立ち上がり、わたしの前を通って通路に出た。通路側の席にすわっている観客に「すみませんすみません」と口の中で何度もくりかえしながら、わたしも不器用にそのあとを追った。

「もうおしまいよ」とヘイリー・ミルズが舞台の上からいった。「わからないの？」

キャスに追いついたのは、ロビーの中ほどまで行ってからだった。

「待って」とキャスの腕に手をのばした。

キャスの顔は白く、表情はこわばっていた。ガラスのドアをやみくもに押し開け、歩道に出たあと、途方に暮れたように立ちつくした。

「タクシーをつかまえよう」芝居がはねたあとの大混雑には巻き込まれずに済んだのがせめてもの慰めだ。

まちがいだった。アポロ劇場からぞろぞろと人があふれ出してくる。通りのもっと先のほうでは、『ミス・サイゴン』の幕が降りたところ。ほかになにがあるかは神のみぞ知る。縁石の上や通りの角にはタクシーを待つ人々が群れをなし、大声で呼んだり指笛を吹いたりしている。

「ここで待ってて」キャスをオールベリー劇場のひさしの下に押し込み、片手をのばしてタクシー争奪戦の中に飛び込んだ。一台のタクシーが縁石のほうに寄ってきたが、客を拾うためではなく、新聞を頭の上に広げて道路を横断する人々の一団を避けるためだったらしい。運転手は片手を出し、ルーフに点灯している〝乗車中〟のサインを指さした。

道路に出て、大混乱のなかに目を凝らし、空車を探したが、一台のバイクがすぐ横をかすめ、あわててとびのいた。

キャスがわたしのジャケットの背中をひっぱった。「無駄よ。『オペラ座の怪人』がいまはねたところ。空車なんかぜったいつかまらない」

「どこかそのへんのホテルに行ってくる」と通りを身振りで示した。「ドアマンに頼んでつかまえてもらうよ。ここで待ってて」

「いいえ、だいじょうぶ。地下鉄に乗りましょう。ピカデリー・サーカス駅が近いんでしょ」

「すぐそこだ」と指さした。

キャスはうなずき、ハンドバッグを頭上にかざして、役に立たない雨よけにした。ふたりいっしょに歩道へ飛び出し、雑踏を突っ切り、階段を下りてピカデリー・サーカス駅へ向かった。

「少なくとも雨には濡れない」キャスの切符を買うためにポケットの小銭を探りながらいった。

キャスはコートのすそを振りながらまたうなずいた。

券売機の前は長蛇の列で、自動改札の前はさらに長い列ができていた。切符をわたすと、キャスはおそるおそる自動改札のスロットにそれをさしこみ、マシンが切符を吸い込む前にぱっと手を引っ込めた。

下りのエスカレーターはひとつも動いていない。停止したエスカレーターの階段をみんなどたどたと不器用に降りてゆく。タトゥーにスキンヘッドのパンク少年ふたりが、下品な言葉をつぶやきながら、まわりの人間を押しのけて無理やり進んでいった。

エスカレーターを降りると、壁の地下鉄路線図の下に嘔吐物が広がっていた。「ピカデリー線に乗るよ」といってキャスの腕をとり、通路を導いて、混雑したホームに出た。頭上の電光掲示板によれば、〝次の電車は2分後〟。

反対側のホームに電車が到着し、どっと降りてきた乗客があふれて、うしろから体を押された。キャスはこわばった顔で足もとの〝隙間にご注意ください〟を見つめている。あとはネズミが出てくれれば完璧だ。もしくはナイフ男。

電車が入ってきて、わたしたちはそれに乗り込んだ。オイル・サーディンの缶詰のようにぎゅうぎゅうに詰め込まれる。「あと二駅がまんすれば、かなり空くよ」というと、キャスはうなずいた。シェルショックにかかったようにぼうっとして見える。

エリオットとおなじだ。見るともなく舞台を見つめたまま、抑揚のない声で、「浮気の相手はだれだ？」とたずね、まわりの客の足や膝につっかかりながら座席を離れるエリオットは、硫黄の臭いのする死の風に襲われたような顔をしていた。ついさっきまではなにごともなくワインを飲みながらヘイリー・ミルズの話をしていたのに、次の瞬間、爆弾が爆発して、世界をばらばらに吹き飛ばし、すべてを廃墟に変えてしまう。

「グリーンパーク」とラウドスピーカーがいい、ドアが開くと、さらにおおぜい乗り込んできた。「気をつけな！」もつれた髪の女がキャスの顔の前で指を振りながらいった。指先は青黒く染まっていた。「いいかげんにして！　こっちは本気だよ！」

「もうたくさんだ」わたしはキャスの前に体を入れた。「次の駅で降りよう」彼女の背中に手をあてて、大混雑の中、ドアのほうへ押した。

「ハイドパーク・コーナー」とスピーカーがいった。

ホームに降りると、ドアがシュッと閉まり、電車が動き出した。

「地上に出てタクシーを拾おう」ときっぱりいった。「きみのいうとおりだった。チューブはだめになった」

なにもかもだめになった。キャスを先導して無人のトンネル通路を歩きながら、苦い気持ちで思った。サラとエリオット、ロンドン、ヘイリー・ミルズ。すべてが。長老とリージェント・ストリートとぼくら。

風がまともに顔に吹きつけた。いま降りた電車が巻き起こした風ではなく、前方のどこか、トンネルの奥のほうから吹いてきた風だった。そして、いままでよりはるかにひどかった。よろめいて背後の壁にもたれ、腹にパンチを食らったように体をふたつに折った。

災厄と死と衰退。

息がつけず、腹を押さえたまま背すじをのばし、トンネルの向こうに目を向けた。反対の壁にもたれてキャスが立っていた。両手をタイルにぺったりつけ、ひきつった顔は青ざめている。

「きみも感じたのか」大きな安堵感が広がった。

「ええ」

もちろんキャスは感じていた。だれも気づかないことを感知するキャスが、これを感じないわけがない。サラが浮気していること、長老が老いたことをキャスは知っていた。最初に風を感じたとき、キャスをここにひっぱってきて、いっしょにトンネルに立ってもらうべきだった。

「ほかにはだれも感じなかった。頭がおかしくなったのかと思ったよ」

「いいえ」キャスの声にはなにかがあった。緑のタイル壁に寄りかかって立つその姿が、最初からずっと明白だった事実を物語っていた。

「はじめてロンドンに来たときから、きみはあれを感じてたんだな」と驚嘆の声を洩らした。「だからチューブを嫌ってたのか。風のせいで」

キャスはうなずいた。

「だからタクシーに乗ってハロッズへ行くといったのか。最初のとき、どうしてなにもいってくれなかったんだ?」

「あのときはタクシーに乗るお金がなかった。それに、あなたは気づいてないみたいだったし」

わたしはなにも気づいていなかった。キャスが地下鉄駅に降りるのをあからさまにいやがっていることにも、入ってくる電車からびくっとして身を引くことにも気づいていなかった。キャスは次の風を警戒していたのか。トンネルの奥を神経質にのぞくキャスの姿を思い出した。彼女は風が襲ってくるのを待ち受けていた。

「教えてくれればよかったのに」とわたしはいった。「話してくれていたら、あれの正体を突き止めるのに手を貸して、もう怯えなくてすむようになっていたのに」

キャスは顔を上げた。「あれの正体？」とぽかんとしたようにくりかえす。

「ああ。なにがあれを引き起こしているのか突き止めたんだ。逆転層のせいだよ。空気が地下に閉じ込められて、出口を失っている。炭坑のガス溜まりみたいに。そうやって何年も何年もここに残るんだ」

キャスに話ができること、なにもかも打ち明けられることに、わたしは信じられないほどの喜びを感じていた。

「ロンドン大空襲のあいだ、こういう地下鉄駅は防空壕として使われていた」と勢い込んでいう。「バラムは爆撃を受けたし、チャリング・クロスもそうだ。だから煙とコルダイト爆薬の臭いがするんだよ。高性能爆薬のせいだ。それに、マーブル・アーチでは飛散したタイルでおおぜいの死傷者が出た。ぼくらが感じてるのはそれだよ――そういう出来事の風なんだ。過去からの風。この駅の風の原因はわからない。トンネルの崩落か、V2ロケットか――」口をつぐんだ。

キャスの顔は、ホテルの部屋のせまいベッドに腰かけて、サラは浮気をしていると打ち明ける直前の顔とそっくりだった。

わたしは彼女を見つめた。

「きみは風の原因を知ってたのか」とようやくいった。もちろん彼女は知っていた。彼女はなんでも知っているキャス、考える時間が二十年あったキャスなのだ。

「なにが原因なんだ、キャス？」

「やめて――」といって、キャスは救いを求めるように通路のほうを見やった。だれかが歩いてくるか、突然、電車に向かって急ぐ人の波が押し寄せて、自分が答えをいうまもなくぼくらのあいだが引き裂かれてしまうのを期待しているような表情だった。しかし、トンネルは無人のまま静まり返り、風はそよとも吹かない。

「キャス」

彼女は大きく深呼吸して、口を開いた。「あれは、これからやってくるもの」

「これからやってくるもの？」呆けたようにくりかえした。

「わたしたちを待っているもの」苦い口調で、「離婚と死と衰退。ものごとの終わり」

「そんなはずはない。マーブル・アーチは直撃弾を受けたんだ。それにチャリング・クロスは――」

しかし、いつも正しいキャスの言葉だ。それに、もし仮にあれが煙の臭いではなく恐怖の臭い、灰の臭いではなく絶望の臭いだったら？　ホルムアルデヒドが一時的に死体置き場となった霊安室の臭いではなく、永久的なもの――死それ自体の臭いであり、すべての人間の行く手に待ち受ける大理石の門（マーブル・アーチ）だったとしたら？　キャスがマーブル・アーチという駅名から墓地を思い出したのも不思議はない。

もし仮に、飛び散った破片で若さや結婚や幸せを切り裂いた直撃弾が、V2ロケットではなく、惨禍と死と衰退だったとしたら？

どの風もすべて死の臭いがした。そして死は、なにもロンドン大空襲の専売特許ではない。ハリ・シュリーニヴァサウを見るがいい。最高のフィッシュ&チップスを出していたあのパブを見るがいい。

「でも、風を感じた駅はすべて爆撃を受けた駅だった。それにチャリング・クロスでは、水と土の臭いがした。大空襲のはずだ」

キャスは首を振った。「BARTでも感じたのよ」

「でもサンフランシスコだろ。大地震かもしれない。それとも火事か」

「それに、DCのメトロでも。一度は、うちのすぐ近所、メイン・ストリートの真ん中でも感じた」キャスは床を見つめたままいった。「逆転層のことはあなたのいうとおりだと思う。きっとそれが空気を凝縮させ、強くして、もっと――」

キャスは口をつぐんだ。〝ひどくする〟というのかとわたしは思った。

「もっと気づきやすくするのよ」

でも、わたしは気づかなかった。だれも気づかなかった。あらゆることに気づくキャスをのぞいては。

それと、あの老人たち。サウス・ケンジントン駅で見た白髪の女性を思い出した。静脈の浮いた手でコートの襟をぎゅっとつかんでいた。ホルボーン駅のホームで身をかがめていた黒人男性。老人はいつもあれを感じているのかもしれない。しじゅう吹いてくる風に対し、大きく腰を曲げて歩く。

あるいは、地下鉄に近づかないことを選択する。「地下鉄は大嫌いだ」といった長老のことを思い出した。かつてはロンドンじゅうを楽しげに地下鉄でとびまわって次から次へと冒険し、ベーカー・ストリート駅で乗ってタワー・ヒル駅で降り、エスカレーターを昇り、階段を下りながら、しじゅう肩ごしにふりかえって物語を語っていたのに。それがきのうは、「地下鉄など大嫌いだ」と身震いしながらいった。「臭くて、汚くて、おぞましい、隙間風の吹く場所」隙間風。

長老も風を感じたのだ。それにミセス・ヒューズも。「もう地下鉄には降りないのよ」とディナーの席で彼女はいった。〝地下鉄には乗らない〟ではなく。地下鉄には降り*ない*。たんに階段や長い移動距離のことを指してそういったのではない。別離と喪失と後悔の臭いがする風のことなのだ。

キャスが正しいにちがいない。あれは死すべき運命の風だ。あれほど着実に、あれほど情け容赦なく、老いたものにだけ吹きつける風が、ほかにあるだろうか。

でも、だったらどうしておれは感じたのか？　この大会が、ある種の逆転層だったのかもしれない。古い友だちや昔懐かしい場所と対面することが。ガンとGAPと、いま流行の演劇やスパイシーな食事を罵倒する長老。死と老齢と変化に、ひと足早く対面することになった。

そして、もう時間がないという感覚。そのせいで、前の人間を押しのけてエスカレーターを駆け下り、通路を走って、ホームを離れる前に電車に乗ろうと必死になる。これが最後の電車かもしれないという、パニックの感覚。〝ドアが閉まりかけています。閉まるドアにご注意ください〟

サラのことを思い出した。髪は風に乱れ、頬は不自然に赤く、レスター・スクエア駅から走ってきたサラ。劇場の座席で、わたしの膝を押しのけ、必死にあとを追ったサラ。

「サラも感じてたんだ」とわたし。

「そう？」キャスが平板な口調でいった。

向かいの壁にもたれ、次の風に身構えて、襲ってくるのを待っているキャスを見た。おかしな話だ。まさにこの通路、まさにこの駅が、ロンドン大空襲のあいだ、防空壕として使われていた。でも、こんな種類の空襲から守ってくれる防空壕は存在しない。そして、どんな電車に乗ろうと、どの線を使おうと、最後はすべておなじ駅にたどりつく。マーブル・アーチ。終点です。

「じゃあ、どうする？」

キャスは答えなかった。〝隙間にご注意ください〟の警告を見つめるように、床を見つめていた。隙間にご注意ください。

「わからない」とキャスはようやくいった。

どう答えると思っていたんだろう。わたしたちにはおたがいがいるから耐えられる？　愛はすべてに勝つ？　でも、そうじゃないということが――離婚と破壊と死にはなにも敵わないということが――すべての教訓ではなかったか。ミルフォード・ヒューズ・シニアを見るがいい。ダニエル・ドレッカーの娘を見るがいい。

「チェルシーのどの店にも、わたしのティー・セットは置いてなかった」とキャスはぶっきらぼうにいった。「製造中止になるかもしれないなんて考えもしなかった。あれだけ長い年月がたっても、わたしは――いまも売ってるものだと信じ込んで、そうじゃない可能性なんか頭に浮かばなかった」声が途切れた。「あんなにかわいい模様だったのに」

長老はあんなに面白くてあんなに元気いっぱいだった。あのパブはいつもあんなに満員だった。サラとエリオットはあんなにすばらしい夫婦だった。でも、それさえ救いにはならない。離別と破滅と喪失。

それに対してなにができる？　コートのボタンをしっかり留める？　地下に降りないようにする？

だが、問題はそのことなのだ。地上にとどまること。そして、ドアが閉まりかけていること、なにもかもが砕け散ることを知りながら、なんとか日々を切り抜けていくこと。自分が愛したもの、好きなもの、きれいだと思ったものも、ばらばらになり、焼け落ち、吹き飛ばされてしまう。「風と共に去りぬ」電車の女性を思い出しながら、声に出してそういった。

「なに？」まだ麻痺したような、希望のかけらもない声でキャスが訊き返した。

「小説だよ」と暗い声でいった。「『風と共に去りぬ』。きょう、バラムに行く途中の電車で、それを読んでる女性がいたんだ。ぼくが風を追いかけて遠征していたとき。どの駅で風を感じるかたしかめて、それが大空襲で爆撃された駅かどうかを調べてたんだ」

「バラムに行ったの？」とキャスがたずねた。「きょう？」

「それにブラックフライアーズ。それにエンバンクメント。それにエレファント&キャッスル。交通博物館へ行って、どの駅が爆撃されたのかを調べた。それからモニュメント駅とバラム駅で、風を感じるかどうかたしかめた」首を振った。「まるまる一日かけて、なにか、風に共通するパターンが――どうした？」

　キャスは、痛みをこらえるように片手を口にあてていた。

「どうした？」

「きょう、サラがまた予定をキャンセルしてきたの。あなたが出かけたあとで。だから、あなたとランチに行けるかもしれないと思ったの」キャスはこちらを見た。「だれもあなたがどこにいるか知らなかった」

「ほかにはだれも感じない風を追いかけてロンドンじゅう駆けずりまわってるなんて知られたくなかったからね」

「きのうもあなたが途中で姿を消したってエリオットに聞いた」キャスの口調には、まだ正体のわからないなにかがあった。「エリオットとアーサーはあなたといっしょにランチを食べようと思ったのに、あなたはどこかへ行ってしまったって」

「ホルボーンにもどったんだよ、なにが風を起こしているのかつきとめようと思って。それからマーブル・アーチに行った」

「サラはけさの電話で、エヴァーズ夫妻がキュー・ガーデンを見たいといいだして、エリオットといっしょに案内しなきゃいけなくなったといったのよ」

「エリオットと？　だってエリオットは大会に来てたんだろ」

「ええ。エリオットの話では、サラは医者の予約があるのを忘れてたって。あなたの居場所はだれも知らなかった。そのあと、劇場で、あなたとサラが――」

　遅刻していっしょにやってきた。息を切らせて。サラは頬を赤くして。それにきのうは、ランチと午後のセッションについて、ずっと長老といっしょだったとわたしが嘘をついた。いつも相手の嘘を見破るキャス、なにかおかしければすぐに勘づくキャスに向かって。

「ぼくがサラの浮気相手だと思ったのか」

　キャスは力なくうなずいた。

「ぼくがサラと浮気してると思ったって？　よくもそんなことを思いつくね。きみを愛してるのに」

「サラはエリオットを愛してたわ。みんな配偶者をだまし、おたがいから離れてゆく。みんな……」

「……ばらばらになる」

　そしてそのすべてを空気が記録し、地下に閉じ込めて、死と衰退と喪失のエッセンスを蒸留する。

　キャスはまちがっている。やっぱり大空襲だ。それに、バラム行きの電車で泣いていた少女や、口げんかしていたアメリカ人のカップル。疎外と災厄と絶望。これも記録されるんだろうか。キャスの恐怖とふたりの不幸が記録されて、地下鉄のトンネルや線路や通路を通じて、罪もない哀れな観光客の顔に、来週いきなり吹きつける。もしくはいまから五十年後に吹きつける。

キャスに目をやった。いまも向かいの壁にもたれている。ありえないほど遠くにいる。

「サラと浮気なんかしてないよ」わたしがそういうと、キャスはタイルに寄りかかって泣きはじめた。

「愛してる」通路を一歩でまたぎ、キャスの体に両腕をまわして、つかのま、なにもかも大丈夫だと思った。ふたりはいっしょにいて、安全だ。愛はすべてに勝つ。

しかしそれも次の風までのこと。レントゲン写真の結果、真夜中の電話、悪い知らせを伝えるのがいやで目を伏せたままの外科医。そしてわたしたちはあいかわらず地下鉄のトンネルに――風の直進ルートに立っている。

「さあ」といってキャスの腕をとった。風から守ってやることはできないけれど、地下鉄のトンネルから連れ出すことはできる。逆転層から遠ざけておくことができる。あと数年間は。あるいは数カ月間は。せめて数分間は。

「どこへ行くの？」追い立てられるようにして通路を歩きながら、キャスがたずねた。

「上だ。外」

「ホテルはまだ何マイルも先よ」

「タクシーに乗るさ」キャスをひっぱって階段を上がり、カーブを曲がり、電車が入ってくる音と〝隙間にご注意ください〟のかすかなアナウンスを聞きながら歩いた。

「これからはタクシーにしか乗らないことにしよう」

急ぐとまた風を呼び寄せてしまうかもしれないとでもいうように、急ぐまいと努力しながらまたべつの通路を歩き、またべつの階段を下り、アーチをくぐってエスカレーターへ。もうちょっとだ。あと一分で、キャスをエスカレーターに乗せて地上に上がり、逆転層から脱出できる。風から逃れられる。しばらくの安全。

反対側のサークル線の通路からとつぜん群衆があらわれ、フランス語でぺちゃくちゃしゃべりながらエスカレーター前を占拠した。休暇旅行中のティーンエージャーたち。めいめい巨大なバックパックを背負い、ひとりはエスカレーターの幅よりずっと大きなダッフルバッグ一個をかついでいる。頭に来ることに、彼らはエスカレーターの乗り口の前で立ち止まり、地下鉄路線図をとりだして相談をはじめた。

「失礼。パルドネ・モワ」と声をかけると、彼らは顔を上げ、わきにどくかわりに、エスカレーターに乗ろうとした。例の大きすぎるダッフルが左右のゴムの手すりのあいだにがっちりはまりこみ、持ち主はそれを上から無理やり押さえつけてエスカレーターのステップを完全にふさいでいる。これではだれも横をすり抜けられない。

わたしたちの背後、ピカデリー線のトンネルから、電車が入ってくるかすかな音が聞こえた。

フランス人の若者たちは、とうとうバッグをエスカレーターに乗せることに成功した。わたしはキャスをステップに乗せ、そのすぐ下の段に立った。

さあ。上だ。上。『日の名残り』と『フォーエバー』、『パッツィ・クライン』と『セールスマンの死』のポスターの前を通り過ぎる。下のほうでは、電車のうなりが大きく近くなってくる。

「なあ、ホテルにもどるのはやめにしないか。ここからならマーブル・アーチは遠くない」電車の音を消そうと、キャスに話しかけた。「ロイヤル・ヘルニアに電話して、部屋が空いてないか聞いてみるのはどう？」

さあ、はやく。上。『リア王』。『マウストラップ』。

「もうつぶれてたら？」キャスは眼下の深淵を見下ろしながらいった。すでに三階分近く昇ってきていた。電車の音はただのつぶやきになり、学生たちの笑い声や頭上の駅ホールのくぐもった喧騒に呑み込まれる。

「まだあるとも」と、きっぱりいった。

さあ。上へ、上へ。

「きっとむかしのままだよ。急な階段、白カビ、傷んだキャベツ。素敵に健全な臭い」

「うわ、やめて」キャスは向こうの下りエスカレーターを指さした。とつぜん、夜会服姿の人々があふれ出し、雨に濡れたファー・コートや劇場のプログラムからしずくを払っている。「『キャッツ』がいま終わったのよ。タクシーはぜったいつかまらない」

「だったら歩こう」

「雨よ」

風よりは雨のほうがまし。さあ。上へ。

もうちょっとでてっぺんだ。学生たちはすでにバックパックを肩にかつぎあげている。エスカレーターを降りたら、電話ボックスを見つけてタクシーを呼ぼう。そのあとは？頭を低くする。風に近づかない。長老になる。

そんなことをしても役に立つまいと、さびしく思った。風はどこにでもある。それでもわたしは、風からキャスを護る努力をしなければならない。これまで二十年間、彼女を護ってやれずにいたのだから、これからは風の死の道すじからキャスを遠ざけておく努力をしなければならない。

あと三段。フランス人の学生たちは、「アロン！　アロン！　ヴィット！」と掛け声をかけながら、がっちりはまった例のダッフルバッグをひっぱりだそうとしている。

うしろをふりかえって、その掛け声ごしに電車の音が聞こえないかと耳を澄ました。そして、いまちょうど下りエスカレーターに乗ろうとしていた老婦人の灰色の髪が風にあおられるのを見た。老婦人は背中をまるめ、頭をひっこめて、上から襲ってきた風をやり過ごした。上から！　わたしたちより上の段にいるフランス人の学生たちはそれにまったく気づかない。風は彼らの若々しい顔にかぶさる髪の毛を乱し、襟を立て、シャツのすそをはためかせた。

「キャス！」と叫んで彼女のほうに片手をのばし、ゴムの手すりをつかむ反対の手にエスカレーターを止める勢いでぎゅっと力をこめて、風の通り道へと容赦なく運んでいく力に抵抗しようとした。

　わたしがいきなりつかんだせいで、キャスはバランスを崩し、半分倒れそうになってこちらに寄りかかった。キャスにこちらを向かせると、その体を自分の胸に引き寄せ、両腕をまわしたが、もう手遅れだった。

「愛してる」と、キャスは最後のチャンスのようにいった。

「まだ――」といいかけたが、風はすでに襲い、わたしには彼女を護るすべも風を止めるすべもなかった。風は最大限の力でまともに吹きつけ、キャスの髪は頰にかかり、ふたりともあやうく段を踏みはずしかけた。風はその臭いもろとも、正面から顔にぶつかった。わたしはびっくりして息をつめた。

　老婦人は、目を閉じ、頭を垂れたまま、エスカレーターの乗り口でまだ静止していた。そのうしろに人々が列をなし、「すみません！」とか「ちょっと通していただけますか！」と口々に声をかけているが、老婦人は聞いていない。彼女は頭をそらし、鼻から深く空気を吸った。

「まあ」キャスもうしろに頭をそらしていった。

　わたしは空気を深く吸い込んだ。ライラックと雨と期待の香り。毎年毎年、『ロンドン

1日40ドルの旅』を片手にやってくる観光客と、手をつないでホームに立つ新婚カップルの香り。エリオットとサラ、キャスとわたし——長老のあとについて笑いながら東奔西走し、電車を降り、通路を抜け、ディストリクト線とロンドン塔へ向かうわたしたちの香り。春と、空襲警報解除（オール・クリア）のサイレンと来たるべきものの香り。

　絶望や恐怖や悲嘆といっしょに、曲がりくねるトンネルの中にとらわれていたもの。通路と階段とホームが織りなす迷路にとらわれ、逆転層に閉じ込められ、保持され、凝縮されていたもの。

　てっぺんに着いた。「通してください、ちょっと」とうしろの男がいった。

「ティー・セットは見つかるよ、キャス」とわたしはいった。「ポートベロ・ロードには、なんでも売っている中古市場がある」

「地下鉄で行ける？」

「失礼」と男がいった。「すみませんが」

「ラドブルック・グローヴ駅。ハマースミス＆シティ線」と答え、身をかがめてキスをした。

「道をふさいでるよ」と男がいった。「みんなの邪魔になってるぞ」

「空気をよくしようとしてるんだ」といって、もう一度キャスにキスをした。

　ぼくらはしばらくそこにたたずみ、空気を吸い込んだ——緑とライラックと愛の香りを。

それから手をつないで下りのエスカレーターに乗り、東行きのホームに降り、チューブに乗ってマーブル・アーチへ向かった。

ロンドンでお気に入りの場所はもちろんセント・ポール大聖堂だけれど、二番めにお気に入りなのは、（正確には場所じゃないけど）ロンドン地下鉄の広大なネットワーク全体だ。地球の真ん中まで下っていくようなあのすばらしい木製のエスカレーターや、壁に陶製のタイルを貼ったプラットホーム。そして、柱や壁の空いた場所には、地下鉄マップがどこにでも貼ってある。いままでに書かれた中で最上のマップだ。

地下鉄が正確には場所じゃないのと同様、地下鉄路線図も正確にはマップじゃない。むしろ回路図に（もしくは、ダンブルドア校長の左膝の傷に）近い。まさかと思うでしょうが、これは、ロンドン地下鉄の従業員、ハリー・ベックが余暇にデザインしたもの。まさに天才の偉業だ。信じられないほどわかりやすいばかりか、きれいな青や紫や緑のラインが織りなす模様自体がアートとして美しい。このマップはテート・ギャラリーに展示されるべきだし、ロンドン地下鉄は歴史的名所のためのナショナル・トラストに指定されるべきだ。たとえば、チャリング・クロス駅は、チャールズ・ディケンズが子供のころに働いていた靴墨工場の跡地に建っている。ペトゥラ・クラークは、ロンドン大空襲のあいだに、地下鉄駅で歌いはじめた。ローレンス・オリヴィエやアレック・ギネスやデイム・イーディス・エヴァンスなどの俳優たちは、爆弾が落ちてくるなか、レスター・スクエア駅で即興パフォーマンスを披露した。大英博物館の数百点の財宝は、チャンスリー・レーンの封鎖されたトンネルに保管され、その警備に配置されたふたりは、ファラオやカエサルや古代ギリシャの宝を収めた木箱に囲まれて寝起きし、食事の支度をした。

わたしは、ロンドンにはじめて旅行したときにその魅力を発見して以来、ずっとロンドン地下鉄の熱烈な大ファンで、長篇『ブラックアウト』『オール・クリア』と「マーブル・アーチの風」を書くために何時間もそこを取材する必要が生じたときはうれしくてしかたなかったし、さまざまな映画や、TVドラマの『ドクター・フー』、新しい『シャーロック』にロンドン地下鉄が出てくるたび、莫迦みたいに興奮する。TVドラマの『プライミーバル』では、オールドウィッチ駅の地下にある廃線になった古いトンネルが、大空襲時代の寝台もそのまま、第一シーズンの第二話（石炭紀から甦（よみがえ）った巨大昆虫がはびこる）に使われているし、『ハノーバー・ストリート』から『ラブ・アクチュアリー』『リトル・ダンサー』まで、さまざまな名作映画の舞台になっている。

しかし、わたしのお気に入りといえば、やっぱり『スライディング・ドア』だ。この映画では、電車に間に合う——もしくは乗り遅れる——ことが宇宙的な意味を持つ。

当然そうあってしかるべきだ。なんといっても、これは地下鉄（ジ・アンダーグラウンド）なんだから。

ナイルに死す

Death on the Nile

第1章　旅の準備――持っていくもの

「『古代エジプト人にとって』」とゾーイが朗読する。「『死は、西方に位置する独立した国であり――』」飛行機が傾く。「『物故者はそこに向かって旅すると考えられていました』」

わたしたちはエジプト行きの飛行機に乗っている。揺れがひどく、客室乗務員たちも手近の空席にすわってシートベルトを着け、怯えた表情を浮かべている。乗客のわたしたちは黙り込み、沈黙のなか、窓の外に神経質に目をやっている。通路を隔てた向こう側の席にいるゾーイだけは例外で、いつものように、旅行ガイドの一冊を声に出して読んでいる。

いま読んでいるのは、『だれでもエジプトかんたんガイド』。彼女の前のシートポケットには、〈フォダー旅行ガイド〉シリーズのカイロ篇と、トマス・クックの『エジプト古代遺跡観光ガイド』。機内持ち込み手荷物の中には、ほかにもまだ五、六冊入っている。

フロマーの『ギリシャ1日35ドルの旅』や『旅行通のオーストリア・ガイド』など、今回の旅行で彼女が朗読してきた他の三、四百冊の旅行ガイドは、貨物室に収容されたトランクの中。それらの本の重さがこの飛行機をふらつかせ、傾かせて、まもなくわたしたちもろとも死に向かってまっしぐらに落ちていくんじゃないか——しばしそんな考えをもてあそぶ。

「『食べものや家具や武器が、旅のための準備として、墓のな』」飛行機が横に揺れた。「『かにしまわれていました』」

飛行機がまた大きく揺れ、ゾーイは本を落としかけたが、朗読のほうは一拍も外さず、「『ツタンカーメン王の墓が開かれたとき』」とつづける。「『衣服をいっぱいに詰めた箱や酒の壺がいくつも見つかったほか、黄金の舟一艘と、あの世の砂の上を歩くためのサンダル一足も入っていました』」

夫のニールがとなりの席から窓際のわたしのほうに身を乗り出して窓を覗くが、外にはなにも見えない。空は雲ひとつなく晴れわたり、眼下の海にも波さえ立っていない。

「『あの世では、死者は、ジャッカルの頭を持つ神アヌビスによって裁かれ』」とゾーイが朗読する。「『魂の重さは黄金の天秤で測られます』」

聞いているのはわたしひとりだ。通路側の席にすわるリッサが、ニールになにか囁いている。アームレストに置いたその手がニールの手とほとんど触れそうになっている。通路をはさんで反対側にいるゾーイと『エジプトかんたんガイド』のとなりではゾーイの夫がぐっすり眠り、リッサの夫は、飲みものをこぼさないように注意しながら、反対側の窓から外を見ている。

「だいじょうぶかい？」ニールがリッサを気遣うようにたずねる。

「夫婦三組で旅行するのはきっと楽しいよ」みんなでヨーロッパに行くというアイデアを思いついたとき、ニールはそういった。「リッサのところは夫婦でおもしろいし、ゾーイはなんでも知ってる。自前の観光ガイドがいるようなもんだ」

そのとおり。ゾーイは国から国へとわたしたちを案内し、歴史的な事実や両替レートをそらで教えてくれる。ルーヴル美術館では、見知らぬフランス人観光客が寄ってきて、モナリザはどこですかとゾーイにたずねた。ゾーイは興奮して、「彼、あたしたちが観光ツアーの団体だと思ったのよ」といった。「想像してみて！」

想像してみて。

「『裁かれる前に、死者は告白を読み上げます。そこには、自分が犯していない罪が箇条書きになっています』」とゾーイが読む。「『たとえば、〝わたしは神の鳥たちを罠にかけて獲ったことがありません〟とか、〝わたしは嘘をいったことがありません〟とか、〝姦通の罪を犯したことがありません〟とか』」

ニールがリッサの手をやさしく叩いてから、わたしのほうに身を乗り出し、「リッサと場所を替わってくれないか」と囁く。もう替わってるじゃないの、と心の中で答える。「いまは席を立てないのよ」わたしは座席の上についているライトを指さし、「ベルト着用のサインが点灯してるでしょ」

ニールは心配そうにリッサを見やり、「吐き気がするみたいなんだ」という。わたしもよ。そういいたいけれど、それがこの旅行のそもそもの目的じゃないかと思って不安になる。つまり、わたしに決定的なひとことをいわせることが。

「オーケイ」といって、わたしはシートベルトのバックルをはずし、リッサと席を替わる。リッサがニールの上を乗り越えようとしているとき、飛行機がまた横揺れして、リッサは彼の腕の中に半分倒れ込んでしまう。ニールがリッサの体を支える。ふたりの視線がロックする。

「『わたしは人のものを盗ったことがありません』」とゾーイが読む。「『人を殺したことがありません』」

もう耐えられない。窓際の座席の下に置いたままになっているバッグに通路側の席から手を伸ばし、アガサ・クリスティーの『ナイルに死す(デス・オン・ザ・ナイル)』のペーパーバック版をとりだす。アテネで買った本だ。

「場所で変わるもんかねえ」その本を買ってアテネのホテルにもどると、ゾーイの夫がいった。

「なに？」

「その本だよ」とペーパーバックを指さし、おもしろい冗談をいったみたいににっこりして、「そのタイトル。ナイルで死のうがどこで死のうが変わりはないだろ。死は死だよ」

「で、それはどんなもの？」

「エジプト人は、死が生ととてもよく似ていると信じていたの」とゾーイが口をはさんだ。わたしがクリスティーを買ったのとおなじアテネの書店で、彼女は『エジプトかんたんガイド』を買った。「古代エジプト人にとって、あの世は、自分たちが住んでいる世界とよく似た場所だった。アヌビスが管理していて、死者を裁き、運命を決めるの。あたしたちが持ってる、天国と地獄とか、審判の日とかの概念は、エジプト人の考えを現代的に洗練させただけのものよ」といって、『エジプトかんたんガイド』を声に出して読みはじめ、わたしたちの会話はおおむねそれでピリオドが打たれたので、ゾーイの夫が、ナイルなり他のどこかなりで死ぬことがどんなものだと思っているのか、わたしはいまもまだ知らない。

『ナイルに死す』を開き、たぶんエルキュール・ポアロなら推理で答えを出せるだろうなと思いながらつづきを読もうとしたが、飛行機の揺れがひどすぎる。すぐに吐き気がしてきて、読み進むこと半ページとさらに三回の揺れのあと、本をシートポケットにしまって目を閉じ、この機内でだれかひとりを殺害するという空想をもてあそぶ。いまの状況は、完璧にアガサ・クリスティー的な舞台設定だ。クリスティーはいつも、カントリーハウスや孤島に少人数の関係者を集める。『ナイルに死す』では、登場人物はナイル川観光の外輪蒸気船に乗っているが、飛行機ならなおのこと都合がいい。この機に乗っている部外者は、乗務員をべつにすると、日本人観光客の一団だけ。どうやら英語は話せないらしい。もし話せたら、ゾーイのまわりに集まって、スフィンクスへの道順をたずねているはずだ。

乱気流が多少おさまり、わたしは目を開いてまた本に手を伸ばす。だが、『ナイルに死す』はリッサが持っていた。

リッサは本を開いているものの、読んではいない。こちらを見て、わたしが気づき、なにかいうのを待っている。ニールは神経質な表情。

「読み終わったんでしょ?」とリッサが笑顔でいう。「読んでなかったじゃない」

アガサ・クリスティーのミステリでは、登場人物全員に殺人の動機がある。リッサの夫は、パリ以来、着実なペースでずっと酒を飲みつづけている。ゾーイの夫は、いつも妻に邪魔されて、最後までしゃべることができない。警察は、とうとうそれが我慢の限界を超えたと思うかもしれない。それとも、彼がゾーイを殺そうとして、まちがってリッサを射殺するとか。そしてこの飛行機には、真犯人を指摘し、謎を解明して、あらゆる奇妙な出来事を理路整然と説明してくれるエルキュール・ポアロは乗っていない。

機体がとつぜん前のめりに大きく傾き、ゾーイがガイドブックをとり落とす。飛行機はたっぷり五千フィートも下降してから、ようやく姿勢を回復した。ガイドブックは床を滑って、座席何列か先まで行ってしまい、爪先でそれを引き寄せようとして失敗したゾーイが、シートベルト着用のサインを見上げる。消灯したらすぐ席を立って本をとりにいこうというかまえだ。

あんなにどーんと長く落ちたあとじゃ、しばらく無理よ。そう思ったけれど、ほとんどすぐにポーンと音がして、シートベルト着用のサインが消える。リッサの夫はそくざに客室乗務員を呼び、酒をもう一杯注文したが、乗務員はすでに急ぎ足で機内後方へと向かっている。あいかわらず蒼白の、怯えた顔。いまにもまた乱気流に巻き込まれると予期しているかのようだ。ゾーイの夫が物音で目を覚まし、また眠りに落ちる。ゾーイは『エジプトかんたんガイド』を床から回収し、さらにいくつか興味深い事実を読み上げてから、座席の上に本を伏せて置くと、機内後方へ歩いてゆく。

わたしはニールの体ごしに身を乗り出し、なにがあったんだろうと窓の外を覗くが、なにも見えない。飛行機はのっぺりした白の中を飛んでいる。

リッサが頭をこすりながら、「窓に頭をぶつけちゃった」とニールにいう。「血、出てない？」

ニールが気遣うようにそちらに身を乗り出して検分する。

わたしはシートベルトをはずして立ち上がり、後方に歩き出したが、トイレはどちらも使用中。ゾーイは通路側の空席のアームレストにちょこんと腰かけて、日本人観光客の一団を相手に講釈している。「通貨はエジプト・ポンド。一ポンドは百ピアストルよ」わたしは自分の席にもどり、腰を下ろす。

ニールはリッサのこめかみをやさしくマッサージしている。「よくなった？」

わたしは通路ごしに、ゾーイのガイドブックに手を伸ばした。『必見スポット』という章タイトルのページで、リストのトップはピラミッド。

『ギーザのピラミッド。ナイル西岸、カイロの南西9マイル（15キロ）。交通：タクシー、バス、レンタカー。入場料3L.E.（エジプト・ポンド）。一口メモ：エジプト観光にピラミッド見物は欠かせませんが、がっかりすることを覚悟してください。思っているようなものではないし、渋滞はひどく、観光客の大群やドリンクスタンドや土産物屋のおかげで景観はだいなし。毎日営業』

ゾーイはどうしてこんなものに我慢できるんだろう。ページをめくり、必見スポットの二番めを見る。ツタンカーメン王の墓。このガイドブックの著者は、そちらにも感心しなかったらしい。『ツタンカーメンの墓。ルクソール、王家の谷。カイロから南に400マイル（644キロ）。冴えない部屋が三室。程度の低い壁画』

見取り図（マップ）には、長いまっすぐな廊下（図の中に〈廊下〉と書いてある）と、戸口でつながる三つの冴えない部屋が書かれている。前室、玄室、裁きの間。

本を閉じ、それをゾーイの座席に置く。ゾーイの夫はまだ眠っている。リッサはふりかえって、彼の席のほうをじっと見ている。

「客室乗務員はどこへ行ったんだ？」とリッサの夫がたずねる。「もう一杯ほしいのに」

「ほんとに血が出てない？　こぶができてる」リッサが頭をさすりながら、ニールにいう。

「脳震盪（のうしんとう）かしら」

「いや」ニールはリッサの顔を自分のほうに向けさせて、まっすぐ瞳を覗き込む。「瞳孔に異状はない」

「スチュワーデス！」リッサの夫が叫ぶ。「飲みものを持ってきてもらうにはどうすりゃいい？」

ゾーイが意気揚々ともどってきて、「観光ガイドだと思われてた」といいながら席に着き、シートベルトを締める。「そちらのツアーに混ぜてもらえませんか、だって」ガイドブックを開き、「『あの世には、ワニやヒヒやヘビの姿をした怪物や半神がたくさんいました。死者が裁きの間にたどり着く前、こうした怪物に襲われることもあります』」

ニールがわたしの手に触れて、「アスピリン持ってない？　リッサが頭痛で」

バッグを探ってアスピリンを渡すと、ニールは席を立ち、水をもらいに機内後方へ向かう。

「ニールはすごくやさしいのよ」リッサがぎらぎらする目でわたしを見ている。

「『こうした怪物や半神から身を守るために、死者には〝死者の書〟が与えられます』」とゾーイが朗読する。「『原語に忠実に訳せば、〝あの世にはなにがあるかについての本〟となりますが、この〝死者の書〟には、旅に関するアドバイスと死者を守るための呪文が集められています」

身を守ってくれる呪文なしに、わたしはこの旅の残りをどうやって生き延びればいいんだろう。エジプトで六日、イスラエルで三日、そのあとまだ、帰りの飛行機が残っている。こんなふうに、リッサとニールを眺め、ゾーイの朗読を聞く以外なにもすることがない、十五時間の空の旅。

もっと明るい可能性を考えよう。「もしカイロに向かってないとしたら？」とわたしはいう。「もしわたしたちが死んでるんだとしたら？」

ゾーイがいらついた表情で、ガイドブックから顔を上げる。

「最近、テロリストの爆弾騒ぎがたくさんあったでしょ。ここは中東」とわたしはつづける。「さっきのエアポケットが、ほんとは爆弾だったら？　その爆弾が飛行機をばらばらに吹き飛ばして、わたしたちはいま、小さな破片になって、エーゲ海を漂ってるんだとしたら？」

「地中海よ」とゾーイ。「さっきクレタ島の上空を通過したから」

「どうしてわかるの？　外を見てみなさいよ」わたしはリッサがすわる側の窓の向こう、

のっぺりした白い広がりを指さし、「海なんか見えない。ここがどこであってもおかしくない。あるいは、どこでもなくても」

ニールが水を持ってもどってきて、わたしのアスピリンといっしょにリッサに手渡す。

「飛行機は爆弾の検査をするんでしょ？」とリッサがニールにたずねる。「金属探知機とか使うんじゃない？」

「むかし観た映画なんだけど」とわたし。「登場人物はみんなもう死んでるのに、それを知らないの。船に乗ってて、自分たちはアメリカへ行くんだと思ってる。でも、霧が濃くて海が見えない」

リッサが不安そうに窓の外に目を向ける。

「本物の船そっくりに見えるけれど、ほんの些細なことから、彼らも少しずつ、なにかがおかしいと気づきはじめる。船にはほかにほとんど乗客がいないし、乗組員の姿はまるで見当たらない」

「スチュワーデス！」リッサの夫が、ゾーイの体ごしに通路のほうに身を乗り出して叫ぶ。

「ウーゾをもう一杯頼む」

その声で目を覚ましたゾーイの夫は、妻がガイドブックを朗読していないことにとまどい、目をぱちくりさせる。「なんだ？　どうした？」

「わたしたちはみんな死んでるのよ」とわたし。「アラブのテロリストに殺された。この飛行機でカイロに向かってると思ってるけど、ほんとの行き先は天国。それとも地獄」リッサが窓の外を見ながら、「霧が濃すぎて、翼も見えない」怯えた顔をニールに向けて、「もし翼になにかあったら？」

「雲の中を飛んでるだけだよ」とニール。「たぶんもう、カイロに向かって降下しはじめてる」

「空は完璧に晴れてた」とわたし。「なのに気がついたらとつぜん霧の中にいたの。映画に出てくる船の乗客たちも霧に気がついたのよ。夜間航海灯が点灯していないのにも気づいた。そして、乗組員が見つからなかった」リッサに微笑みかけ、「ねえ、急に乱気流がなくなったの、気がついた？　あの大きなエアポケットに落ちた直後から。それにどうして――」

客室乗務員がコックピットから出てきて、飲みものを手に通路を歩いてくる。全員ほっとした顔になり、ゾーイはガイドブックを開いてページをぱらぱらめくり、おもしろい事実が書いてある箇所を探しはじめる。

「どなたかウーゾを注文なさいました？」と客室乗務員がたずねる。

「こっちだ」リッサの夫が手を伸ばす。

「カイロまであとどのくらい？」とわたし。

乗務員は返事をせずに機内後方へ歩き出す。わたしはシートベルトを外し、あとを追う。

「ねえ、いつカイロに着くの？」

彼女は笑顔でふりかえるが、まだ蒼白で、怯えた目をしている。「おかわりをお持ちしますか？　ウーゾ？　コーヒー？」

「どうして乱気流が止まったの？」とわたし。「あとどのくらいでカイロ？」「当機はまもなく降下を開始します。目的地にはあと二十分で到着予定です」日本人観光客たちのほうに身をかがめ、座席の背もたれを元の位置にもどすようにいう。

「どの目的地？　どこに降下するの？　降下なんかはじまってない。シートベルト着用サインは消えたままよ」とわたしがいったとき、ポーンとサインが点灯する。

席にもどると、ゾーイの夫はすでにまた寝息をたてている。ゾーイは『エジプトかんたんガイド』を朗読している。「『エジプト旅行の前には、準備が必要です。地図(マップ)は不可欠。多くの観光地で、懐中電灯が必要になります』」

リッサが座席の下からバッグをとると、わたしの『ナイルに死す』を中にしまって、かわりにサングラスをとりだす。わたしはリッサの肩ごしに、窓の外の、翼があるべき場所に広がっているのっぺりした白に目を向ける。いくら霧の中でも、主翼の航行灯は見えるはずだ。そもそも、霧の中でも飛行機が飛んでいるのがわかるためのライトなんだから。

あの船の乗客は、最初のうち、自分たちが死んでいることに気づかなかった。理屈に合わない些細なことに気づきはじめて、ようやく疑念を抱くようになった。

『『ガイドを雇うことをおすすめします』』とゾーイが朗読する。

リッサを怖がらせるつもりだったのに、自分が怯えるだけの結果になってしまった。飛行機が高度を下げて雲の中を飛びはじめている、ただそれだけのことなのに。そして、どうやらその考えが正しかったにちがいない。

なぜなら、わたしたちはもう、カイロに着いている。

第2章　空港に到着

「じゃあ、これがカイロか?」ゾーイの夫があたりを見まわしていう。飛行機は滑走路の端に停止し、わたしたちは金属製のタラップを伝ってアスファルトに降りた。

空港ターミナルは、東のほうに見える、パーム・ツリーに囲まれた背の低い建物だった。日本人観光客の一団はショルダーバッグやカメラケースを肩にかけ、ただちにそちらに向かって歩き出す。

わたしたちは、機内持ち込み手荷物をほとんど持っていない。ゾーイのガイドブックの山のおかげで、どのみちバゲージクレームで待たされることになるからだ。そのたび、荷物が東京かどこかへ行ってしまい、そっくりなくなってしまうんじゃないかと不安に思っていたけれど、今回ばかりは、荷物を抱えてはるばるあのターミナルまで歩いていかずに済んだことにほっとした。見たところ、距離は何キロもありそうだ。日本人観光客たちは、歩くスピードがもう落ちはじめている。

ゾーイはガイドブックを読んでいる。わたしたちはそのまわりに立ち、じれったげな顔をしている。タラップを降りるとき、リッサがサンダルのかかとを金属の段にひっかけて足首をひねってしまい、いまはニールに寄りかかっている。

「捻挫した？」ニールが心配そうにたずねる。

客室乗務員たちがネイビーブルーのトランクを手にカツカツとタラップを降りてくる。いまもまだ神経質な表情。滑走路に降り立つと、キャスター付きの金属製キャリアーを開き、トランクをその上に乗せてストラップを掛け、ターミナルに向かって出発する。数歩進んだところでひとりが立ち止まり、ジャケットを脱いでキャリアーの持ち手に掛け、ハイヒールの足でまた颯爽と歩き出す。

アスファルトから立ち昇る熱い空気で遠いターミナルがゆらめいているが、思ったほど暑くはない。飛行機が突っ切ってきた雲は影もかたちもなく、空にかかっているのは薄く白い霞だけ。それが太陽光線を吸収して、のっぺりした均質の輝きに変える。みんな目をすがめている。リッサがつかのまニールの腕を離し、バッグからサングラスをとりだす。

「このへんじゃ、どんな酒を飲むのかな」リッサの夫が目をすがめ、ゾーイの肩ごしにガイドブックを覗きながら、「一杯やりたいね」

「エジプトの地酒はジビブね。ウーゾに似てる」ゾーイはガイドブックから顔を上げ、「ピラミッドを見にいくのがいいと思う」

プロの観光ガイドの逆襲（ストライクス・アゲイン）。「やるべきことやってからのほうがよくない？」とわたし。「入国審査とか。手荷物受けとりとか」

「そして、一杯やる場所を探す。その……なんだっけ？　ジバブ？」とリッサの夫。

「いいえ」とゾーイ。「やっぱりピラミッドを先にしたほうがいいわ。バゲージクレームと入国審査に一時間かかる。あれだけの荷物を持ってピラミッドには行けないから、先にホテルに寄ることになる。そのころにはもう、ほかの観光客がみんなピラミッドに行ってるわ。いますぐ行かなきゃ」ターミナルのほうを手で示して、「いまならひとっ走りピラミッドを見てもどってきても、日本人観光客の団体はまだ入国審査も済んでないわ」

ゾーイがきびすを返してターミナルと反対の方向に歩き出し、他の五人もばらばらに、おとなしくそのあとをついていく。

ターミナルのほうをふりかえると、客室乗務員たちが日本人の団体を追い越して、パーム・ツリーのすぐ近くまで達している。

「方向が反対よ」とゾーイに向かっていう。「ターミナルに行って、タクシーに乗らなきや」

　ゾーイが足を止めて、「タクシー？　なんのために？　遠くないわ。歩いて十五分」

「十五分？　ギーザのピラミッドはカイロから西に十五キロよ。ナイル川を横断する必要がある」

「莫迦なこといわないで。すぐそこにあるじゃない」そういってゾーイが自分の行く手を指さすと、たしかにすぐそこにある。広大な砂の広がりに敷かれたアスファルトの向こう、距離が近すぎて陽炎にゆらめくこともなく、ピラミッド群が横たわっている。

第３章　周辺を歩く

　十五分では着かなかった。ピラミッド群は見た目より遠く、砂に足が深く潜り込んで歩きにくいうえに、一メートルごとに立ち止まり、リッサがニールに寄りかかってサンダルを脱ぎ、溜まった砂を捨てるのを待たなければならない。

「タクシーに乗ればよかったんだ」とゾーイの夫が文句をいう。しかし道路はなく、ガイドブックが不満げに書いていたドリンクスタンドも土産物屋も見当たらない。見えるのは、どこまでも広がる砂とのっぺりした白い空、そして向こうに横たわる、一列に並んだ三つの黄色いピラミッドだけ。

「『三つのうちで一番大きいのはクフ王のピラミッドで、紀元前二六九〇年に建てられました』」とゾーイが歩きながらガイドブックを読む。「『完成までに三十年の歳月を要しました』」

「ピラミッドにはタクシーで行くのよ」とわたし。「道が混んでて、渋滞がひどい」

「『ピラミッドが建てられたナイル川西岸は、古代エジプト人が、死者の土地だと信じていた地域です』」

行く手のピラミッドのあいだで、一瞬なにか動くのが見えた。土産物売りならいいのにと思いつつ足を止め、片手で目の上にひさしをつくって輝きをさえぎり、目を凝らすが、なにも見えない。

わたしたちはまた歩き出した。

また動くものが見えた。今度は走っているところ。背中をまるめ、両手を地面につくようにして走ってゆく。それは、真ん中のピラミッドの向こう側に姿を消した。

「なにか見えた」ゾーイに追いついて、そう声をかける。「動物。ヒヒみたいだった」

ゾーイはぱらぱらガイドブックをめくってから、「『サル。ギーザの近辺ではよく見かけます。観光客に食べものをねだります』」

「観光客なんていないじゃない」とわたし。

「ええ」ゾーイがうれしそうに、「早く来れば、混雑を避けられるっていったでしょ」

「いくらエジプトでも、入国審査を受けなきゃだめなのよ」とわたし。「ただ空港を出ていくわけにはいかない」

「『左側のピラミッドは、カフラー王のピラミッドです』」とゾーイ。「『紀元前二六五〇年に建てられました』」

「あの映画の登場人物たちは、だれかにそういわれても、自分たちが死んでることを信じようとしなかった」とわたし。「ギーザはカイロから十五キロ西にあるのよ」

「なんの話をしてるんだい？」とニールがたずねる。リッサはまた立ち止まり、彼の肩につかまって片足で立ち、反対の足のサンダルを振って砂を落としている。「リッサのあのミステリ、『ナイルに死す』の話？」

「じゃなくて、映画の話」とわたし。「船に乗ってて、じつはみんな死んでるの」

「その映画なら見たよな、ゾーイ？」とゾーイの夫がいう。「ミア・ファローが出てた。それにベティ・デイヴィス。あと探偵が……なんて名前だっけ？」

「エルキュール・ポアロ」とゾーイ。「演じたのはピーター・ユスティノフ。『ピラミッドは、毎日午前8時から午後5時まで営業。夜は色とりどりのライトを使った〝音と光のショー（ソン・エ・リュミエール）〟が楽しめます。英語と日本語によるナレーションあり』」

「いろんな手がかりがあったのに」とわたし。「でも彼らはそれを無視した」

「アガサ・クリスティーは好きじゃない」とリッサ。「殺人事件が起きて、だれがだれを殺したのかつきとめようとする話でしょ。なにがどうなってるのか、いつもこんがらがっちゃうのよ。列車に乗ってる人たちがどうこうしたとか」

「『オリエント急行の殺人』だろ」とニール。「映画で見たよ」

「ひとりずつ順番に殺されていくやつ？」とリッサの夫。

「それは見たな」とゾーイの夫。「おれにいわせりゃ、殺されて当然だよ。みんないっしょにいたほうがいいとわかってるのに、ひとりでうろうろして」

「ギーザはカイロの十五キロ西」とわたし。「タクシーに乗らなきゃ、たどり着けない。道は混んでいる」

「それにもピーター・ユスティノフが出てなかった？」とニール。「列車の映画にも？」

「いや」とゾーイの夫。「それはべつの男だった。なんて名前だっけ？」

「アルバート・フィニイ」とゾーイがいう。

第４章　観光名所

ピラミッドは閉まっていた。クフ王のピラミッドのふもとから五十ヤード（45・7m）

手前に鎖が張り渡されて、行く手をはばんでいる。鎖には、英語と日本語で『本日の営業は終了しました』と書かれた札が掛けてある。

「がっかりするのを覚悟してください」とわたし。

「毎日オープンしてるっていわなかった？」リッサがサンダルの砂を落としながらいう。

「きっときょうは休日なのよ」ゾーイがガイドブックのページをめくり、「あった。『エジプトの休日』」といって、朗読しはじめる。『古代遺跡は、ムスリムの断食月にあたる三月のラマダン期間中、閉鎖されます。金曜日の午前11時から午後1時までも、やはり休業となります』」

　きょうは三月でも金曜でもない。たとえ金曜だとしても、午後一時を過ぎている。クフ王のピラミッドの影は、わたしたちが立っている場所のずっと先まで延びている。空を見上げ、ピラミッドの背後に隠れているらしい太陽がどのあたりにあるのか見当をつけようとしたとき、高いところでなにかがちらっと動くのが見えた。サルにしては大きすぎる。

「さて、これからどうする？」ゾーイの夫がいう。

「スフィンクスを見にいってもいいし」ゾーイがガイドブックを見ながら考え込む。「音と光のショーがはじまるのを待ってもいいわね」

「いいえ」暗くなってからここにいることを思うとぞっとする。

「そっちも休みじゃないっていってどうしてわかるの？」とリッサ。

ゾーイが本を見ながら、「ショーは一日二回、七時半と九時」

「ピラミッドも毎日やってるっていったじゃない」とリッサ。「空港にもどって荷物を回収しようよ。替えの靴を出したい」

「おれはホテルに行ったほうがいいと思うね」とリッサの夫。「そして、冷たいロング・ドリンクを一杯」

「ツタンカーメンの墓に行きましょう」とゾーイ。『祝日も含め、毎日営業しています』」と読み上げ、期待に満ちた表情をこちらに向ける。

「ツタンカーメンの墓？」とわたし。「王家の谷の？」

「うん」といってゾーイがまた読みはじめる。「『一九二二年に、ハワード・カーターによって、無傷の状態で発見されました。墓の中には――』」

死者があの世に旅するために必要なあらゆるものが収められている。サンダルと服と『エジプトかんたんガイド』。

「それより一杯やりたいよ」とリッサの夫。

「それにひと眠りしたいな」とゾーイの夫。「きみたちは行ってくればいい。ホテルで落ち合おう」

「別れ別れにならないほうがいいと思う」とわたし。「みんないっしょにいたほうがいいわ」

「あとからだと混むんだってば」とゾーイ。「あたしはいま行く。あんたはどうする、リッサ？」

リッサは訴えるような目でニールを見ながら、「あんな遠くまで歩くのは無理そう。足首がまた痛くなってきた」

ニールは途方に暮れた顔でゾーイに目を向け、「パスしたほうがよさそうだな」

「きみは？」ゾーイの夫がわたしにたずねた。「ゾーイと行くかい、それともぼくらと来る？」

「どこで死のうが、死は死だって、前にいったでしょ」とわたし。「『それはどんなもの？』とわたしが訊き返したら、ゾーイがガイドブックを朗読しはじめて、あなたの返事を聞かずじまいだった。なんて答えるつもりだったの？」

「忘れた」ゾーイの夫は、また口をはさんでくれないかと期待するように妻を見たが、彼女はガイドブックに没頭している。

「あなたは『ナイルで死のうがどこで死のうが変わりはないだろ。死は死だよ』といったのよ」と食い下がる。「そしてわたしが、『で、それはどんなもの？』とたずねた。死はどんなものだと思ってるの？」

「さあねえ……思いがけないもの、かな。それにたぶん、おそろしく不快なもの」神経質な笑い声をあげ、「ホテルに行くなら、もう出発しないと。ほかに行く人？」

いっしょにホテルへ行こうかとしばし考える。天井ファンがまわり、棕櫚の鉢が飾られたホテルのバーに安全に腰を落ち着け、ジビブを飲みながら待つ。映画の乗客たちがしていたことがそれだ。それに、たとえリッサのことがあっても、わたしはニールのそばにいたい。

東のほうの、はてしない砂の広がりをふりかえる。ここからは、カイロの市街も、ターミナルも、まったく見えない。しかし、遠くのほうで、なにかがちらっと動くのが見えた。走っているみたいななにか。

わたしはかぶりを振ると、「ツタンカーメンの墓が見たいわ」とニールのそばに歩み寄り、「それに、ゾーイといっしょに行ったほうがいいと思う」といって、彼の腕に手を置く。「けっきょく、ゾーイはわたしたちのガイドなんだから」

ニールは困り果てた顔でリッサを見やり、それからわたしに目をもどして、「さあねえ……」

「あなたたち三人はホテルへもどればいいわ」わたしは男ふたりを手で示しながら、リッサに向かっていう。「ゾーイとニールとわたしは、ツタンカーメンの墓に行って、あとから合流するから」

ニールがリッサのそばを離れ、「きみとゾーイだけで行くわけにいかないのかい」とわたしの耳もとで囁く。

「みんないっしょにいたほうがいいと思うの」とわたし。「離ればなれになるのは簡単だから」

「なんでそんなにゾーイといっしょにいたがるんだい？」とニール。「鼻面をつかんでひきまわされるのはいいかげんうんざりだといってたじゃないか」

ゾーイがあの本を持ってるからよ。そう答えたかったけれど、リッサがこちらにやってきて、サングラスに隠した目をぎらぎらさせてわたしたちを見ている。「前からお墓の中を見たいと思ってたのよ」とわたしは答える。

「ツタンカーメン王？」とリッサ。「宝物といっしょに埋められてた人？　首飾りとか金の棺とか？」ニールの腕に片手を置いて、「前から見たいと思ってたのよ」

「オーケイ」ニールがほっとしたようにいう。「ぼくらもいっしょに行くよ、ゾーイ」

ゾーイは期待するような表情で夫を見た。

「おれは行かない」とゾーイの夫。「バーで落ち合おう」

「きみたちの分も酒を注文しとくよ」とリッサの夫。さよならの手を振り、ふたりは行き先を知っているみたいに連れだって歩き出した。ゾーイはふたりにホテルの名前さえ教えていないのに。

「『王家の谷は、ルクソールの西の丘陵地帯にあります』」ゾーイが朗読しながら、空港でそうしたように、砂漠を横切って歩き出す。わたしたちはそのあとを追う。

リッサのサンダルいっぱいに砂が溜まり、その砂を捨てるために立ち止まったリッサとニールがうしろにとり残されるのを待って、わたしは声を潜めてゾーイに話しかける。

「ねえ。なにかがおかしいわ」

「んーと……」ゾーイはガイドブックの索引でなにかを調べている。

「王家の谷はカイロから南に六百四十四キロ。ピラミッドから歩いてくのは不可能よ」

ゾーイが目当てのページを探し出し、「もちろん不可能。だから船に乗るの」

ゾーイが指さすと、いつの間にか葦の茂みにたどりついているのがわかった。その向こうはナイル川。

葦のあいだから舳先を突き出しているのは、一艘のボートだった。黄金でできてるんじゃないかと不安になったが、それはただのナイル川遊覧船だった。王家の谷が歩いていける距離にあるわけじゃなかったことに安堵するあまり、乗船して、木製の外輪の横にある天蓋つきのデッキに立つまで、わたしはこの船がなんなのかに気づかなかった。これは、『ナイルに死す』に出てくる外輪蒸気船だ。

船酔いしたリッサに、下の船室へ連れていってあげるよとニールが声をかけた。イエスと答えるだろうと思ったけれど、リッサはかぶりを振り、「足首が痛いの」といって、デッキチェアにぐったり身を沈める。ニールがひざまずいて、一ピアストル貨ほどの大きさしかないあざを点検する。

「腫れてる？」とリッサが不安げにたずねる。腫れている気配はないが、ニールは彼女の足からサンダルを脱がせ、やさしく愛撫するように両手で包み込む。リッサは目を閉じ、デッキチェアにもたれて吐息を洩らす。

リッサの夫のほうもいいかげん我慢できなくなって、全員を殺してから自殺する——そんな空想をしばしもてあそぶ。

「わたしたちも船に乗ってる」とわたし。「あの映画の死者たちのように」

「これは船じゃない。スチームボートよ」とゾーイ。「『ナイル川遊覧蒸気船（スチーマー）は、エジプトを旅するもっとも快適な交通手段で、たいへん安上がりです。四日間のクルーズの料金は、わずか180ドルから360ドル』」

それとも、犯人はゾーイの夫かもしれない。ひっきりなしに会話を邪魔されるのにうんざりして、ついにゾーイを黙らせようと決意。妻を殺したのち、自分が捕まらずに済むよう、目撃者であるわたしたち全員を殺害する。

「この船にはわたしたちしか乗ってない」とわたし。「あの映画の乗客とおなじように」

「王家の谷まではどのくらい?」とリッサがたずねる。

『ルクソールの西、3・5マイル(5km)です』」とゾーイが朗読する。「『ルクソールは、カイロの400マイル南です』」

「そんなに遠いなら、本でも読んでるほうがましね」リッサがサングラスを頭の上に押し上げ、「ニール、あたしのバッグとって」

ニールがバッグから『ナイルに死す』を出して手渡すと、リッサはガイドブックで両替レートを調べるゾーイのようにしばらくぱらぱらめくってから、本を読みはじめる。

「妻が犯人」とわたし。「夫が浮気してるのに気づいたのよ」

リッサがわたしをにらみ、「最初から知ってるわよ」とどうでもよさそうにいう。「映画で見たから」しかし、半ページ読み進めたところで、となりのデッキチェアに本を伏せて置き、「読めない」とニールに向かっていう。「陽射しがまぶしすぎて」と空に向かって目をすがめるが、太陽はまだあのガーゼのような霞に隠されている。

「『王家の谷には、六十四人のファラオの墓があります』」とゾーイがいう。「『その中でいちばん有名なのがツタンカーメン王の墓です』」

わたしは甲板の手すりに歩み寄り、遠ざかってゆくピラミッドに目を向ける。岸辺を縁どる葦の茂みの背後に隠れて視界からゆっくり消えてゆくピラミッド群は、砂の上に黄色い三角形を貼りつけたようにぺたんとして見える。ゾーイの夫が、ルーブル美術館で見たモナリザのことを本物だと信じようとしなかったのを思い出した。「偽物だ」ゾーイに邪魔されるまでそういいつづけた。「本物はもっと大きいはずだ」

だからガイドブックは、がっかりすることを覚悟してくださいとアドバイスし、王家の谷はそうあるべきとおりにピラミッドから四百マイルの距離があり、中東の空港はセキュリティの甘さで悪名高い。そもそも飛行機にこれだけの爆弾が持ち込まれたのはそのせいだ。乗客に入国審査さえ強制しないから。あんなにたくさん映画を観なきゃよかった。

「『ツタンカーメン王の墓に副葬された財宝の中には、黄金の舟がありました。魂はそれに乗って死者の世界へと旅立ちます』」とゾーイ。

わたしは手すりから身を乗り出し、水面を見下ろす。濁っているだろうと思っていたのに、さざ波ひとつない澄みきったブルーで、その深みでは太陽がまばゆく輝いている。

「『この舟のあちこちには、〝死者の書〟からとった文章が彫ってあり』」とゾーイが読む。「『裁きの間にたどりつく前に襲ってくる怪物や半神から死者たちを守っています』」

水の中になにかがいる。水面にはさざ波ひとつ立たず、そこに映る太陽を揺らす程度の動きさえないが、そこになにかいるのがわかる。

「『呪文は、遺体とともに棺に収められたパピルスにも記されていました』」とゾーイ。

長くて黒い、ワニに似たもの。わたしは手すりを握りしめてさらに大きく身を乗り出し、透明の水を透かして見ようと目を凝らして、鱗（うろこ）の輝きをとらえた。まっすぐこの船のほうに泳いでくる。

「『こうした呪文は、命令のかたちをとっていました』」とゾーイ。「『下がれ、悪しき者ども！　近寄るな！　アヌビスとオシリスの名において命じる』」

水がきらめき、ためらっている。

「『わたしに刃向かうな。わたしは呪文に守られている。わたしは道を知っている』」

水の中のものは身を翻して泳ぎ去る。船はそのあとを追うようにして、ゆっくりと岸辺のほうへ進んでゆく。

「あれよ」遠く、葦の茂みの先に見える崖の連なりをゾーイが指さす。「王家の谷」

「きっとここも閉まってるのよ」とリッサがニールの手を借りて船を下りながらいう。

「墓はけっして閉まらない」わたしはそういって、北の砂漠の向こう、遠いピラミッドのほうに目を向ける。

第6章　宿泊設備

王家の谷は閉まっていなかった。それぞれの王の墓は、砂岩の崖沿いに並び、黄色い岩肌に黒く口を開けている。そちらにつづく石段に、鎖は張り渡されていない。谷の南端では、日本人観光客の一団が最後の墓へと入っていくところだった。

「どうして墓にしるしがついてないの？」リッサがたずねる。「どれがツタンカーメンの墓？」

ゾーイがわたしたちを先導して、王家の谷の北端、崖が低くなって壁のように見える場所へと向かう。その壁の向こう側、砂漠の彼方に、空を背景にしてピラミッド群がくっきり浮かんでいる。

ゾーイは、岩壁の下に斜めに掘られた穴のすぐ手前で立ち止まる。穴の中には下りの階段。「ツタンカーメンの墓は、作業員のひとりが階段のいちばん上の段を偶然掘り当てたことがきっかけで発見されたのよ」とゾーイがいう。

リッサが石の階段の下を見下ろす。最初の二段から先は影に包まれ、石段の下がどうなっているかは暗すぎてわからない。「ヘビはいる？」とリッサがたずねる。

「いいえ」なんでも知っているゾーイが答える。「ツタンカーメンの墓は、王家の谷にあるファラオの墓の中でいちばん小さいの」バッグから懐中電灯をとりだし、「墓には三つの部屋がある――前室、ツタンカーメンの棺を収めた玄室、そして裁きの間」

眼下の闇の中で、とぐろをゆっくりほどくような、ずるずる床を滑る気配があり、リッサがあとずさる。「ものが置いてあるのはどの部屋？」

「もの？」まだ懐中電灯をいじりながら、ゾーイがとまどった口調で訊き返す。ガイドブックを開き、「もの？」ともう一度くりかえしてから、索引で〝もの〟を調べようとしているみたいに、うしろのほうのページをめくる。

「ものよ」リサの声には、恐怖一歩手前の響きがある。「あの世に持っていく家具だとか花瓶だとかいろんなもの。エジプト人は持ちものもいっしょに埋葬するっていってたじゃない」

「ツタンカーメン王の財宝」とニールが助け船を出す。

「ああ、宝物ね」ゾーイがほっとしたようにいう。「ツタンカーメン王があの世への旅に持っていけるように副葬された品々。ここにはないわ。カイロの博物館に収蔵されてる」

「カイロに？」とリッサ。「カイロにあるの？　じゃあ、あたしたちはここでなにしてるの？」

「わたしたちは死んでるのよ」とわたし。「アラブのテロリストが飛行機を爆破して、みんな死んでしまった」

「宝物が見たくてはるばるここまで来たのに」とリッサがいう。

「棺はここにあるし、前室には壁画もある」ゾーイが慰めるようにいったが、リッサはすでにニールを引き連れて石段の前を離れ、彼に向かってなにか熱心にしゃべりかけている。

「壁画には、魂の裁きの各段階が描かれている。魂の重さを量ったり、死者が告白したり」とゾーイ。

死者の告白。わたしは人のものを盗んだことがありません。わたしは人に苦痛を与えたことがありません。わたしは姦通の罪を犯したことがありません。

リッサがニールの腕に寄りかかるようにしてもどってくる。「ぼくら、この墓はパスすることにしたよ」ニールが謝罪するようにいう。「閉まる前に博物館に行きたいんだ。リッサがどうしても財宝を見たいって」

「『エジプト博物館の営業は、午前9時から午後4時まで。ただし毎週金曜日は、午前9時から11時15分と、午後1時30分から午後4時までの営業となります』」とゾーイがガイドブックを朗読する。「『入場料は3エジプト・ポンド』」

「もう四時よ。着く前に閉まっちゃう」腕時計を見ながらわたしがそういって顔を上げると、ニールとリッサはすでに歩き出している。蒸気船のほうではなく、ピラミッドの見えるほうに向かって、砂漠を進んでゆく。ピラミッドの背後の光は薄れはじめ、空は白からブルーグレイに変わりつつある。

「待って」わたしは砂の上を駆け出した。「ちょっとだけ待っててくれたら、みんなでいっしょに帰れるのに。墓を見るのにたいして時間はかからない。ゾーイの話は聞いたでしょ。中にはなにもないのよ」

ふたりがわたしを見た。

「別れないほうがいいと思うの」と、わたしは弱々しくいう。

はっとしたようにリッサが顔を上げるのを見て、離婚のことだと誤解されたのに気づく。いつかと待ち受けていた言葉を、わたしがついに口にしたのだと思われている。

「全員いっしょにいたほうがいいと思うの」とあわててつけ加える。「ここはエジプトよ。ありとあらゆる危険がある。ワニにヘビに……墓を見るのにたいして時間はかからない。ゾーイがいったように、中にはなにもないんだから」

「別れたほうがよさそうだ」ニールがわたしを見ながら、「リッサのくるぶしが腫れかけてる。早く氷で冷やさないと」

リッサの足に目を向けると、前にあざになっていたところにヘビの咬み痕のような二つの小さな刺し傷が一センチほどの間隔で並び、くるぶしが腫れはじめている。

「リッサは裁きの間には行けないと思う」まだわたしを見ながらニールがいう。

「階段の上で待ってればいいわ」とわたし。「中に入らなくてもいいのよ」

リッサは、行きましょうというように彼の腕を握ったが、ニールはためらうそぶりを見せ、「例の船の乗客だけど」とわたしにたずねる。「彼らはどうなったんだい？」

「あんな話をしたのは、怖がらせようと思っただけ。きっと論理的に説明がつく。ここにエルキュール・ポアロがいなくて残念ね――ポアロならなにもかも合理的に説明できるのに。ピラミッドはたぶん、ゾーイの知らないムスリムの休日で閉まっていただけ。そのせいで入国審査もなかった。休日だから」

「例の船の乗客はどうなった？」ニールがもう一度たずねる。

「裁かれた。でも、彼らが思っていたほどひどいことじゃなかった。彼らは、なんの罪も犯したことがない聖職者まで含めて、なにが起きるのか怯えていたけれど、裁判官は彼らが知っている人物だった。司教よ。白い服を着て、とてもやさしくて、乗客のほとんどは無事に切り抜けた」

「ほとんどは」とニール。

「行きましょう」リッサがいって、ニールの腕をひっぱる。

ニールはリッサを無視して、「乗客の中には、だれかおそろしい罪を犯している人がいた？」

「くるぶしが痛い」とリッサ。「ねえ」

「行かないと」ニールがわたしに向かって、ほとんど後ろ髪を引かれるような口調でいう。

「いっしょに来ないか？」

リッサが刺すような視線をニールに向けるんじゃないかと思って彼女を見たが、リッサはまばたきもしないぎらつく目でわたしを見ている。

「ええ。いっしょに来て」とリッサがいい、わたしの返事を待っている。

さっき、『ナイルに死す』の犯人が妻だとリッサにいったのは嘘だった。妻は殺されるほう。わたしは、ふたりがなにかおそろしい罪を犯したんじゃないかという考えをもてあそぶ。ほんとうのわたしはアテネのホテルの客室に横たわり、こめかみは血と銃創で黒く染まっている。だとしたら、ここにいるのはわたしひとり。リッサとニールは、本物のリッサとニールではなく、半神が化けている。あるいは怪物が。

「いっしょに行くのはやめておいたほうがよさそう」といって、わたしはふたりからあとずさる。

「じゃあ、行きましょう」とリッサがニールにいい、ふたりは砂の上を歩き出す。リッサはひどく足を引きずっている。そして、たいして歩かないうちにニールが立ち止まり、靴を脱ぐ。

ピラミッド群の背後の空は青紫に変わり、ピラミッド群はその手前に黒く平板に浮かんでいる。

「さあ」階段のてっぺんからゾーイが呼んだ。懐中電灯を手に、ガイドブックに目を落としている。「『魂の検量』が見たいのよ」

第7章　観光ルートを離れて

穴の前にもどると、ゾーイはすでに階段を中ほどまで降りていた。下のほうにある扉に懐中電灯の光を向けている。

「この墓が発見されたとき、扉は漆喰でかためられて、ツタンカーメンの花枠の封印が捺されていた」

「もうすぐ暗くなるわ」とゾーイに呼びかける。「リッサとニールにつきあって、いっしょにホテルにもどったほうがいいかも」そういって砂漠のほうをふりかえったが、ふたりの姿はもう見えなくなっていた。

ゾーイの姿も見えない。階段の下に視線をもどすと、そこに見えるのは暗闇だけ。「ゾーイ！」と叫び、砂が吹き積もる階段を駆け下りて追いかける。「待って！」

墓の扉は開いていて、せまい通路のずっと先のほうで、岩壁や天井を照らすゾーイの懐中電灯の光が揺れているのが見える。

「ゾーイ！」と叫んでそのあとを追う。でこぼこの床につまずき、壁に片手をついて体を支える。「もどってきて！　本はあなたが持ってるのよ！」

ずっと前方の、壁が切り開かれた一画を光が一瞬照らし、それから消えた。ゾーイが角を曲がったんだろうか。

「待ってってば！」と叫ぶが、そこから動けない。顔の前にかざした手も見えないほどの闇。

呼ぶ声に応える懐中電灯の光も、ゾーイの声もなく、なんの音も聞こえない。まだ壁に手をついたまま、じっと動きを止めて、足音か、静かな忍び足か、床を這いずる音が聞こえないかと耳をすますが、なにも聞こえない。自分の心臓の鼓動さえ聞こえない。

「ゾーィ」と呼びかける。「外で待ってるからね」といってきびすを返し、闇の中で方向感覚を失わないよう、壁に手を触れたまま、もと来たほうにもどりはじめた。

通路は来たときよりも長くなっている気がする。闇の中、この通路がどこまでもどこまでもつづいていたら？ それとも、扉が施錠されていて、出口が漆喰と古代の封印でふさがれていたら？ しかしそのとき、扉の下にひと筋の細い光が見え、押してみると簡単に開いた。

わたしがいるのは、長くて幅の広い廊下へとつづく石段のてっぺんだった。廊下の両側には石柱が立ち並び、柱のあいだの壁には、赤茶と黄と鮮やかな青でいくつかの場面が描かれている。

きっとこの廊下が前室にちがいない。前室の壁には、魂が死に向かって旅する途中の場面が描かれていると、ゾーィが話していた。そのとおりの壁画がここにある。魂の重さを量るアヌビスと、その向こうにはなにかをむさぼっているヒヒ、それから、階段の上に立つわたしの真向かいには、青ナイル川を渡る舟の絵。舟は黄金製で、その上には四人が一列にすわり、コール墨で縁どられた目で前方の岸辺を見ている。舟の横、透明な水の中には、ワニの半神、セベクが泳いでいる。

わたしは石段を降りはじめる。廊下のつきあたりには戸口がある。もしこれが前室なら、戸口は玄室につづいているはず。

ゾーイの話によると、ツタンカーメンの墓には三つの部屋しかない。わたし自身、飛行機の中で見取り図を見た。階段、まっすぐな通路、それから、たがいに戸口でつながった三つの冴えない部屋。順番に、前室、玄室、裁きの間だった。

ということは、見取り図より広く見えるけれど、ここが前室だ。ゾーイはきっともう、となりの玄室に進んで、ツタンカーメンの棺の脇に立ち、旅行ガイドを朗読している。わたしが入っていくと、ゾーイは顔を上げ、「『珪岩の石棺には、〝死者の書〟からとった文章が彫ってあります』」というだろう。

階段を半分まで降りると、魂の検量の壁画が見えた。ジャッカルの頭を持つアヌビスが黄色い天秤の片側に立ち、死者が反対側に立って、パピルスに記された自分の告白を読み上げている。

あと二段、石の階段を降りて、天秤とおなじ高さになったところで、段の上に腰を下ろす。

ゾーイがもどってくるのに、そんなに長くはかからないだろう。玄室には棺以外なにもないし、もし裁きの間まで行ってしまったとしても、もどるときはかならずここを通る。ツタンカーメンの墓に出入り口は一カ所しかない。それに、ゾーイが道をまちがえることもありえない。彼女は懐中電灯を持っている。それに、本を持っている。わたしは両手でひざを抱き、じっと待つ。

裁きを待つ、あの乗客たちのことを考える。「彼らが思っていたほどひどいことじゃなかった」とニールにはいったけれど、こうして石段にすわっているうちにだんだん思い出してきた。白い服を着てやさしく微笑む司教は、乗客それぞれに、その罪にふさわしい刑罰を言い渡した。女性のひとりには、永遠にひとりぼっちでいる罰を与えた。

壁画の中で天秤の脇に立つ死者は、怯えているように見える。アヌビスは彼にどんな罰を与えるだろう。彼はどんな罪を犯したのだろう。

もしかしたら、なんの罪も犯していないのかもしれない。映画の聖職者のように、とりこし苦労をしているか、それともただ、自分がひとりぼっちで知らない場所にいるのに気づいて怯えているだけかもしれない。死は、彼が予期していたものだったんだろうか。

「どこで死のうが、死は死だ」とゾーイの夫はいった。「思いがけないもの」だと。そう、そのとおりだ。こんなふうだろうなと思っているのとは、なにもかもぜんぜんちがう。モナリザを見るがいい。ニールを見るがいい。船の乗客も、なにかべつのものを予期していた。真珠の門に天使に雲。なにもかも、現代の発明だ。がっかりすることを覚悟してください。

服や酒やサンダルを旅に備えて荷づくりしたエジプト人たちにとってはどうだったんだ

ろう。死は、ナイルでも、予期したとおりのものだったのか？　それともやっぱり、旅行ガイドに書かれていたのとは違っていたのか？　彼らもまた、あらゆる手がかりにもかかわらず、自分たちがまだ生きていると思いつづけていたのか？

壁画の死者は、みずからの告白を記したパピルスを握りしめている。彼はなにか恐ろしい罪を犯したんだろうか。姦通。それとも殺人。どうして死んだんだろう。

船の乗客たちは、わたしたちとおなじく、爆弾で死んだ。爆発の瞬間を思い出そうとしたけれど――ゾーイが声に出してガイドブックを読んでいるとき、とつぜん光と減圧の衝撃が飛行機を揺るがし、ゾーイの手からガイドブックが吹き飛び、リッサが青い空中を落ちてゆく――思い出せない。もしかしたら、機内での出来事じゃないかもしれない。わたしたちは、アテネの空港で荷物を預けているときに、テロリストの爆弾に吹っ飛ばされたのかもしれない。

それとも爆弾なんかじゃなくて、わたしがリッサを殺したあと自殺したのかもしれない。『ナイルに死す』のように。もしかしたら、バッグに手を入れたわたしがとりだしたのはペーパーバックではなく、アテネで買った銃で、窓の外を見ているリッサをその銃で撃ったのかもしれない。そしてニールは気遣わしげに、心配そうにリッサにかがみ込み、わたしはもういちど銃をかまえ、ゾーイの夫がそれを奪いとろうとしてもみあいになり、暴発した弾丸が主翼の燃料タンクに命中したのかもしれない。

わたしはあいかわらず、自分で自分を怯えさせている。もしわたしがリッサを殺したのなら、そのことを覚えているはずだし、いくらセキュリティが甘いことで知られるアテネでも、銃を持ったまま飛行機に乗れるわけがない。だいいち、そんなおそろしい罪を犯してぜんぜん覚えてないなんてこと、まずありえないでしょ？

船の乗客たちは、死んだときのことを覚えていなかった。だれかに教えられたときでさえ、そのことを思い出せなかった。しかしそれは、船が本物とそっくりだったせいだ。手すりも海もデッキも、なにもかも現実そのものだった。それともうひとつ、爆弾のせい。人間は、爆弾で吹き飛ばされたときのことを覚えていない。爆発の衝撃かなにかで記憶もいっしょに吹き飛ばされてしまう。でも、わたしがだれかを殺したのなら、それともだれかに殺されたのなら、もちろん覚えているはずだ。

わたしは長いあいだ石段にすわって、ゾーイの懐中電灯の光が戸口の前を横切らないか、じっと見張っていた。外はもう暗くなっているだろう。ギーザのピラミッドで、音と光のショーがはじまる時刻。

ここも、前より暗くなってきた気がする。アヌビスと黄色い天秤と裁きを待つ死者を見分けるのに、いまは目を凝らさなければならない。死者が持っているパピルスは、枠で囲まれたヒエログリフの長い列におおわれている。それが、生前に彼が犯したすべての罪の一覧ではなく、彼の身を守ってくれる呪文でありますようにと祈る。

わたしは人を殺したことがありません、と心の中でいう。わたしは姦通の罪を犯したことがありません。しかし、他にも罪はある。もうすぐ暗くなるのに、わたしは懐中電灯を持っていない。立ち上がり、「ゾーイ！」と呼び、石段を下って、柱のあいだを進んでゆく。柱には動物が彫ってある——コブラとヒヒとワニ。

「暗くなってきちゃった」と呼びかけ、その声が柱のあいだにうつろにこだまする。「どうしたんだろうって、みんな心配するわよ」

最後の一対の柱には、砂岩の翼を広げた一羽の鳥が彫ってある。神々の鳥。それとも飛行機。

「ゾーイ？」とわたしは呼びかけ、低い戸口を抜けるために腰をかがめる。「いるの？」

第8章　特別行事

ゾーイは玄室にもいなかった。玄室は、前室よりずっとせまく、ごつごつした壁にも、裁きの間につづく戸口の上にも、絵は描かれていない。天井は戸口よりわずかに高いだけで、頭をぶつけないように身をかがめなければならない。

部屋の中は前室よりも暗いが、その薄暗がりの中でもゾーイがいないのは見てとれる。

だけ。

〝死者の書〟の文章が記されたツタンカーメンの石棺もない。玄室にはなにもなく、あるものといえば、裁きの間に通じる戸口の横、部屋の隅のほうに置かれたスーツケースの山だけ。

わたしたちの荷物だ。使い古したわたしのスーツケースと、日本人観光客たちの機内持ち込みバッグ。山の正面には、客室乗務員たちの濃紺のトランクがあり、キャスター付きのキャリアーに、生け贄のように縛りつけられている。

わたしのスーツケースの上には一冊の本が載っている。旅行ガイドだ。ゾーイが置いていくはずはないと知りながらも、反射的にそう思って、本をとろうとそちらに駆け寄った。

でも、その本は『エジプトかんたんガイド』ではない。わたしの『ナイルに死す』だった。リッサが船の上でデッキチェアに置いたときのように、開いたまま伏せて置かれている。それでもわたしは、本を手にとって最後のほうのページを開き、作中で起きたすべての不可思議な出来事をエルキュール・ポアロが合理的に説明し、謎を解明する場面を探した。

見つからない。前のほうのページにもどって、見取り図を探す。クリスティーのミステリにはいつも見取り図が出てきて、船上でだれがどの船室に泊まっているか、階段や戸口やさえない部屋がどんなふうにつながっているかが図示される。しかし、見取り図も見つからない。ページは判読できないヒエログリフの長い列に埋めつくされている。

わたしは本を閉じると、「ゾーイを待っても無駄ね」と声に出していい、荷物の向こう、となりの部屋へとつづく戸口に目を向ける。さっき通った戸口よりさらに低く、その向こうは暗い。「裁きの間に行っちゃったみたい」

本を胸に抱いて、戸口に歩み寄る。その先には下りの石段。玄室の薄暗い光で、上のほうの段が見分けられる。とても幅がせまく、傾斜が急な階段だ。

けっきょく、そんなにひどいことじゃないかもしれない。つかのま、そんな考えをもてあそぶ。わたしはあの聖職者のようにとりこし苦労をしているだけで、待っているのは裁きではなく、わたしが知っているだれか、白い服を着て微笑む司教なんじゃないか。そして、慈悲は現代の発明にすぎないという説はやっぱりまちがいだったと判明するのかもしれない。

「わたしは人を殺したことがありません」わたしの声は反響しない。「わたしは姦通の罪を犯したことがありません」

階段を転げ落ちないように、側柱をつかんで体を支える。反対の手で本を握り、自分の体に押しつける。「下がれ、悪しき者ども」とわたしはいう。「近寄るな。オシリスとポアロの名において命じる。わたしは呪文に守られている。わたしは道を知っている」

わたしは下降しはじめる。

ホラーは好きですかと訊かれると、ふだんは「いいえ」と答える。というのも、相手はたいがい、エルム街や、不死身の殺人者や、串刺し・首切り・腹裂きに、バケツ何杯分もある血液のことを指しているからだ。

でも、ホラーが好きじゃないというのは正しくない――その手のホラーが嫌いなだけで、わたしはホラーを愛している。「こんなおそろしいことが」と名指しできるような事件はなにも起こらないけれど、それでもなお、うなじの毛が逆立つような話。モンスターも内臓も尖った凶器も出てこず、そのかわり、親しみやすい素敵な小さな町と白いドレスと糸玉とか、戦時中に航行灯をひとつも点けず大西洋を横断している無人の客船とか、ぴくりとも動かずじっと立って湖の向こうからこちらを見ている女性とか、そういうものが登場する話。あるいは、いつも同じ数字を――アパートメントのドアや、タクシーのナンバープレートや、飛行機の便名に――見てしまうとか。

最後の例には覚えがある人がいるかもしれない。わたしが見た『トワイライト・ゾーン』全話の中で、たぶんいちばん怖いと思ったエピソードだ（第五十三話「No.22の暗示」）。湖の対岸にいる女性は、もちろん、ヘンリー・ジェイムズの『ねじの回転』から。糸玉と白いドレスは、キット・リードの「お待ち」。無人の客船は、「ナイルに死す」のヒロインが、リッサを怖がらせようとして何度も引き合いに出す映画『霧の中の戦慄』（一九四四年の映画Between Two Worldsの TV放映タイトル。別題『地獄への航海』）から。

　この映画は、十代のころテレビで観て、大好きになった（ロンドン大空襲が背景だからということもあるけれど、理由はそれだけじゃない）。でも、題名も俳優の名前も覚えていなかったから、見つけようがなかった。やっとタイトルが判明したのは、ＳＦの大会で訊ねてみるという名案を思いついてからだ（ＳＦファンはなんでも知っている）。

　しかし、子供のころに一度観たきりでも、この映画は長年ずっとわたしの脳裏に焼きついていた。「お待ち」や『トワイライト・ゾーン』のあのエピソードが頭にこびりついていたのと同じこと。あるいは、映画『アザーズ』や、シャーリイ・ジャクスンの長篇『山荘綺談』やダフネ・デュ・モーリアの短篇「見てはだめ」（映画『赤い影』の原作として知られる"Don't Look Now!"）が、マチェテも、一滴の血も出てこないのに、頭にこびりついて離れないように。

　あるいは、もしかしたらそのせいかもしれない。これはわたしの持論だが、スプラッタ系のホラーが抱えている問題は、ヴィクトリア朝のインテリア装飾と共通する。クッション、小間物、飾り棚、オットマン、そしてなんにでも房飾りやひだ飾りやレースをつける趣味。どっちもいろんなものがごたごた詰め込まれている——片方はティー・ポットの保温カバーや花瓶敷き、もう片方は生首やサイコパス。後者の場合、その密度が高すぎて、恐怖が通り道を見つけられないくらいだ。

　しかしそれは、人間の頭の中にあるもののほうが、Ｈ・Ｐ・ラヴクラフトやウェタ・ワークショップの特殊効果チームが発明するどんなものよりもずっと怖いからじゃないかとも思う。映画

『エイリアン』は、スクリーンに怪物が現れるその瞬間までのほうが絶対的に怖いし、これまたわたしの持論では、『ジョーズ』にとって最大の幸運は、機械仕掛けの鮫が使いものにならなかったことだ。鮫は水に入れるたびに沈んだり爆発したりした。そのため、かわりにブイを使って撮影せざるをえず、そっちのほうが——影のような、正体不明の〝なにか〟が水面下にいるほうが——はるかに恐ろしくなった。

ほんとうに怖いのは、正体不明のなにかだ。視界の隅にちらっと映るけれどなんなのか特定できない一瞬の動き、目を覚ましたあとはっきりと思い出せない悪夢、聞こえたような気がする階下でドアが開く音。最悪なのは、起きたかどうかさえわからない出来事だ。もしかしたら妄想の中で起きただけかもしれず、もしかしたら気が狂いかけている証拠かもしれない。はっきりこれだと指させず、推測することしかできない、名前のないぼんやりしたものたち。

だからこそ、あらゆるものの中でいちばん死がおそろしい。生きている者はだれひとり死を目撃したことはないし、幽霊が出没するとか、あの世からのメッセージが届いたとかの証言は何世紀も前から無数にあるにもかかわらず、この世にもどってきて死がどんなものなのかを教えてくれた人はだれもいない。そしてわたしたちは、死がどんなものか想像できないばかりか、どうすれば想像できるのかを想像することさえできない。

それでも、わたしたちはトライしつづける。生者の肝を奪いにやってくる者に関する幽霊譚を語り、スプラッタ映画を観にいき、ゾンビ小説を読むけれど、どれひとつとして、ほんとうに怖いものはない。ほんとうに怖いのは、駅の壁の時計を見上げて、針がないのに気づくこと。それとも、客船のラウンジにいる人々と、前に——彼らが爆弾で死ぬ直前に——会ったことがあると思い出すことだ。

最後のウィネベーゴ

The Last of the Winnebagos

テンピへ向かう途中、ヴァン・ビューレン線の道路上で、死んだジャッカルを目撃した。私の車は死骸から十車線も離れた左寄りのレーンを走っていたし、ジャッカルの長い四肢が向こう向きだったのと、角張った鼻面が路面に押しつけられて実際より細く見えたせいで、一瞬、犬だと思った。

　路上で動物の死骸を見るのは十五年ぶりだった。分割道路(ディヴァイディド)には当然入ってこられないし、大半の汎用道路(マルチウェイ)にもフェンスがある。それに運転者も、以前よりは動物に気を遣うようになっている。

　たぶん、ペットとして飼われていたジャッカルだろう。フェニックスのこのあたりはほとんどが住宅地だし、この性悪な腐肉食らいをペットにできると信じる人間はいまもあとをたたない。もっとも、ジャッカルがいかに唾棄(だき)すべき動物だろうと、轢(ひ)き逃げの理由にはならない。動物の轢殺(れきさつ)は重罪であり、それを報告しないのはまたべつの重罪になる。しかし、犯人はとうの昔に現場から姿を消していた。

ヒトリを中央分離帯に寄せてとめ、運転席にすわったまま、交通量ゼロの汎用道路を見ながら、しばらく思いをめぐらした。どこのだれがあのジャッカルを轢いたのだろう。その人物は、車をとめて生死を確かめただろうか。

あのとき、ケイティは車をとめた。ブレーキを思いきり踏みつけ、横滑りしたタイヤが側溝の縁にぶつかってジープが停止するなり、車から飛び出してきた。私は深い雪に足をとられながら駆け寄るところだった。ケイティにわずかに遅れてたどりつくと、彼の横に膝をついた。私の首からは、壊れたカメラが半分開いたままの状態でぶら下がっていた。

「轢いちゃった」とケイティは言った。「わたしがジープで轢いたの」

リアヴュー・ミラーに目をやったが、車の後部は撮影機材が山をなし、そのてっぺんにアイゼンシュタットが載せてある。ミラー越しではなにも見えない。車を降りた。現場からはもう一マイル近く離れている。そちらに目を凝らしても、死体は見えなかった。だが、あれがなんの死体だったのかはもうわかっている。

「マコーム！　デイヴィッド？　まだ着かないの？」ラミレスの声が車から響いた。

車の中に上半身を突っ込み、マイクの方向に「まだだ」と怒鳴った。「まだマルチウェイにいる」

「どうしてそんなに時間がかかってるの？　知事の記者会見は十二時なのよ。それとその前にスコッツデールへ寄って、タリアセン・ウェスト（フランク・ロイド・ライトが後進の育成を目的としてアリゾナ砂漠に建設した建築工房）閉鎖の件を取材してちょうだい。アポイントメントは十時。あと、アンブラー夫妻の件で情報があった。『百パーセント本物』と宣伝してるけど、違ったみたいね。あのRV（本篇では、いわゆるモーターホーム、日本で言う大型キャンピングカーを指す）、ほんとはウィネベーゴじゃなくてオープンロードだって。でも、いまも路上にある最後のRVだっていうのはウソじゃなさそうよ、ハイウェイ・パトロールの話だと。もうひとり、エルドリッジって男がRVで旅に出てたんだけど——これもウィネベーゴじゃなくてシャスタだって——三月にオクラホマでタンクローリー（タンカー）車線を走行したかどで免許取消になってるから。RVをまだ禁止してない州は四つだけ。テキサスは規制法案が審議中だし、ユタは来月、完全分割道路法案が州議会を通過する。次はアリゾナ。だから気合いを入れてしっかり撮っといてね、デイヴィちゃん。これが最後の取材チャンスかもよ。それと、動物園の画も」

「アンブラーズのほうは？」

「アンブラーってあの夫婦の本名なのよ、出来すぎてるけど（amblerは「のんびり歩く人」の意）。ライフラインで検索してみた。旦那は溶接工。奥さんは銀行の窓口係だった。子供はなし。旦那が仕事を辞めた八九年からずっと路上。もう十九年になる。ねえ、デイヴィッド、アイゼンシュタット使ってる？」

過去三回の取材でも、これとおなじやりとりがあった。「まだ現場に着いてない」

「とにかく、知事の会見ではアイゼンシュタットを使って。可能なら、知事のデスクにセットして」

いいとも、デスクにセットしよう。どこかうしろの机に置いてやれば、写真の撮れる隙間を奪い合う記者たちの背中のいい画が撮れるだろう。ビデオカメラを持つ手をいっぱいにのばして（知事の姿なんか見えっこないから）たぶんこっちだと見当をつけた方向に向けている男のうしろ姿とか、デスクにぶつかってアイゼンシュタットをひっくり返す記者の腕の臨場感あふれるショットとか。

「今度のは最新機種よ。トリガーがついてて、人間の顔、全身ショット、乗りものにプリセットされてる」

すばらしい。家に帰り着くころには、百枚入りのカートリッジが通行人やトライサイクルの写真で満杯になっているわけか。全身だろうが顔だろうが、八百人の人間が集まる記者会見で、どいつが知事なのか、いつシャッターを切るべきかをどうやって判断するのやら。ありとあらゆる高度な光量計やコンピュータ画像合成機能を搭載しているというふれこみだが、じっさいにできることと言えば、能なしレンズの前を横切る対象をなんでも機械的にぱちりと撮るだけ。ハイウェイのスピード違反取締カメラと変わらない。

たぶんこれを設計したのは、ハイウェイカメラを頭上ではなく道路沿いに設置した役人たちとおなじタイプの人間だろう。その役人たちのおかげで、ドライバーは、新たに義務づけられた側面式ナンバープレートの映像をぼやけさせるにはちょっと速度を上げるだけでいいと学習し、みんなますます速くぶっ飛ばすようになった。おお、偉大なるカメラ、アイゼンシュタットよ。早く使ってみたくてうずうずする。

「会社(サン・コー)はアイゼンシュタットにすごく興味を持ってるから」ラミレスは通話を切るときもさよならを言わなかった。いつも言わない。ただ話すのをやめ、次のときに再開する。私はジャッカルのほうを見た。

マルチウェイは完璧にがらがらだった。新型車やシングルは、ラッシュアワーの最中でも、非分割の汎用道路はめったに利用しない。あまりに多くの小型車がタンカーに潰(つぶ)されてきたからだ。それでもふつうは、分割道路に取り締まりを集中しているハイウェイ・パトロールを避けようと、骨董もののガソリン車や反骨のトレーラートラックが二、三台はこちらを走っているものだが、いまは一台も見えない。

車に戻り、ジャッカルの脇までバックで戻った。イグニションを切ったが、車からは降りなかった。死骸の口から垂れる血のすじがここからでも見てとれる。そのとき、どこからともなく出現した一台のタンカーが中央寄りの三車線をまたいでみるみる近づいてくると、ハイウェイカメラを出し抜くべく猛スピードで走り過ぎ、轟音(ごうおん)とともに、ジャッカルの死体のうしろ半分を血の塊に轢き潰した。道路を歩いて渡ろうとしなくて正解だった。

私のことなど目にも留めなかっただろう。

イグニションを回してエンジンをかけ、最寄りの下りランプからマルチウェイを降りて電話を探した。マクダウェル通りに古いセブン‐イレブンがあった。

「道路上の動物死亡事故を報告したいんですが」電話に出た協会の女性に言った。

「お名前と電話番号を」

「ジャッカルだ。ヴァン・ビューレン線の三十番と三十二番のあいだ。右端の車線」

「救急処置をしましたか？」

「救急処置の余地はなかった。もう死んでいた」

「当該動物を路肩に移動させましたか？」

「いや」

「なぜです？」女性の口調が急に鋭くなった。

犬だと思ったからだよ。「シャベルを持ってなかったからね」と答えて電話を切った。

八時三十分にはテンピに着いた。アリゾナ州の全タンカーが突然ヴァン・ビューレン線に殺到してきた結果、私の車が外に追いやられ、道中のほとんど、路肩走行を余儀なくされたことを考えれば、悪くないスピードだった。

問題のウィネベーゴは、フェニックスとテンピの中間にある、青空市用の敷地に鎮座していた。となりは動物園。チラシによると、ウィネベーゴ見学は午前九時から午後九時まで。必要な写真は営業がはじまる前にだいたい撮っておくつもりだったのに、時刻はもう九時十五分前だ。砂利敷きの駐車場で待つ車が一台もなかったとしても、たぶんもう間に合わない。

カメラマンは楽な商売じゃない。たいていの人間は、カメラを見るなり、外が明るすぎるときの絞りさながらに本物の顔を閉ざしてしまい、あとにはカメラ用の顔、よそ行きの顔しか残らない。つまり、笑顔だけ。中東のテロリストや上院議員の場合はまた別だが、笑っていようがいまいが、どのみちそこに真実はあらわれていない。俳優とか政治家とか、しじゅう写真を撮られている人種が最悪だ。被写体が公衆の目に長くさらされていればいるほど、放送用のビデオ素材を撮るのは楽になり、多少なりとも本物の写真に近いものが撮れる確率は低くなる。アンブラー夫妻は、もう二十年近くこの興行をつづけている。いまは八時四十五分。もうとっくにカメラ用の顔を貼りつけているだろう。

かつて動物園の看板が立っていた小山のふもとに車をとめた。すぐ横には、オコティーヨとユッカの群生。車の後部に手をのばし、機材の山からニコンの遠景撮影用（ロングショット）をとりだして、マルチウェイに出ている看板を撮った。『正真正銘のウィネベーゴ。100パーセント本物』

〝正真正銘のウィネベーゴ〟は、動物園の真正面にある、サボテンと棕櫚（しゅろ）の石垣に尻をくっつけるようにして駐車してあった。ラミレスの情報によれば本物のウィネベーゴではないらしいが、車体の端から端まで延びるストライプとWのロゴは本物そっくりだし、シルエットも本物っぽい。もっとも、本物のウィネベーゴを最後に見たのはもう十年以上前だ。たぶん私は、この取材に向いていない。昔からRVにたいした愛着はなかったし、ラミレスから電話でこの仕事を頼まれたとき最初に頭に浮かんだのは、〝この世には絶滅すべきものもある〟だった。たとえば蚊とか、車線分割壁とか。RVはそのリストのトップに位置している。コロラドに住んでいた頃は、丘陵地帯のあちこちにRVがいて、左側の二車線を占有し（当時の一車線は幅が十五フィートもあったのに）、運の悪い車がそのうしろに数珠繋ぎになっていた。

一度、インディペンデンス・パス（コロラド州でもっとも高度の高い山間道路）で、一台のRVの真うしろについたことがある。あるとき、そのRVがぴたっと停止し、なにごとかと思ったら、乗っていた十歳ぐらいの男の子がインスタマチックでぱちぱち風景写真を撮りはじめた。また別のRVは我が家の前のカーブを曲がりそこねて脱輪し、浜に打ち上げられた鯨のような姿をさらしていた。まあ、もともと厄介なカーブではあったのだが。

アイロンをかけた半袖シャツ姿の老人がウィネベーゴのサイドドアを開けて出てくると、RVの前にまわって、バケツとスポンジを手に洗車をはじめた。水はどうしているのだろう。ラミレスがメールしてきた事前調査結果によれば、この種のRVに搭載されている給水タンクの容量は最大でも五十ガロン。飲み水とシャワーの分を別にすれば何枚か皿を洗うのがせいぜいだし、動物園の前のこんな場所に給水栓があるとも思えないが、老人は、水なんかいくらでもあるというふうに、フロントバンパーのみならずタイヤにまでじゃぶじゃぶかけている。

駐車場の広大な敷地に横たわるＲＶの遠景を何枚か撮ったあと、人物ショットに切り替えて、バンパーを洗う老人の姿を望遠で撮った。老人の腕と禿頭(はげあたま)のてっぺんには大きな赤茶色のしみがあった。老人は、親の仇(かたき)のようにバンパーをごしごしこすっていたが、やがてその手を止めてうしろに下がると、妻を呼んだ。心配そうな表情。いや、不機嫌なだけかもしれない。距離が遠すぎて、妻の名前をじれったげに怒鳴ったのか、こっちに来てくれとただ呼んだだけなのか、どちらとも判断がつかなかった。表情も見分けられない。老人の妻が、幅のせまい鎧窓(よろいまど)がついた金属製のサイドドアを開けて、金属製のステップを降りてきた。

老人がなにか訊ね、妻はまだステップに立ったまま、マルチウェイのほうを見て首を振り、それから布巾(ふきん)で手を拭きながらＲＶの前にまわると、夫婦揃ってそこに佇(たたず)み、洗車の仕上がりを検分した。

たとえウィネベーゴが本物じゃないとしても、この夫婦は〝１００パーセント本物〟だ。奥さんのほうは花柄のブラウスにポリエステル（たぶんこれもポリエステル１００パーセント）のスラックス、手に持っている布巾には雄鶏の柄のクロスステッチ。茶色い革のぺたんこ靴は、似たようなのを祖母が履いているのを見た記憶がある。賭けてもいいが、抜けはじめた白髪はボビーピンで留めているにちがいない。

資料の略歴によれば夫婦ともに八十代のはずだが、見た目の印象では九十代。もっとも、ここまで絵に描いたように完璧だと、ウィネベーゴとおなじくインチキじゃないかという気がしてくる。しかし、老女が布巾で手を拭きつづけるしぐさは、気が動転したときの祖母のしぐさとそっくりだった。その顔に感情が出ているかどうかまでは見てとれないが、少なくとも振る舞いは本物だ。

バンパーは問題ないと妻が告げたらしく、老人は水の滴るスポンジをバケツに落とし、ウィネベーゴの後部にまわった。老女は車に戻り、金属のドアを閉めた。外の気温は少なくとも四十三度、しかもRVは棕櫚の木が落とすささやかな木陰さえ利用していないというのに。

ヒトリに戻って遠景を撮った。老人は、大きなベニヤ板の看板を持って戻ってくると、それをRVの横に立てた。『最後のウィネベーゴ』と、インディアン風の手書き文字（としてだれかが考案したもの）を模した書体で書いてある。『絶滅種の実物を見学しよう。入場料——大人8ドル。子供（12歳以下）5ドル。営業時間——午前9時から日没まで』

赤と黄色の旗がつながったロープを張ってから、老人はバケツをとってRVのドアのほ

う へ歩き出したが、途中で立ち止まると、たぶん道路がよく見渡せる位置を探してだろう、駐車場を何歩か向こうへ進み、それから年寄りらしい足どりでまた戻ってきて、スポンジでバンパーをもうひと拭きした。

「RVの撮影はまだなの、マコーム？」ラミレスの声が自動車電話のスピーカーから響いた。

ニコンを後部に投げ出し、「いま着いたところなんだ。今朝はアリゾナ中のタンカーがヴァン・ビューレン線に集結してててね。タンカーによるマルチウェイ網虐待って記事で写真を撮らせてくれないかな」

「あなたには生きてテンピに着いてほしいのよ。知事の記者会見は午後一時に延びたから、間に合うはず。アイゼンシュタットはもう使った？」

「言っただろ、いま着いたところなんだ。まだ電源も入れてないよ」

「電源を入れる必要はないの。正しい向きで水平面の上に置けば自動起動するから」

すばらしい。たぶん、ここに来るまでに、もう百枚撮りカートリッジいっぱいまで撮影していることだろう。

「まあ、ウィネベーゴの取材はいいとしても、知事の記者会見にはかならず使ってちょうだい。ところで、報道に移る件は考えてくれた？」

サン－コーがアイゼンシュタットに多大の興味を示すほんとうの理由がそれだ。カメラマンと記者を派遣するより、記事を書けるカメラマンひとりを送るほうが、はるかに安くつく。ことに、会社がいま配備しているワンシーター小型車のヒトリを使うなら。私はそれを使うことでフォトジャーナリストになった。そのやりかたがこんなにうまくいった以上、次はフォトジャーナリストも不要じゃないかという話になるのは理の当然。アイゼンシュタット一台とDATデッキを送れば、ヒトリも、カメラマンを現場に派遣するための道路通行クレジットも必要ない。機材を送るのはバイク便かなにかを使えばそれで済む。老知事のデスクにさりげなく載せておいて、カメラマンでも記者でもないアルバイトを使って（他の場所に置いてある十台といっしょに）回収させればいい。

「いや」私は小山のほうを振り返って答えた。老人はフロントバンパーを最後にもうひとこすりしてから、動物園の古い石垣プランターに歩み寄り、ヒラウチワサボテンにバケツの水の残りを空けた。サボテンは春のシャワーだと思い込み、たちまち花を咲かせるだろう。「なあ、観光客が来る前に写真を撮るなら、もう行かないと」

「まじめに考えといて。それと、くれぐれも今回はアイゼンシュタットを使ってね。使ってみればきっと気に入るから。カメラだってことも忘れちゃうわよ」

「だろうね」マルチウェイのほうに目を向けた。いまは交通量ゼロ。それがアンブラー夫妻の心配の種なのかもしれない——一日の平均入場者数と、古いぽんこつRVを見にわざわざ通行クレジットを使ってこんな辺鄙な場所までやってくるのはいったいどんな連中なのか、それをラミレスに確認しておくべきだった。テンピからうねうねとつづくあの道だけでも三・二マイルの距離がある。たぶんだれも来ないだろう。だとしたら、いい写真を撮るチャンスがあるかもしれない。ヒトリのエンジンをかけ、急勾配(こうばい)の道を登った。

「こんちゃ」老人が満面に笑みを浮かべ、赤茶色の染みが浮いた手を差し出して私の手を握った。「ジェイク・アンブラーだ。こいつはウィニー」と言って、RVの金属の横腹を叩く。「ウィネベーゴ最後の一台だ。あんた、ひとりかね」

「カメラマンのデイヴィッド・マコームです」記者証をさしだした。「サン‐コーの。フェニックス・サン、テンピ‐メサ・トリビューン、グレンデール・スター、および提携各社に記事を配信しています。何枚か、お車の写真を撮らせていただきたいんですが」ポケットに手を触れ、レコーダーのスイッチを入れた。

「いいとも。マスコミには協力を惜しまないよ、女房もおれも。ちょうどいま、おいぼれウィニーを洗ってやってたところでね。グローブから来る道中で、ずいぶん埃(ほこり)をかぶっちまったもんだから」老人は、妻に来客を告げようとするそぶりを見せなかった。とはいえ、話し声は中に聞こえているに決まっている。なのにアンブラー夫人は金属のドアを開けようとしない。「ウィニーと旅に出てもう二十年近くんなる。買ったのは一九八九年、場所はこいつが製造されたアイオワ州フォレスト・シティだ。女房は、旅に出るのは気が進まんと言って買うのを渋ったがね、いまじゃこいつと別れたくないと言ってるのは女房のほうだ」

老人は得意の口上を述べはじめている。あけっぴろげで親しげな、隠すことなんかなにもないという表情が、すべてを隠していた。スチールを撮っても無駄だ。そこでビデオカメラをとりだし、老人に先導されてRVの周囲を歩きながら、TV放送用のビデオ素材を撮った。

「こいつは荷物ラック」老人は、華奢（きゃしゃ）な金属製ラダーに片足で立ち、屋根のまわりの金属バーを叩いた。「それとこっちは予備の燃料タンク。三十ガロン入る。どこの廃油投棄口にもとりつけられる電動ポンプつきだ。五分で空になって、手を汚す必要もない」それを証明するように、肉厚のピンクのてのひらを両方ともこちらに突き出してみせた。「給水タンク」と、そのとなりの銀色の金属タンクを叩き、「四十ガロン入る。わしらふたりにはじゅうぶんだ。内部のスペースは百五十立方フィート（約四・二立方メートル）、天井の高さは六フィート四インチ（約一九〇センチ）。あんたみたいな背の高い男でも、頭がつかえる心配はない」

老人は隅から隅まで案内してくれた。気さくそのものの態度。欠けているしぐさと言えば、愛情をこめて背中をどやしつけることぐらいだが、それでも一台の古いフォルクスワーゲン・ビートルが駐車場を斜めに突っ切ってがたごとやってくるのを目にしたとたん、老人はほっとしたような顔になった。老人のほうも、客がひとりも来ないんじゃないかと心配していたのだろう。

VWからぞろぞろと家族連れが降りてきた。日本人の観光客だ。黒のショートヘアの母親、ショートパンツの父親、子供がふたり。子供の片方はリードにつないだフェレットを連れている。

「ひとりで見学してますから、お客さんの相手をどうぞ」

老人にそう声をかけると、ビデオカメラを車に戻してロックし、遠景を撮り、それから動物園に向かった。ラミレス用に、動物園の看板を広角で押さえた。この写真にラミレスがつけるキャプションが目に浮かぶ。『由緒正しい動物園は今日も無人。ライオンの咆哮も、象のらっぱも、子供の笑い声も、いまはもう聞こえない。いにしえのフェニックス動物園。最後の動物園――そして、正門のすぐ外では、また別の種属の最後の生き残りを見ることができる。記事は10ページ』アイゼンシュタットとコンピュータに仕事をまかせるのは悪くないアイデアかもしれない。

園内に入った。何年ぶりだろう。一九八〇年代の末、動物園政策をめぐって大論争が勃発し、そのとき写真を撮りにきたが、当時はまだ記者と呼ばれる人種が生息していたから、自分で原稿を書くことはなかった。問題の檻と、新任の動物園長――園内の改修工事をすべて凍結し、その資金を野生動物保護グループに寄付することで大論争のひきがねを引いた人物――とを撮影した。

「あと数年で収容すべき動物がいなくなってしまう檻に無駄金を使うことを、わたしは断固拒否する。森林狼、カリフォルニア・コンドル、灰色熊は、差し迫った絶滅の危機に瀕している。われわれの責務は彼らを救うことであって、その最後の生き残りを収容する快適な牢獄をつくることではない」

協会はこれを人騒がせな杞憂と呼んだ。これもまた、世の中がどんなに大きく変わりうるかを示す一例。ああ、たしかに杞憂だったかもしれない。野生の灰色熊は絶滅していない。いまはそれがコロラド州最大の観光資源になっているし、テキサス州には多数のアメリカシロヅルが生息し、限定的な狩猟解禁を提案する声さえある。

その大騒ぎの渦中で、フェニックス動物園は閉鎖され、動物たちはサン・シティのさらに快適な刑務所に移された。シマウマとライオンには十六エーカーのサバンナが与えられ、北極熊のためには毎日、雪が製造される。

あの園長がなんと呼ぼうが、実際にはこの動物園に檻などなかった。正門を入って最初にある古いカピバラの囲いは低い石壁をはりめぐらせた小さな美しい草地で、往時はその中央にプレーリードッグの一家が居を構えていた。

門のところまで引き返し、ウィネベーゴのほうを眺めた。日本人の一家がウィネベーゴをとりまいている。父親は後部にしゃがみ込んで車体の下を覗き、子供の片方は後部ラダーからぶら下がっている。フェレットは、ジェイク・アンブラーがていねいに泥をこすり落とした前輪をくんくん嗅ぎ、いまにもうしろ足を上げて小便をひっかけそうに見えた―

—フェレットがそんなことをするのかどうかは知らないが。

　男の子がフェレットのリードをひっぱり、腕に抱き上げた。母親が息子になにか言った。母親の鼻は日焼けしている。

　ケイティの鼻も日焼けしていた。スキーヤーがむかし使っていたような白い日焼け止めクリームを塗っていた。パーカにジーンズ、ばかでかい防寒ブーツ。そのせいで走るのもままならない様子だったが、アバヴァンのもとに着いたのは彼女のほうがわずかに早かった。それを押しのけ、私は彼のかたわらにひざまずいた。

「轢いちゃった」ケイティは途方に暮れたように言った。「わたしが轢いたの」

「ジープに戻ってろ！」と怒鳴りつけた。アバヴァンをくるんでやろうと、セーターを脱いだ。「獣医に連れていく」

「死んだの？」ケイティの顔は鼻の上のクリームとおなじぐらい白かった。

「死ぬもんか！」そう叫んだ。「死んでない」

　日本人の母親がこちらを向き、片手でひさしをつくって動物園のほうを見た。カメラに気づくと手を下ろし、白い歯を見せてほほえんだ。ありえない笑み。大衆の注目を集めるような人種は被写体として最悪だが、しかし一般人でも、カメラを向けられるとなぜか顔を閉ざしてしまう。インチキの笑顔というだけじゃない。古い迷信が正しくて、カメラに魂を抜かれてしまうような感じ。

彼女の写真を撮るふりをしてから、カメラを下ろした。かの動物園長は、墓石を模した看板を正門の前に一列に並べていた。絶滅危惧種ひとつにつき、看板ひとつ。いまはそれにビニールの覆いがかけてあるが、あまり役に立っていない。目の前にある看板のビニールから、雨のすじがついた埃を拭った。『カニス・ラトランス』という学名の横に青の星印がふたつ。『コヨーテ。北アメリカ産の野生のイヌ。家畜に対する脅威とみなした牧場主が広範囲にわたって毒餌を撒いたため、野生のコヨーテはほぼ絶滅しました』その下には、みじめにうずくまるコヨーテの写真と、星印の説明。青――絶滅危惧種。黄色――生息環境破壊危惧種。赤――野生環境では絶滅。

ミーシャが死んだあと、ディンゴとコヨーテと狼の写真を撮りにきたが、このときはもう動物園の移転作業がはじまっていて、写真は一枚も撮れなかった。しかし、どのみちおなじことだっただろう。看板の写真のコヨーテは、緑がかった黄色に褪せ、黄色い眼はほとんど白くなっているが、それでもやはり、まっすぐカメラを見つめる顔は、ジェイク・アンブラーとおなじく、気さくでのんびりしたカメラ用の表情を貼りつけていた。

日本人の母親がビートルに戻り、子供たちを車の中に押し込んでいる。アンブラー氏はぴかぴかの禿頭を振りながら、父親のほうといっしょにＶＷへと歩いていった。父親は開いたドアにもたれてもうしばらくアンブラー氏と言葉を交わしてから、運転席に乗り込み、ＶＷを出した。

日本人一家がわずか十分間しか滞在しなかったことや、私が見る限り金銭のやりとりがなかったことをアンブラー氏が気に病んでいるとしても、表情には出ていなかった。私を案内してＲＶの側面に向かい、ロゴマークのＷの文字から長く延びた赤い横棒に沿って貼ってある、色褪せたぼろぼろのステッカーを指さした。「わしらが旅してきた州だ」いちばん前寄りのステッカーをさし、「ユニオンの全州、プラス、カナダとメキシコ。いちばん最後に制覇した州はネバダだった」

これだけ近くに寄って見ると、上から赤い横棒を塗ってこのＲＶ本来の名前を消してあるのがはっきりわかる。その部分の塗装は、いかにも偽物らしい冴えない色だった。もともとついていた《オープンロード》のロゴは、『アンブリン・アンブラーズ』と記した焼き板の看板で隠している。

アンブラー氏は、ドアの横のバンパー・ステッカー（半裸のショーガールの絵に『ベガスのシーザーズ・パレスでツキまくり』の文字）を指さして、「ネバダ州のステッカーは見つからなくてな。もうつくってないらしい。最近、とんと見なくなったものはそれだけじゃない。なんだと思う？　ハンドルカバーだよ。知ってるだろう、暑いとき、ハンドルで手を火傷しないようにするやつ」

「運転はいつもあなたが？」

アンブラー氏はちょっと口ごもった。無免許の人間でもいるのだろうか。ライフラインで調べてみなければ。「たまに女房が運転を替わるが、たいていはおれだ。女房はナビゲーター。最近の地図は読みづらくてかなわんよ。二回に一回は道路の種類もわからん。昔みたいな地図はもうつくってないらしいな」

もうしばらく、いい品物が見つからなくなった分野の話と、最近の世の中全般のお寒い状態に関する話につきあったあと、私は奥さんからも話をうかがいたいんですがと切り出し、車からビデオカメラとアイゼンシュタットをとって、ウィネベーゴの中に入った。

アンブラー夫人はまだ布巾を持ったままだが、この小さなRVの中に、そんなにたくさん皿がしまってあるとは思えない。内部は想像以上にせまく、天井は首を縮める高さだし、ニコンのレンズが座席にぶつからないようカメラをしっかり押さえておく必要がある。まだ午前九時なのに、車内の気温はオーブンさながらだった。

アイゼンシュタットをキッチンのカウンターに置き、隠しレンズが外側を向いているのを確認した。これを作動させるとしたら、場所はここしかない。アイゼンシュタットの撮影範囲から出ようにも、アンブラー夫人の行き場はどこにもない。同様に、私の行き場もなくなった。悪いね、ラミレス。生身のカメラマンのほうがプログラム済みの撮影装置より得意なこともあるというだけさ。たとえば写真のフレームに入らないようにするとか。

「ここがギャレーよ」アンブラー夫人が布巾を畳み、流しの下の食器棚についているプラスチック製のリングにひっかけた。布巾の手前側にクロスステッチの絵柄が見える。結局、雄鶏ではなかった。日よけ帽子をかぶり、バスケットを抱えたプードル。絵の下には、『買い物は水曜日に』の標語。

「ごらんのとおり、手動ポンプ式のコックがついたダブルのシンクなのよ。冷蔵庫はＬＰガスと電気の両用で、庫内容量は百十リットル。こっちは簡易食堂ね。食卓はうしろの壁に畳んであるし、ベッドもあるわ。それにこれがバスルーム」

夫人のほうも旦那とおなじぐらい始末に負えない。「このウィネベーゴを買ってからどのぐらいになるんですか？」と、宣伝文句をさえぎるべく口をはさんだ。相手がしゃべるつもりでいる以外のことをうまくしゃべらせることができたら、うわべの表情の下から自然な表情を引き出せることもある。

「十九年よ」夫人は化学処理トイレの蓋を持ち上げながら答えた。「一九八九年にこれを買ったの。あたしは気が進まなかったんだけど——ヒッピーのカップルじゃあるまいし、住み慣れた家を売って放浪の旅に出るなんてねえ——反対を押し切ってジェイクが買ってしまった。でもいまは、どんな大金を積まれても手放すつもりはありませんよ。シャワーは四十ガロンの加圧給水システム」夫人はシャワー室の画が撮れるように、うしろに下がって場所を空けた。こんなにせまくては石鹸を落とす心配もなさそうだ。私は義務的にビデオカメラを何秒か回した。

「じゃあ、ここにずっとお住まいなんですね」とても不可能だろうという思いをつとめて声に出さないようにした。ラミレスの話では、夫妻はミネソタ州の出身だという。そこに自宅があって、一年のうちの数カ月だけRVで旅に出ているものだとばかり思っていた。

「ジェイクは、大いなる自然があたしたちの我が家だって」

夫人の写真を撮るのはあきらめ、新聞用に解像度の高いスチール写真を何枚か撮った。運転席前のダッシュボードにテープで留めてある『パイロット』のプレート、いかにもすわり心地の悪そうなカウチにかけてある四角モチーフ(グラニースクェア)のアフガン編み、後部の窓にずらりと並ぶ、いろんなかたちの——インディアンの子供、黒のスコッチテリア、穂のついたトウモロコシ——塩入れや胡椒(こしょう)入れの隊列。

「広々とした草原で暮らすこともあれば、海辺で暮らすこともある」夫人はシンクへ行って、手動ポンプを押し、ちょろちょろ出てきた水をカップで二杯分ちいさな鍋に入れ、それを二口コンロの片方にかけた。青緑のメルマック製カップと受け皿を二組、それにインスタントコーヒーの瓶を棚から下ろし、スプーンですくってカップに少しずつ入れた。

「去年はコロラド・ロッキーズで過ごしたのよ。湖のそばや、砂漠にも我が家が持てる。それに飽きたら移動すればいいだけ。それはもう、いろんなものを見てきたわ」

信じなかった。コロラド州はRVを最初に禁止した州のひとつだ。燃料危機とマルチウェイよりさらに前。最初は山道の走行を制限し、ついで国有林から閉め出し、私が引っ越した頃には、州間高速道の通行さえ禁止していた。

ラミレスの調査によれば、現在、ＲＶは四十六州で無条件に禁止されている。ニューメキシコ州はそのひとつ。ユタ州には厳しい規制があり、西部の州すべてで日中の通行が禁じられている。アンブラー夫妻がなにを見たにしろ、その場所はコロラド州ではありえない。見たとすれば、夜間の、あるいはパトロールのいないマルチウェイを時速百キロで飛ばしてカメラを振り切ったときか。彼らがそう見せかけようとしている、自由気ままで束縛されない生活にはほど遠い。

湯が沸いた。アンブラー夫人がカップに注ぎ、青緑の受け皿にちょっとこぼれた湯を布巾で拭きとった。「こっちに来たのは雪のせい。コロラドは冬の訪れが早くて」

「ええ」

あのときは六十センチの積雪だった。まだ九月とあって、どの車もスノータイヤさえ履いていなかった。ポプラの色も変わっていないというのに、雪の重みで枝が折れた。ケイティの鼻には、夏の日焼けがまだ残っていた。

「ここに来る前はどちらに？」

「グローブよ」アンブラー夫人はドアを開け、夫に呼びかけた。「ジェイク！　コーヒー入ったわよ！」ひっくり返すとベッドに早変わりするテーブルへカップを運び、「自在板がついていて、それを使うと六人掛けになるの」

テーブルの前の椅子に先に腰を下ろし、夫人がアイゼンシュタットの撮影範囲内にすわるよう仕向けた。後部についているクランク式の開いた窓から、すでに焼けつく陽光が射し込んでいる。アンブラー夫人はタータンチェックのクッションに膝をつき、塩入れや胡椒入れを倒さないように用心しながら織り布の日よけを下ろした。

トウモロコシを模した陶器の胡椒入れのあいだに、何枚かスナップ写真がはさんであった。一枚手にとってみた。プリントを剝がしては硬い台紙にいちいち貼りつけていた時代の、正方形のポラロイド写真。いまとそっくりおなじに見える夫妻が、あの親しげな鉄壁のカメラスマイルを浮かべ、ぼやけたオレンジの岩肌——グランドキャニオン？　ザイオン？　モニュメント・ヴァレー？　ポラロイドは昔から解像度より色彩重視だった——の前に立っている。夫人のほうは腕に小さなぼやけたしみを抱いている。猫かもしれないが、そうではなかった。犬だった。

「ジェイクとデヴィルズ・タワーに行ったときのよ」夫人が私の手から写真をとった。「それとターコ。この写真じゃわからないけど、ちっちゃくてかわいい子だったのよ。雌のチワワ」写真を戻し、塩入れと胡椒入れのうしろをかきまわす。「いままで見た中でいちばんかわいい小犬だった。こっちのほうがよく撮れてる」

夫人が差し出した写真は、さっきのよりかなりましだった。一眼レフで撮影したマットプリント。この写真でも、アンブラー夫人はチワワを抱き、ウィネベーゴの前に立っている。

「ジェイクが運転してるあいだ、よく運転席の肘かけにすわっていたものよ。赤信号で止まるとじっと信号を見つめて、青に変わるとワンワン吠えて教えてくれた。すごく頭のいい子だったの」

先の尖ったフレア状の耳と、まんまるの目と、鼠みたいな鼻面を見つめた。犬の真実はけっして表に出ない。何十枚も写真は撮ったが、結局のところ、カレンダーの写真も同然だった。犬のほんとうの姿はまるで写真に写らない。顔に表情筋がないせいだと最終的に結論を下した。飼い主がなんと言おうと、犬は笑うことができない。写真の中で人間が数十年の時を飛び超えるのは、顔の筋肉のおかげだ。一方、犬の顔に浮かぶ表情は、品種改良によって生み出されたものだけであり——陰気くさいブラッドハウンド、利発そうなコリー、自堕落な雑種——それ以外のすべては、ペットを溺愛する飼い主の願望が生み出したものでしかない。メキシコ産のトビマメ大の頭蓋しか持たない色盲のチワワが、信号が青になったことを教えてくれると信じるのとおなじこと。

この表情筋仮説は、もちろん鉄壁の論理とは言いがたい。笑えないのは猫も同様だが、猫の真実は表に出る。気どり、ずるがしこさ、軽蔑——そうした感情すべてが鮮やかに顔に出るが、表情筋がないのは犬とおなじ。ということは、たぶん、写真に写らないのは愛情だ。愛は、犬が浮かべることのできる唯一の表情だから。

なおも写真を見つめたまま、「かわいい小犬ですね」と言い、それから写真を返した。

「大きくはなかったんでしょう？」

「上着のポケットに入りましたよ。ターコっていうのは、あたしたちがつけた名前じゃないの。カリフォルニアで、ある男の人からもらったんだけど、その人が先にターコという名前をつけていて」愛犬の真実が写真に出ていないのはわかっているという口ぶりだった。言外にほのめかしているのは、もし自分で名前をつけていたら、事情が変わっていただろうという可能性。自分で名づけていれば、もっとリアルな名前になり、この犬自身ももっとリアルになったはず。写真が伝えられないものも――この小犬がどんなふうで、どう行動し、自分にとってなにを意味していたかも――名前なら伝えられるというように。

もちろん、名前もそんなことを伝えはしない。私は自分で彼をアバヴァンと名づけた。その名を告げたとき、獣医の助手は、エイブラハムとタイプした。

「年齢は？」と助手はのんきに訊ねた。そんなことをコンピュータに入力している場合じゃない――手術室で獣医に手を貸しているべきときなのに。

「データならもうそこに入ってる。いいかげんにしろ」と怒鳴りつけた。

助手はおだやかに困惑の表情を浮かべた。「エイブラハムという名前は……」

「アバヴァンだ、くそっ。アバヴァン！」

「ありました」助手は動じるふうもなく言った。

デスクの向こう側に立っていたケイティが画面から顔を上げた。

「新型パルボにかかって、それでも生き延びたのね」と沈んだ声で言った。

「新型パルボにかかって、それでも生き延びたよ。だれかのジープが通りかかるまでは」

「わたしもオーストラリアン・シェパードを飼っていました」とアンブラー夫人に言った。

ジェイクがプラスチックのバケツを持ってウィネベーゴに入ってきた。「ちょうどよかった」とアンブラー夫人。「コーヒーが冷めるわよ」

「ウィニーの洗車がもう終わる」アンブラー氏はバケツを小さなシンクに突っ込み、てのひらの付け根で勢いよくポンプを押しはじめた。「砂の中を走ってきたもんだから、そこらじゅう砂だらけだ」

「マコームさんにターコの話をしていたの」夫人が立ち上がり、受け皿に載せたカップを夫のところへ運んだ。「さあ。冷める前にコーヒーを飲んで」

「すぐ戻る」アンブラー氏は水の溜まったバケツをシンクからひっぱりあげた。

「マコームさんも犬を飼ってらしたんですって」アンブラー夫人はコーヒーを差し出したまま言った。「オーストラリアン・シェパードだったそうよ。ターコのことを話してたの」

「そんな話は退屈だろう」夫婦は、結婚したカップルが得意とする警告の目くばせを交わし合った。「どうせならウィネベーゴの話をしてあげなさい。そのために来てるんだから」

ジェイクは外に戻った。私はロングショットにレンズキャップをはめ、ビデオカメラをケースに戻した。夫人はミニサイズのガスレンジから小さな鍋をとり、カップのコーヒーを鍋に戻した。「必要な写真はだいたい撮れたようです」と、その背中に向かって言った。

夫人は振り返らずに、「あの人、最初からターコのことが好きじゃなかったのよ。ベッドでいっしょに寝るのも許さなかった。脚が攣るって言って。あんなに小さな犬、乗られても重いわけないのに」

私はロングショットのレンズキャップをまたはずした。

「あの子が死んだとき、あたしたちがなにをしてたか知ってる？　買い物に出かけてたのよ。ひとりで置いていきたくなかったけど、だいじょうぶだってジェイクが。その日は気温が三十二度もあったのに、ジェイクはあっちの店こっちの店っていつまでも買い物をつづけて、やっと帰ってみたら、ターコが死んでたの」レンジに鍋をかけて、火をつけた。「獣医は新型パルボだって言ったけど、違うわ。熱中症で死んだのよ。ひとりぼっちで死んでいった、かわいそうなあの子のことを思うとねえ」

フォーマイカのテーブルの上にそっとニコンを置き、頭の中で露出を計算した。

「ターコはいつ死んだんです？」振り向かせようとして訊ねた。

「九〇年」夫人がこちらを向いた。さりげなく手を下ろし、ほとんど無音のカシャッという音とともにシャッターを切ったが、夫人の外面はまだそこにあった。いまは詫びるような、ちょっとおどおどした笑みが浮かんでいる。「あらまあ。大昔ね」

立ち上がり、撮影機材を集めた。「必要な写真はもうだいたい撮れたようです」とくりかえす。「足りない写真があったら、また来ます」

「ブリーフケースを忘れないで」夫人がアイゼンシュタットをさしだした。「あなたの犬も新型パルボで？」

「死んだのは十五年前です。九三年」

夫人はわかったわという顔でうなずいた。「第三波ね」

外に出た。ジェイクがウィネベーゴのうしろ、リア・ウィンドウの下にバケツを持って立っていた。バケツを左手に持ち替えて右手を差し出した。「必要な写真はみんな撮れたかい」

「ええ。奥さんに隅々まで見せていただきました」握手を交わした。

「もっと写真が必要なら、またいつでも来るといい」その口調は（そんなことがありうるとすれば）前よりもっと快活で、もっとあけっぴろげで、もっと親しげに聞こえた。「女房もわしも、マスコミにはいつも協力を惜しまないから」

「チワワの話をうかがいました」どんな反応を見せるか確かめたくて訊ねた。

「ああ。もう十何年経つのに、女房はまだあれのことを恋しがってる」そしてアンブラー氏もまた、かすかに詫びるような笑みを浮かべていた。「新型パルボで死んだ。ワクチン接種を受けさせなきゃだめだと言ってたのに、いつものばしのばしにしてなあ」首を振り、「むろん女房のせいじゃない。新型パルボがほんとはだれのせいか知ってるかね」

ええ、知ってますとも。共産主義者のせいなんでしょう。共産圏の犬も全滅してるじゃないかと反論しても無駄だ。化学兵器が暴走したんだとか、アカが犬嫌いなのは周知の事実だと返される。あるいは、日本人説の信奉者かもしれない。もっとも、観光客相手に商売していることを考えれば、それはありそうにない。民主党員説か、無神論者説か、それらすべての共謀説か。そして、この手の陰謀説もまた、〝100パーセント本物〟だとしても――ウィネベーゴを運転する男に典型的な主張だ――それを聞きたくはなかった。ヒトリのほうに歩いていって、アイゼンシュタットをうしろに放り込んだ。

「あんたの犬を殺した真犯人がだれか知ってるかね」背中でジェイクの声がした。

「ええ」と答えて車に乗り込んだ。

監視カメラを出し抜く気さえないらしい給水タンカーの赤い艦隊のあいだを縫って自宅へとヒトリを走らせるあいだ、ターコのことを考えた。私の祖母もチワワを飼っていた。名前はパーディタ。地上でもっとも手に負えない犬。いつもドアのうしろに隠れ、私のふくらはぎからラブラドール犬サイズの肉を咬みちぎろうとした。それに祖母のふくらはぎからも。チワワ特有の病気を患い、そのせいで自制をなくし、前以上に短気になった。

死ぬ間際には、祖母さえ近寄らせなくなっていたが、それでも祖母は安楽死させることを拒み、不公平なほどの愛情を注いだ。犬のほうはなにかを感じるようなそぶりさえなく、たえざる悪意を祖母に向けていたのに。新型パルボウイルス腸炎の流行がなければ、あの犬はたぶんいまもまだ生き延びて、祖母の人生を苦しみ多きものにしていただろう。

交差点で信号の青と赤を見分けられるという驚異の犬ターコは、現実にはどんな犬だったのか。熱中症で死んだというのはほんとうだろうか。そしてアンブラー夫妻にとって、あの四・二立方メートルの空間に四六時中ふたりで閉じこもったまま、相手のせいだとたがいを非難しつづけて過ごす年月は、いったいどんなものだったのか。

帰宅するなりラミレスに電話を入れ、いつもの彼女の流儀を拝借して、名乗りもせずに話を切り出した。「ライフラインを頼む」

「電話してくれてよかった。協会からあなた宛てに電話があったのよ。それと、記事の味つけにこんなのはどう？　『ウィネベーゴとウィネベーゴ族』インディアンの部族よ。ミネソタ州だと思ったけど——どうして知事の記者会見をすっぽかしたの？」

「家に帰ったんだ。協会はなんの用だって？」

「言わなかった。あなたのスケジュールを訊かれたから、テンピで知事を取材してると答えた。これ、記事の件？」

「ああ」

「とにかく、書く前に企画書を通してね。会社がいちばん望まないのは協会とのトラブルだから」

「ライフラインの検索対象はキャサリン・パウエルだ」スペルを伝えた。

ラミレスがスペルを復唱し、「協会の件と関係あるの？」

「いや」

「じゃあ、なんのからみ？　情報開示請求書類になにか書かなきゃいけない」

「背景取材」

「ウィネベーゴの記事？」

「ああ。ウィネベーゴの記事用だ。時間はどのぐらいかかる？」

「場合によりけりね。知事の会見をすっぽかした理由はいつ教えてもらえるのかしら。そい、れにタリアセン・ウェストも。まったくもう、リパブリックに電話して、ビデオ素材をトレードしてもらえないかお伺いをたてなきゃいけなかったのよ。絶滅したRVの写真なら向こうはきっと大喜びね。まあ、あなたが写真を撮ってるとしてだけど。動物園にも行ってくれたんでしょうね」

「ああ。ビデオも、スチールも、取材もばっちり。アイゼンシュタットまで使った」

「昔の恋人のことはちゃんと調べてあげるから、撮った写真を送って。それとも要求が多すぎる？　時間がどのぐらいかかるかはわからない。アンブラー夫妻のときは、許可が下りるまでに二日かかった。ぜんぶ必要？　写真も文書も？」

「いや。要約だけでいい。それと電話番号」

ラミレスは例によって挨拶抜きで通話を切った。電話に受話器がある時代なら、ガチャ切りの達人と呼ばれただろう。ビデオカメラのデータを社に高質電送し、アイゼンシュタットのカートリッジを現像機にセットした。アイゼンシュタットに職を奪われかけている事実は事実として、これがどんな画を撮るのかには少なからず興味がある。少なくとも、二百万画素だかのやくたいもないTV代用品と違って、アイゼンシュタットはまともな高解像度フィルムを使っている。自動的に構図を決められるなんてごたくは信じないし、前景と背景の区別がつくかどうかも怪しいものだが、もしかしたらある特定の状況下では、私に撮れない写真が撮れるかもしれない。

玄関の呼び鈴が鳴った。ドアを開けた。アロハにショートパンツ姿の痩せた若者が玄関ステップに立っていた。うしろのドライブウェイには、もうひとり、協会の制服を着た男。

「マコームさん？」アロハの男が手をさしだした。「動物愛護協会のジム・ハンターです」

なにを考えていたのか自分でもよくわからない。協会が通報電話の発信元を追跡したりしない？　死んだ動物を道路に置き去りにしていった人間を見逃す？

「協会を代表して、ジャッカルの件を電話で報告してくださったことにひとこと感謝をと思いまして。お邪魔しても？」

男はにっこりした。あけっぴろげで気さくな、つくった笑み。まるで私が、『なんの話かさっぱりわからないね』と言ってばたんとドアを閉ざしてしまうような馬鹿だとでも思っているような態度だ。

「市民の義務を果たしただけです」と笑みを返した。

「いや、あなたのように責任ある行動をとっていただけるとほんとうに助かります。われわれの仕事もはるかに楽になりますから」シャツのポケットから畳んだプリントアウトをとりだし、「いくつか確認したいことがありまして。サン－コーの記者をなさってるんですね」

「フォトジャーナリストです」

「運転されていたヒトリは、新聞社の？」

うなずいた。

「あのヒトリには電話がついていますね。それを使わなかったのは？」

向こうにいる制服の男は、かがみこんでヒトリを調べている。

「電話がついているとは知らなくて。あのヒトリは、会社（サン・コー）が一括購入したうちの一台なんです。乗ったのはまだ二度めで」

あのヒトリに電話が搭載されていることを知っている以上、いま私が説明したことも知らないはずはない。どこで情報を手に入れたのだろう。公衆電話は盗聴できないはずだ。それに、速度違反監視カメラでナンバープレートを読みとったとしても、ラミレスと話をしないかぎり、だれが運転していたのかまではわからない。しかし、もし協会がラミレスと話したのなら、いちばん望ましくないのは協会とのトラブルだなどと彼女があんなに軽々しく口にしたはずはない。

「あなたは車に電話があることを知らず、そこで——」男はプリントアウトに目をやったが、むしろメモをとっているような気がした。賭けてもいいが、シャツのポケットにはレコーダーが入っている。「マクダウェル通りと四十番通りの角のセブン‐イレブンに行って、そこから電話をかけた。協会の担当に姓名と住所を伝えなかったのは？」

「急いでいたもので。昼までに済ませなければならない仕事が二件あったんですよ。二件目の現場はスコッツデールだった」

「だから、動物を助けようともしなかったということですか。急いでいたから」

クソ野郎。「いや。助けようとしなかったのは助ける余地がなかったからだ。あのジャ——あれは死んでいた」

「死んでいるとどうしてわかったんです、マコームさん」

「口から血が出ていた」

あのときは、それがいいしるしだと思った。つまり、他の場所から出血していないことが。アバヴァンが頭を動かそうとしたとき、口から血が流れ出した。ごく少量の血のすじだった。血はかたい雪に吸い込まれた。車に運び込みもしないうちに出血は止まっていた。

「だいじょうぶだ」と励ました。「すぐ着くからな」

ケイティがジープのエンジンをかけ、切り、またかけて、Uターンできる場所までバックした。

アバヴァンは私の膝にぐったり横たわり、尻尾がシフトレバーの上に垂れていた。「じっと横になってるんだぞ」と言って首を叩いてやった。濡れていた。てのひらを見た。血かと思って一瞬ぞっとしたが、雪が溶けて水になっただけだった。アバヴァンの首と頭のてっぺんをセーターの袖で拭ってやった。

「遠いの？」ケイティは両手でハンドルを握りしめ、こわばった前かがみの姿勢ですわっていた。フロントガラスのワイパーが左右に動き、雪に追いつこうとしていた。

「五マイルぐらいだ」と答えるとケイティがアクセルを踏み、タイヤが横滑りしはじめるとまたアクセルをゆるめた。「ハイウェイの右側」

アバヴァンが膝から頭をもたげて私を見上げた。歯茎の色はグレイで、息を喘がせていたが、血は見えなかった。アバヴァンが私の手を舐めようとした。「だいじょうぶだ。死ぬもんか、アバヴァン」と私は言った。「前に死にかけたときも、死ななかっただろ」

「しかし、車を降りて、死んでいることを確かめにいくことはしなかった？」ハンターが言った。

「ええ」

「そのジャッカルをだれが轢いたのかもご存じない」と罪をとがめる口調で言う。

「ええ」

ハンターは、制服の相棒を振り返った。制服はヒトリの向こう側にまわっていた。

「ふうっ」ハンターはアロハの襟もとをぱたぱたさせ、「ここはオーブンみたいだな。中に入っても？」つまり、制服にプライバシーが必要だということ。まあいい、だったら気が済むまでひとりきりにしてやろう。バンパーとタイヤに痕跡検出剤（プリント・フィックス）を吹きつけたり、犯罪を立証する（ありもしない）ジャッカルの乾いた血痕を剝がして制服のポケットの証拠品袋に収めたり――その作業が早く済めば、それだけ早くお引き取り願える。私は網戸（スクリーンドア）を大きく開けてやった。

「ああ、これはすばらしい」ハンターが中に入り、襟もとに風を送りながら言った。「こういう古いアドビ煉瓦（れんが）造りの家はほんとうに涼しいな」部屋を見まわし、現像機と引き伸ばし機、カウチ、壁のパネル写真を順ぐりに見た。「だれがジャッカルをはねたのか、心当たりはありませんかね」

「タンカーじゃないかな。朝のあんな時間にヴァン・ビューレン線を走ってるのはタンカーだけだろう」

実際は、自家用車か小型トラックだとほぼ確信していた。タンカーなら、あのジャッカルはアスファルトの染みになっていたはずだ。もし轢いたのが給水タンカーだった場合、運転手は免許停止になり、フェニックスではなくサンタフェへ水を輸送する二週間の罰則を科される建前だが、たぶんそれも免れるだろう。会社(サン・コー)で流布している噂によると、協会は給水委員会に頭が上がらないらしい。一方、もし犯人が自家用車だった場合、協会はその車を没収し、運転者に懲役刑を科す。

「みんなカメラを出し抜こうと飛ばしているから、はねたことにも気づいてないかもしれない」

「なんですって?」

「きっとタンカーだと言ったんだ。ラッシュの時間帯、ヴァン・ビューレン線はタンカーしか走ってない」

あなたの車以外はね、と返されると思ったが、ハンターはろくに聞いていない。「あなたの犬ですか?」

ハンターが見ているのはパーディタの写真だった。「いや。祖母の犬です」

「種類は?」

根性曲がりの悪魔。なのに新型パルボで死んだとき、祖母は赤ん坊のように泣きじゃくった。

「チワワです」

ハンターはほかの壁を見まわした。「この犬の写真はみんなあなたが？」態度が一変し、いきなり礼儀正しくなっている。おかげで、いままではどんなに横柄に見せようとしていたのかに気がついた。道路で死んでいたのは、地上最後のジャッカルというわけでもない。

「何枚かは」ハンターはとなりの写真を見ている。「それは違う」

「これは知ってる」ハンターがそれを指さし、「ボクサーでしょ？」

「ブルドッグです」

「ああ、そうだ。絶滅させられたやつじゃないですか、態度が悪いからって」

「いいえ」

美術館の客のように、ハンターは現像機の上の壁にかけてある写真の前に移動した。

「これもあなたが撮った写真じゃないな、きっと」編み上げ靴を履き、古風な帽子をかぶった太り気味の老婦人が、二匹の犬を腕に抱いている写真。

「ビアトリクス・ポターですよ、イギリスの児童文学作家の。『ピーターラビット』を書いた」

ハンターは興味なげに、「種類は？」

「ペキニーズ」

「すごい写真だな」

じっさい、たいへんな写真だった。一匹は必死に体をよじってカメラから顔を背け、もう一匹は飼い主の手の中に不承不承おさまりつつも脱出のチャンスを狙っている。二匹とも写真を撮られたがっていないのは明白だが、表情からそれがうかがえるわけではない。鼻ぺちゃの小さな顔にも、黒くて小さな目にも、なんの感情も浮かんでいなかった。

それに対してビアトリクス・ポターのほうは、ありのままの真実が見事に写真に出ていた。カメラに向かって笑顔をつくりながら、二匹のペキニーズが逃げないようにいっしょうけんめい押さえているにもかかわらず——いや、もしかしたらそのおかげかもしれないやんちゃでひょうきんな小犬たちに注ぐやんちゃでひょうきんな愛情が、ポターの表情にありありと出ている。『ピーターラビット』がもたらした世界的な名声にもかかわらず、彼女はよそ行きの顔をついぞ確立しなかったらしい。彼女が感じているすべてが、隠すことなく無防備に、そこにあった。あのときのケイティとおなじように。

「あなたの犬の写真もあるんですか」カウチの上の壁にかかっているミーシャの写真を見ながら、ハンターが訊ねた。

「いや」

「どうしてご自分の犬の写真がないんです？」犬を飼っていたことをどうやって突き止めたのだろう。ほかになにを知っているのか。

「写真を撮られるのが嫌いな犬だったから」

ハンターはプリントアウトを畳んでポケットに突っ込み、きびすを返してまたパーディタの写真に目を向けた。「とてもいい小犬だったみたいですね」

制服は玄関ステップに立って待っている。車の捜査は終了したらしい。

「犯人を突き止めたら連絡します」とハンターが言い、ふたりは去った。通りに出るまでのあいだに、制服が調査結果を報告しようとしたようだが、ハンターがそれをさえぎった。被疑者は、自宅の壁じゅうに犬の写真を飾っている。したがって、今朝ヴァン・ビューレン線でぺちゃんこのファクシミリになっていた哀れな動物を轢いたのはこの男ではない。捜査終了。

アイゼンシュタットのフィルム・カートリッジをセットした現像機に戻り、「スライドショー、昇順、五秒間隔」と言って、モニター画面に出てくる写真を見守った。ラミレスの話によると、水平面の上に正しく置けばアイゼンシュタットは自動的に起動するそうだが、そのとおりだった。テンピに向かう車内で、アイゼンシュタットは半ダースの写真を撮っている。ヒトリの写真二枚は、車に荷物を積み込むさいに置いたときのものだろう。ヒトリの開いたドア、前景にヒラウチワサボテン。椰子（やし）の木と建物のぼやけたショット。高速道路を走る車の遠景にピントがぴったり合っている。車と人々。ジャッカルの死体を轢き潰した赤いタンカーのすばらしいショットが一枚と、小山のふもとにヒトリを駐車したとき、すぐ横にあったユッカの写真が十枚ばかり。

私の腕を被写体にした、いい写真が二枚撮れていた。ウィネベーゴのキッチンカウンターにアイゼンシュタットを置いたときだ。それともう一枚、メルマックとスプーンを撮った美しい構図の静物写真。車と人々。残りの写真はどうしようもない。私の背中、バスルームの開いたドア、ジェイクの背中、アンブラー夫人のよそ行きの顔。

ただし、最後の一枚だけは違った。アンブラー夫人はアイゼンシュタットの真正面に立ち、ほとんどまっすぐレンズを見つめている。「ひとりぼっちで死んでいった、かわいそうなあの子のことを思うとねえ」と、このとき夫人は言った。私を振り返ったときには、またあのよそ行きの顔をつけていた。しかし、その直前の一瞬、カメラマンに背を向けて、私のブリーフケース（だと彼女が思ったもの）を見ながら昔を思い出しているとき、そこに彼女がいた。午前中いっぱいかけて私が写真に撮ろうとしていた人物が。

「このキャサリン・パウエルって、コロラド時代の知り合いだったのね」ラミレスが前置き抜きに切り出した。ハイワイア用のプリンタが起動し、静かに前へスライドして、ライフラインのデータを印刷しはじめる。「あなたの過去には深くて暗い秘密があるんじゃないかと前から思ってたのよ。フェニックスに越してきた理由は彼女？」

私はハイワイアが吐き出す紙を見ていた。キャサリン・パウエル、アパッチ・ジャンクション、ダッチマン・ドライヴ４６２８。ここから四十マイルの距離だ。

「あらまあ、本物のロリコンだったのね。あたしの計算だと、あなたが向こうに住んでた頃、彼女まだ十七歳でしょ」

十六歳。

「あなたが飼い主？」獣医が彼女に訊ね、相手の若さに気づくと痛ましげな無表情になった。

「いいえ。わたしは轢いたほうです」

「やれやれ。いくつだね」

「十六歳です」彼女の顔はなにも隠していなかった。「免許をとったばかりなの」

「ウィネベーゴの記事とどんな関係があるかも言わないつもり？」とラミレス。

「こっちに越したのは雪にうんざりしたからだよ」と言って、挨拶抜きで通話を切った。

ライフラインはまだゆっくりとデータを吐き出している。ヒューレット・パッカードでソフトウェア開発。九九年に解雇。たぶん組合が組織されたときだろう。離婚。子供ふたり。私が引っ越した五年後に、アリゾナに越してきている。東芝のマネージメント・プログラマ。アリゾナ州の運転免許。

現像機のところに戻り、アンブラー夫人の写真を見つめた。犬は写真に写らないと言ったが、それは正しくない。ターコは、アンブラー夫人があんなに見せたがったピンぼけのスナップ写真の中にも、夫人があんなに語りたがった思い出話の中にもいなかった。そのかわり、ターコはここにいる。この写真のアンブラー夫人の、苦しみと愛情と喪失感の中に。運転席の肘かけにちょこんとすわり、信号が青に変わるとせっかちに吠えるチワワが、ありありとそこに見えた。

私はアイゼンシュタットに新しいカートリッジを入れ、ケイティに会いに出かけた。


ヴァン・ビューレン線を通るしかなかったが――時刻は四時近く、分割道路ではもうラッシュアワーの渋滞がはじまっている頃だ――どのみちジャッカルの死骸はもう処理されていた。協会は効率的だ。ヒトラーとナチのように。

「どうしてご自分の犬の写真が一枚もないんです？」とハンターは訊ねた。その質問は、自宅の居間を犬の写真で埋めつくしているような人間なら、自分でも当然、犬を飼っていたはずだという仮定に基づくものだったのかもしれない。だが、そうじゃない。あの男はアバヴァンのことを知っていた。つまり、私のライフラインにアクセスできたということだから、ほかのあらゆる事実も知られていることになる。私のライフラインはプライバシー・コードがかけてあり、だれかがアクセスする場合には事前に通知される。ただし、どうやら協会の場合は例外らしい。

社にいる知り合いの記者、ドロレス・チウェリが、しばらく前、協会がライフライン・データバンクと違法なつながりを持っているという主旨の記事を書こうと取材をはじめたが、上を納得させるだけの証拠が集まらなかった。この一件はその傍証になるだろうか。

ライフラインが協会にアバヴァンのことを教えたとしても、どうして死んだかは別だ。当時、犬を殺すことは犯罪ではなかったし、私は不注意運転のかどでケイティを告訴することはおろか、警察を呼ぶことさえしなかった。

「呼んだほうがいいですよ」獣医の助手は言った。「生き残ってる犬はもう百頭いないんだから。轢き殺しておしまいってわけにはいかない」

「おいおい、外は雪で、路面は滑りやすかったんだぞ」獣医は叱りつけるように言った。

「それに、まだ子供じゃないか」

「免許をとれる年齢だ」私はケイティを見ながら言った。彼女は免許を出そうと不器用にハンドバッグをかきまわしているところだった。「公道で車を運転できる年齢になっている」

ケイティが免許証を見つけ出し、こちらにさしだした。真新しくて、まだぴかぴか光っていた。キャサリン・パウエル。二週間前に、十六歳の誕生日を迎えていた。

「そんなことをしても死んだ犬は帰ってこないよ」獣医はそう言って、私の手から免許証をとり、ケイティに返した。「もう家に帰りなさい」

「記録用に、彼女の名前を残しておかないと」獣医の助手が言った。

ケイティは一歩進み出た。「ケイティ・パウエルです」

「書類はあとにしよう」獣医がきっぱり言った。

しかし結局、獣医は書類を残さなかった。その翌週、第三波が襲ったから、たぶん無意味だと思ったのだろう。

動物園の入口で速度を落とし、前を通過するときに駐車場のほうを見た。アンブラー夫妻の商売は大繁盛だった。少なくとも五台の車とその倍の数の子供たちがウィネベーゴのまわりに集まっている。

「いったいどこにいるの」ラミレスが言った。「それに、写真はどこ？　リパブリックには交換を承知させたけど、向こうはスクープ権を要求してる。いますぐあなたのスチールが要るのよ！」

「家に帰りしだい送る。いま取材中だ」

「でしょうとも！　昔の恋人の家に行く途中ね。まさか社のクレジットは使ってないと思いたいけど」

「ウィネベーゴ族のことはわかった？」

「ええ。ウィスコンシン州の部族。でも、もういない。一九七〇年代半ばには、保護区に千六百人、ぜんぶあわせて四千五百人いたけど、一九九〇年には総数が五百にまで減って、いまはもうひとりも残ってないみたい。ウィネベーゴ族がどうなったのか知ってる人間はだれもいない」

どうなったのか教えてやるよ。その大多数が第一波で死に、大衆は政府や日本人やオゾン層破壊のせいだと責め立て、そして第二波に襲われたあと、協会は生存者を保護すべくありとあらゆる法案を成立させたが、すでに繁殖限界の個体数を下回り、わずかな生き残りを第三波がかたづけ、そして最後のウィネベーゴはどこかの檻に閉じこめられて、もし俺がそこにいたら、たぶんその写真を撮る。

「インディアン局に電話して訊いてみたの。折り返し連絡があるはず。でも、ウィネベーゴ族のことなんかどうでもいいんでしょ、話をそらしたいだけで。いったいなんの取材？」

通話拒否ボタンを探してダッシュボードを見まわした。

「どうなってるのよ、デイヴィッド。最初は大きな取材をふたつすっぽかし、今度は写真も送ってこない。ああもう、なんかあったんなら話してちょうだい。力になりたいのよ。コロラドと関係があるんじゃないの？」

通話拒否ボタンを見つけて電話を切った。

ヴァン・ビューレン線は、午後のラッシュで分割道路からあふれた車が流れ込み、混雑していた。ヴァン・ビューレン線がアパッチ・ブールヴァードと合流するカーブを過ぎたところでは、新しい車線の建設工事の最中だった。東方面の車線にはすでにコンクリートの型枠が築かれ、こちら側の六車線のうち二車線でも木枠をつくる作業が進んでいる。

アンブラー夫妻はぎりぎりのところで建設作業員たちの先回りをしたにちがいない。が、この炎天下、シャベルに寄りかかって煙草をふかしている男たちのいまの仕事ぶりを見るかぎり、工事をここまで進めるのに六週間はかかっているだろう。

　メサはまだ分割壁のないオープンの汎用道路だったが、ダウンタウンを抜けるなり、また工事中になった。しかも、こちらの区画はほぼ工事が終わっている——両方向とも型枠が築かれ、コンクリートが流し込まれていた。アンブラー夫妻のウィネベーゴがグローブからこの道路を通ってこられたはずはない。一般車線はどれもヒトリ一台通るのがやっとの幅だし、タンカー用車線の入口にはゲートがある。スーパースティション・マウンテンは完全分割道路だし、ローズヴェルトからの古いハイウェイも同様。ということは、そもそもグローブから来ることは不可能だ。いったいどこを通ってきたのか——たぶん、汎用道路のタンカー車線だろう。

「それはもう、いろんなものを見てきたわ」とアンブラー夫人は言った。監視カメラを出し抜くため、二匹のトビネズミのように真っ暗な砂漠を飛ばしながら、ふたりはいったいなにを見られただろう。

　道路工事の連中は新しい出口標識をまだ出していなかったから、アパッチ・ジャンクションの出口をうっかり通り越してしまい、コンクリート壁にはさまれたせまい車線に閉じ込められたまま走りつづけ、スペリア出口との中間点まで来たところでようやく車線変更帯を見つけてUターンした。

ケイティの住所はスーパースティション団地の中だった。スーパースティション・マウンテンの山麓ぎりぎりのところまで造成した新興住宅地。家に着いたらケイティになんと言うかを考えた。かつて彼女にかけた言葉は、ぜんぶ合わせても十センテンスぐらいしかない。しかもそのほとんどは、怒鳴り声の命令だった。いっしょにいたのは二時間だが、動物病院に向かうジープの中ではアバヴァンに声をかけていたし、病院に着いて待合室にすわっているときは、まったく話をしなかった。

もしかしたら、顔を見てもわからないかもしれない。ふとそう思った。どんな顔だったか、はっきり思い出せない——覚えているのは日焼けした鼻と、おそろしいほどの率直さだけ。あれから十五年たったいまも、ケイティがまだその両方を保っているとは思えなかった。前者はアリゾナの太陽がかたづけただろうし、結婚と離婚と退職と神のみぞ知るその他いろいろの経験をしたこの十五年の歳月が、あのあけっぴろげな顔を閉ざしてしまっているだろう。その場合は、はるばるここまで運転してきたのが無駄だったことになる。しかし、難攻不落のよそ行き顔を持つアンブラー夫人でさえ、ガードを下ろした一瞬をとらえることができた。犬の話をさせれば。カメラの存在を意識させなければ。

ケイティの家は、ひらべったい黒のパネルを屋根に敷きつめた、古風なソーラーハウスだった。どこに出しても恥ずかしくないが、瀟洒な住宅とは呼べない。芝生はなく——給水タンカーはクレジットを無駄に使ってこんな遠くまで配送には来ないし、アパッチ・ジャンクションはフェニックスやテンピと違って、賄賂や報奨金を出せるほど大きな街ではない——前庭には黒の溶岩石とヒラウチワサボテンがかわるがわる格子状に配置されていた。横手の庭には、ひからびたようなパロベルデの木が一本。猫が一匹その木につながれ、木陰では幼い女の子がおもちゃの自動車を何台も並べて遊んでいた。

ヒトリの後部からアイゼンシュタットを出し、玄関ステップを上がって呼び鈴を鳴らした。最後の瞬間、思い直して引き返すにはもう手遅れになってから——すでに彼女がスクリーンドアを開けようとしていた——私がだれなのかわからないかもしれないという考えが頭に浮かんだ。その場合は、だれなのか自分で名乗らなければならなくなる。

鼻は日焼けしていなかったし、十六歳が三十歳になる過程で増加する平均的な体重は増えていたが、それをべつにすれば、ケイティは私の家の前で会ったあの日とおなじに見えた。そしてその顔は、完全に閉ざされてはいなかった。こうして彼女の顔を見るだけで、私がだれなのか見分けられたこと、私の訪問をあらかじめ知っていたことがわかった。私が彼女の所在を照会したら通知するようライフラインに設定してあったのだろう。それがなにを意味するのか考えた。

ケイティは、動物愛護協会の訪問を受けたときの私のように、スクリーンドアを細めに開けた。「なんの用？」と彼女は言った。

腹を立てている彼女を見るのははじめてだった。動物病院で私が彼女を声高に非難したときでさえ、彼女は怒りを見せなかった。

「顔が見たくなって」と私は言った。

取材中にたまたま彼女の名前に出くわして本人かどうかたしかめたくなったとか、最後のソーラーハウスについて記事を書いているとか、そんな口実を使うことになるかもしれないと思っていた。「今朝、道路で死んだジャッカルを見たんだ」

「それで、わたしが轢いたんじゃないかと思った？」ケイティはスクリーンドアを閉じようとした。

反射的に手をのばしてそれを止めた。「いや」ドアから手を離し、「いや、もちろんそんなことは考えなかった。入っていいかな。話がしたいだけなんだ」

いつのまにか、さっき見た幼い女の子がやってきて、おもちゃの自動車をピンクのTシャツの胸元に握りしめて脇に立ち、興味津々の顔でこちらを見ていた。

「中に入りなさい、ジェイナ」ケイティがそう言って、スクリーンドアをもうちょっとだけ開けた。女の子は隙間をすりぬけて家に入った。「キッチンに行ってて。クールエイドをつくってあげるから」ケイティはこちらに向き直り、「昔はあなたが訪ねてくる悪夢をよく見た。玄関のドアを開けると、そこにあなたが立ってる夢」

「ここはすごく暑いな」と言いながら、ハンターそっくりの口調になっているのに気がついた。「中に入っても？」

ケイティがスクリーンドアをいっぱいに開けた。「娘に飲みものをつくってやらなきゃ」と言って、キッチンに案内した。娘が母親の前でとびはねている。

「どのクールエイドがいい？」とケイティが訊ね、娘が「赤！」と叫んだ。

キッチンカウンターの前には、ガスレンジ、冷蔵庫、ウォータークーラーが並び、そのあいだのせまい通路の先が、テーブルひとつと数脚の椅子を置いた小部屋になっていた。アイゼンシュタットをそのテーブルに置いてから、ほかの部屋に案内される前に、手近の椅子に腰を下ろした。

・

ケイティがプラスチック製のピッチャーを棚から下ろし、給水タンクの下に置いて水を入れた。ジェイナがカウンターにおもちゃの自動車を投げ出し、自分もその横によじのぼって、食器棚の扉を開けた。

「娘さんはいくつ？」

ケイティはレンジの横の引き出しから木のスプーンをとり、それとピッチャーをテーブルに運んだ。「四歳よ」それから娘に向かって、「クールエイド見つかった？」

「うん」とうなずいたが、クールエイドではなかった。ピンク色の立方体。ジェイナはセロファン包装をはがしてから、それをピッチャーの中に落とした。しゅわしゅわと泡を吹きながら、色が薄い赤へと変わってゆく。クールエイドもきっと絶滅したんだろう。ウィネベーゴやソーラーハウスといっしょに。あるいは昔のものとは見分けがつかないほど変わってしまったか――動物愛護協会のように。

　ケイティがその赤い液体を、マンガの鯨の絵がついたグラスに注いだ。

「お子さんはひとりだけ？」

「男の子がもうひとり」ケイティはそう答えたが、教えていいのかどうか迷っているような用心深い口調だった。とはいえ、私がライフラインのデータを引き出したのなら、そうした情報はとっくに入手していることになる。ジェイナがクッキーを一枚食べてもいいかと訊ね、クッキーとクールエイドのグラスを持って、また玄関のほうへとことこ歩いていった。スクリーンドアがばたんと閉まる音がした。

　ケイティはピッチャーを冷蔵庫に入れ、胸の前で腕を組んでカウンターによりかかった。

「なんの用？」

　アイゼンシュタットの撮影範囲からぎりぎりはずれた位置で、ケイティの顔はせまい通路の暗がりに隠れている。

「今朝、道路で死んだジャッカルを見た」わざと声を低め、聞きとろうと身を乗り出した彼女の顔に照明があたることを期待した。「車にはねられたんだ。道路に横たわった体が妙な角度にねじれていた。最初は犬かと思ったんだ。アバヴァンのことを覚えている人間、彼のことを知っている人と話がしたくなった」

「わたしは彼のことなんか知らない。わたしは轢き殺しただけよ。だからこんな真似をしたんじゃないの？　わたしがアバヴァンを殺したから」

　ケイティはアイゼンシュタットを見なかった。最初にテーブルに置いたときも一瞥さえしなかったが、ふと私の目論見を見抜かれているような気がした。だからいまも用心深く撮影範囲を避けているのか。もしこう言ったらどうなるだろう。『そのとおり。だからこんなことをしているんだ。きみはアバヴァンを殺した。私は彼の写真を持っていない。きみには貸しがある。アバヴァンの写真が手に入らないなら、せめて彼のことを覚えているきみの写真を撮らせてくれ』

　だが、ケイティはアバヴァンを覚えていない。彼のことをなにも知らない。動物病院へ行く途中で目にしたもの――私の膝に横たわって見上げている、死に瀕したアバヴァン以外は。いきなり押しかけてきた男に過去をほじくり返されるいわれはない。なんのいわれもない。

「最初は、わたしを逮捕させるつもりだと思ってた。犬がみんな死んでしまったあとは、わたしを殺しにくると思った」

　スクリーンドアがばたんと鳴った。

「じどーしゃわすれた」女の子が言って、広げたTシャツのすその上におもちゃの車をざらざらと落とした。前を通るとき、ケイティは娘の髪の毛をくしゃくしゃにかきまわし、それからまた腕を組んだ。

「『わたしのせいじゃないわ』――あなたが殺しにきたら、そう言うつもりだった。『雪だったのよ。あの犬が目の前に走ってきた。姿さえ見えなかった』って。新型パルボに関する情報を見つかるかぎり集めた。弁護準備にね。パルボウイルスから、もっと遡れば猫ジステンパーから、あれがどんなふうに突然変異してきたか。そのあとも変異しつづけたせいで、ワクチンの開発が間に合わなかったこと。第三波の前でさえ、犬は種の存続が可能になる最小の個体数を下回っていたこと。生き残った犬の飼い主がリスクを嫌って、自分の犬を繁殖プロジェクトに提供しようとしなかったこと。ジャッカルしか残らなくなるまで、科学者がワクチンを開発できなかったこと。『あなたはまちがってる』そう言うつもりだった。『犬が全滅したのは子犬繁殖工場（パピーミル）のオーナーのせいよ。彼らが犬をあんなに非衛生的な状態で飼育していなければ、そもそもパルボウイルスが手に負えなくなるほど流行する事態は避けられたんだから』弁護側の陳述はちゃんとぜんぶ準備してあった。でも、あなたは引っ越していってしまった」

ジェイナがまたスクリーンドアをばたんと開け、空っぽになった鯨のグラスを持ってやってきた。顔の下半分がぜんぶ赤く染まっている。「もっとちょうだい」とひと息に言う。ケイティが冷蔵庫を開け、ジェイナが両手で持ったグラスにピッチャーから注いでやった。「待って、ハニー。顔じゅうクールエイドだらけよ」ケイティが腰をかがめ、ジェイナの顔をペーパータオルで拭った。

動物病院で待っているあいだ、ケイティは一言も弁解を口にしなかった。「雪が降っていた」も、「車の前に飛び出してきた」も、「姿さえ見えなかった」も言わなかった。黙って私の横にすわり、膝の上でミトンの手袋をいじり、ようやく手術室から出てきた獣医がアバヴァンは死んだと私に告げ、そのときケイティは言った。「コロラド州に犬が残ってたなんて知らなかった。みんな死んだと思ってた」

そして私は、十六歳の彼女、顔を閉ざすすべも知らない彼女に向かってこう言った。

「みんな死んだよ。きみのおかげでね」

「そんな言い方はないだろう」獣医が咎めるように言った。

獣医が肩に置いた手を振り払い、「世界最後の犬の一頭を殺すのはどんな気分だ？」と私は怒鳴った。「ひとつの種の絶滅に貢献するのはどんな気分だ？」

スクリーンドアがまたばたんと鳴った。ケイティは、赤く染まったペーパータオルを持ったまま、まだ私を見ている。

「あなたは引っ越した。だから許してくれたのかもしれないと思った。でも違った、そうでしょ？」テーブルに歩み寄り、グラスが残した赤い輪っかを拭く。「どうしてあんなことをしたの？　罰を与えるため？　それとも、この十五年、わたしが路上の動物を轢き殺してまわってるとでも思った？」

「なんだって？」

「さっき協会が来たわ」

「協会？」わけがわからずに訊き返した。

「ええ」ケイティは赤く染まったタオルを見つめたまま、「あなたがヴァン・ビューレン線で動物の死体を見たと報告したって。今朝、午前八時から九時のあいだどこにいたかと訊かれた」

フェニックスに戻る途中、道路工事の作業員をあやうく轢き殺しかけた。作業員は、一日じゅうそれに寄りかかってさぼっていたシャベルを放り出して生乾きのコンクリート壁のほうへ飛びのき、私のヒトリがそのシャベルの真上を通過した。

協会が先回りしていた。彼らはうちを出てまっすぐケイティの家へ行ったのだ。だが、そんなことはありえない。あのときはまだケイティのライフラインを見ていなかった。アンブラー夫人の写真も見ていなかった。ということは、うちを出たあとラミレスに会いにいったのか。ラミレスと新聞社にとってもっとも望ましくないのは協会とのトラブルだ。『知事の記者会見をすっぽかしたときに怪しいと思ったんです』ラミレスは彼らにそう告げた。『そしたらいまさっき電話してきて、この人物のライフラインを頼まれました。ダッチマン・ドライヴ４６２８のキャサリン・パウエル。彼がコロラドに住んでいた時代の知り合いです』

「ラミレス！」自動車電話に向かって怒鳴った。「話がある！」返事はなかった。

まるまる十マイルのあいだラミレスを罵倒しつづけてから、通話拒否ボタンをONにしたままだったのを思い出した。ボタンを解除した。「ラミレス、いったいどこにいる？」

「おなじ質問を返したいわね」ラミレスの口調は、さっきのケイティ以上に憤然としていた。しかし、いまの私にはかなわない。「通話を拒否して、どうなってるかも教えない気ね」

「だから自分で突き止めることにして、きみのささやかな仮説を協会にべらべらしゃべったわけか」

「なんの話？」ラミレスのその口調には聞き覚えがあった。さっき協会が来たとケイティから聞かされたとき、私の口から出た言葉とおなじ口調。ラミレスはだれにもなにもしゃべっていない。なんの話なのかさえわかっていない。それでも、勢いがつきすぎて言葉が止まらず、

「ケイティのライフラインを頼んだ件を協会にしゃべったんだろう」と怒鳴った。

「いいえ。しゃべってない。どうなってるのか、そろそろ話してくれていい頃だと思わない？」

「今日の午後、協会が訪ねてきただろう」

「いいえ。言ったでしょ。協会はけさ電話してきて、あなたと話がしたいと言った。あな

たは知事の会見の取材に行ってると答えた」

「そのあとで、また電話してこなかった？」

「いいえ。トラブル？」

通話拒否ボタンを押した。「ああ」とつぶやく。「ああ、トラブルだ」

ラミレスは話していなかった。社のだれかがしゃべった可能性はあるが、そうは思えない。結局、協会がライフラインに違法なアクセス権を持っているというドロレス・チウェリの説が正しかったのか。「どうしてご自分の犬の写真が一枚もないんです？」とハンターは訊ねた。つまり、私のライフラインも読まれているということだ。ということは、アバヴァンが死んだとき、私とケイティがどちらもコロラド州のおなじ町に住んでいたことを協会は知っている。

「なにを話した？」とケイティに詰問した。彼女はキッチンに立ったまま、クールエイドの染みがついたペーパータオルをいじりつづけていた。彼女の手からそれをひったくり、こちらを向かせたい衝動にかられた。「協会になにを話した？」

ケイティは私を見上げた。「インディアン・スクール・ロードを走っていたと言ったわ。今月分のプログラミング仕事をピックアップしに会社へ行く途中だったと。間が悪いことに、ヴァン・ビューレン線を走ることも簡単にできた」

「アバヴァンのことだ！」と怒鳴った。「アバヴァンの件についてなにを話した？」

ケイティはまっすぐ私を見た。「なにも言わなかった。あなたが話したと思ったから」
ケイティの肩を両手でつかんだ。「もしやつらが戻ってきても、なにも言うんじゃない。逮捕されてもだ。僕がなんとかする。これから……」

なにをするつもりなのかは告げなかった。自分でもわからなかったから。キッチンを飛び出し、クールエイドのおかわりをとりにきたジェイナと廊下でぶつかりそうになりつつ家を出て、猛スピードで自宅をめざした。しかし、帰ってからなにをするのか、まるで考えていなかった。

協会に電話して、ケイティに手を出すな、彼女はこの件とはまったく無関係だと言う？それでは、いままでにやらかしたどんなことより、さらに大きな疑惑を招くことになる。そして、いま以上に疑わしく見えることなどありえない。

私は道路で死んだジャッカルを目撃し（あるいは、そう述べ）、車に搭載されている電話ですぐ報告するかわりに、二マイル離れたコンビニに立ち寄った。そこから協会に電話したものの、姓名と電話番号を告げることを拒んだ。その後、二件の取材を上司に無断でキャンセルし、キャサリン・パウエルなる人物のライフラインを請求した。その人物は十五年前の知り合いで、轢き逃げがあった時刻にヴァン・ビューレン線にいた可能性がある。

つながりは明白だ。十五年前というのがアバヴァンの死んだ時期だというつながりを見出すのに、たいして時間はかからない。

アパッチはラッシュアワーの分割道路からあふれた車と給水タンカーの艦隊で渋滞しはじめていた。分割道路からのオーバーフローは、明らかに、汎用道路を走った経験がないらしい。わざわざ車線変更の合図を出す車はゼロ。車線の意味するところを知っているという気配を見せる車もゼロ。テンピからヴァン・ビューレン線に合流するカーブを曲がると、道路はぎっしり車で埋めつくされていた。私はヒトリをタンカー専用車線に入れた。

私のライフラインにあのときの獣医の名は記載されていない。ライフライン・データベースは当時まだ端緒についたばかりで、プライバシーの侵害に関してだれもがひどく神経質だった。当人の許可がないかぎり、どんな個人情報もオンライン化されなかった。とりわけ、医療記録と銀行口座の記録に関しては。当時のライフラインは、数行の略歴に毛が生えた程度だった。家族、職業、趣味、ペット。アバヴァンの名前以外でライフラインに記載されているのは、死亡年月日と、その時点の私の住所だけ。しかしたぶん、それでじゅうぶんだったのだろう。町に動物病院は二軒しかなかった。

獣医はアバヴァンのカルテにケイティの名前を書き残さなかった。免許証は見もしないで返した。だが、ケイティは獣医の助手に名を告げている。あの助手がメモしていたかもしれない。それを突き止めるすべはない。社を通じてあの動物病院の記録を入手することは可能かもしれないが、そのためにはラミレスに事情を説明する必要があるし、たぶん電話も盗聴されている。それに、もし社に顔を出したら、ラミレスが車を没収するだろう。

会社には行けない。

どこへ行くにしろ、スピードを出し過ぎていた。前方のタンカーが速度を百四十キロに落としたとき、私のヒトリはそのリアバンパーに乗り上げそうになった。ジャッカルが轢き逃げされた現場は、それと気づかないまま通り過ぎていた。たとえほかの車が一台もなくても、見るべきものはなかっただろう。協会が処理し損ねたものが残されていたとしても、それはオーバーフローがかたづけている。いずれにせよ、最初から証拠はなかった。もし証拠があれば――ジャッカルをはねた車を監視カメラがとらえていれば――そもそも協会はうちに来なかった。ケイティの家にも行かなかった。

いくら協会でも、アバヴァンを死なせたかどで彼女を告発することはできないが――当時、動物を殺すことは犯罪ではなかった――しかしアバヴァンのことを知れば、ジャッカルの死の責任を彼女に押しつけるだろう。百人の目撃者が、百台のハイウェイカメラが、インディアン・スクール・ロードを走るケイティの車を見ていたとしても、そんなことは問題にならない。彼女の車の痕跡検出結果がシロでも、そんなことは問題にならない。だって、彼女は最後に残った犬の一頭を殺したんだろ？　そして協会はケイティを磔にする。

ケイティの家を出るべきではなかった。「なにもしゃべるな」と私は言ったが、あの日の彼女は罪を認めることをけっして恐れなかった。動物病院の受付係がどうしたのかと訊ねると、「わたしが轢いたの」と言った。ただそれだけ。言い訳しようとも、逃げ出そうとも、だれかに責任を転嫁しようともしなかった。

ケイティがアバヴァンをはねた事実を協会が探り出すのを止めようと飛び出してきたが、いまごろ協会はまたケイティの家に戻り、コロラド時代に私と知り合ったいきさつを訊ね、アバヴァンはどうして死んだのかと質問している。


協会の行動に関する私の予測はまちがっていた。彼らはケイティの家にはいなかった。私の家のポーチで帰りを待っていた。

「あなたは所在を突き止めるのがむずかしい人ですね」ハンターが言った。

制服がにやっと笑い、「いままでどこに？」

「申し訳ない」ポケットを探って鍵を出しながら、「もう用は済んだと思っていたから。事件について知っていることはみんな話した」

ハンターが一歩だけ下がって場所を空け、私はスクリーンドアを開けて鍵を錠に差し込んだ。「セイグラ捜査官ともども、あとひとつふたつ、うかがいたいことがありまして」

「今日の午後はどこに？」と制服姿のセイグラ捜査官が訊ねた。

「古い友人に会いに」

「だれ？」

「おいおい」ハンターが言った。「質問攻めにするのは家に入ってからでいいだろう」

ドアを開けた。「カメラはジャッカルをはねたタンカーの写真を？」

「タンカー？」セイグラが訊き返した。

「言ったじゃないか。タンカーに決まってるって。あのジャッカルはタンカー車線に横たわっていた」ふたりを先導して居間に入ると、コンピュータの上にキーホルダーを置き、電話を着信拒否に切り替えた。話している最中にラミレスの大声が、「どうなってるの？トラブル？」と割り込んでくるのだけは願い下げだ。

「轢いたのはたぶん不満分子じゃないかな。車をとめなかったことはそれで説明がつく」

ふたりに身振りでカウチをすすめた。

ハンターは腰を下ろした。セイグラはカウチのほうに歩き出し、その上の壁にかけてある写真を見て足を止めた。「すごいな、この犬の山！　ぜんぶ自分で撮った写真？」

「何枚かは。その真ん中のはミーシャ」

「最後の犬の？」

「ええ」

「まさか。正真正銘、最後の一頭だ」

まさか。私が見たときは、セントルイスにある協会の研究施設に隔離されていた。写真を撮らせてくれと掛け合って許可は下りたが、隔離エリアの外からしか撮影できなかった。

ドアについているワイヤメッシュ入りのガラス窓ごしに撮ったせいで、ピントが合っていない。しかし、中に入れてもらえたとしてもたぶんおなじことだった。ミーシャは、写真に撮れる表情を浮かべられる状態を通り越していた。この時点で、もう一週間、なにも食べていなかった。前足に頭をのせてうずくまり、私がいるあいだずっとドアを見つめていた。

「この写真を協会に売る気はないでしょうね」

「あいにく」

セイグラはわけ知り顔でうなずいた。「彼女(ミーシャ)が死んだときはみんな大騒ぎしたんだろうな」

大騒ぎ。ちょっとでも関係のある人間――パピーミルのオーナー、ワクチンを開発できなかった科学者、ミーシャの獣医――と、なんの関係もなかった大勢の人間を責め立てた。だれもがひどい罪悪感に悩まされていたおかげで、ジャッカルの一群に心を奪われ、彼らに市民権を譲り渡した。大騒ぎ。

「これは?」セイグラが訊ねた。彼はすでにとなりの写真の前に移動していた。

「パットン将軍のブルテリア。名前はウィリー」

彼らは、核施設で使われているようなロボットアームを使ってミーシャに餌(えさ)をやり、体を洗った。疲れた顔をした飼い主の女性は、ワイヤメッシュの窓越しにミーシャを見ることを許されたが、正面ではなく、横に立たなければならなかった。飼い主がいるのに気づくとミーシャがわんわん吠えながらドアに飛びかかってくるからだ。

「中に入れろと協会にかけあったほうがいいですよ」と私は彼女に助言した。「こんなところに閉じ込めておくなんて残酷だ。家に連れて帰りたいと交渉したほうがいい」

「そして新型パルボに感染させるの？」と彼女は言った。

ミーシャに新型パルボをうつせる犬はもう一頭も残っていなかったが、その事実は指摘しなかった。私はカメラに光量計をセットし、ミーシャの視界に入らない立ち位置を探した。

「なにが犬を殺してしまったかはご存じでしょ」と彼女は言った。「オゾン層の破壊。オゾンホールがいっぱいできて。そこから入ってきた放射線のせいでこうなったのよ」

共産主義者のせい、メキシコ人のせい、政府のせい。みずからの罪を進んで認めた人々だけは、まったく罪がなかった。

「こいつはちょっとジャッカルに似てるな」セイグラは、アバヴァンが死んだあとに私が撮影したジャーマン・シェパードの写真を見ていた。「犬とジャッカルはよく似てるよね」

「いや」私は、ハンターの向かい、現像機のモニター画面の前にある棚に腰かけた。「あのジャッカルについて知っていることはもうぜんぶ話した。道路に横たわってるのを見て、協会に電話したんだ」

「ジャッカルを見たとき、右端の車線だったと言いましたね」とハンター。

「ええ」

「あなたの車は左端のほうの車線だった？」

「ええ、ずっと左端のほうの車線でした」

　証言をくりかえさせ、一点一点確認し、前に言ったことを思い出せなかった場合は、

『それを見たのはたしかですか、マコームさん。ジャッカルが轢かれるところはほんとうに見ていないんですね？　キャサリン・パウエルが轢いた、違いますか？』

「車をとめたが、ジャッカルはもう死んでいた。あなたは今朝そうおっしゃった。そのとおりですね」とハンター。

「いいえ」

　セイグラが顔を上げた。ハンターがなにげないしぐさでポケットに片手を触れ、その手を膝に戻した。レコーダーのスイッチを入れたのだ。

「車をとめたのは一マイルほど走ってからです。そのあとバックで戻ってジャッカルを確認したが、やはり死んでいた。口から血が流れていた」

　ハンターは無言だった。両手を膝に置いたまま待っている——ジャーナリストの古い手管。無言で長く待っていれば、相手は沈黙を埋めようとして、言うつもりがなかったこと

まで言ってしまう。

「ジャッカルの死体は妙な角度でねじれていた」無言のキューに合わせて口を開いた。「横たわっている感じは、ジャッカルに見えなかった。犬だと思ったんです」沈黙が気づまりな空気を醸すまで待ってから、「思い出したくない記憶がいっぺんに甦ってきて、なにも考えられなかった。とにかくその場から逃げ出したかった。しばらくして、協会に電話すべきだったと気がついて、それでセブン-イレブンに車をとめた」

また間を置いた。セイグラが落ち着かない目でちらちらハンターをうかがいはじめるまで待ってから、また口を開いた。

「もうだいじょうぶ、気持ちも落ち着いたから仕事に行けると思ったが、最初の取材を済ませたあと、やっぱり無理だとわかって、まっすぐ家に帰ったんです」率直さ。包み隠さぬ態度。アンブラー夫妻にできることなら、俺にだってできる。「たぶん、まだショックでぼうっとしてたんだと思う。上司に連絡してかわりの人間を知事の会見に送るよう伝えることもしなかった。頭の中にあったのは――」口をつぐみ、片手で顔をこすった。「とにかくだれかと話がしたかった。会社に電話して、古い友人、キャサリン・パウエルの住所を調べてもらいました」

口を閉ざした。今度はもう開かなくて済むことを期待した。嘘をついていたことを認め、ふたつの罪を自白した。事故現場を離れたことと、新聞社のライフライン・アクセス権を個人的な目的で行使したこと。これだけで満足してくれるかもしれない。ケイティに会いにいったことには触れたくなかった。協会の訪問をケイティから聞いたと知れば、この告白も彼女から協会の目をそらすためだと判断するかもしれない。もっとも、もし彼らがこの家をずっと見張っていたのなら、いずれにしてもすでにその事実は知られていて、この茶番はみんな無駄な努力だったことになる。

沈黙の時間がのろのろと過ぎた。ハンターの手が膝を二度叩き、また静止した。この打ち明け話は、私がなぜケイティに——十五年も会っていなかったコロラド時代の知り合いに——とつぜん会いにいったのかを説明していない。しかしもしかしたら、もしかしたら彼らはつながりに気づかないかもしれない。

「そのキャサリン・パウエルですが」ハンターが言った。「コロラドにお住まいの頃の友人ですね」

「おなじ小さな町に住んでいました」

わたしたちは待った。

「それ、犬が死んだときじゃないの？」セイグラがだしぬけに言った。ハンターが同僚にさっと怒りの視線を向け、私は思った。ハンターがシャツのポケットに入れてるのはレコーダーじゃない。獣医の記録だ。ケイティの名前がそこに書いてある。

「ええ。九三年の九月に死にました」

　セイグラが口を開きかけたが、それより早くハンターが訊ねた。

「第三波で？」

「いや。車に轢かれて」

　ふたりは心底驚いているように見えた。アンブラー夫妻も彼らに学ぶべきだ。「犯人は？」とセイグラが訊ね、ハンターは身を乗り出し、その手が反射的にポケットのほうへ動いた。

「わからない。轢き逃げだったので。だれだったにしろ、犯人は道路に置き去りにしていった。だからあのジャッカルを見て……。そのときにキャサリン・パウエルと出会ったんですよ。車をとめて手を貸してくれた。彼女の車で犬を獣医のところへ運んだ。でも、手遅れだった」

　ハンターのよそ行きの顔は変わらないが、セイグラのほうは違った。驚きと理解と失望が同時に浮かんでいる。

「だから彼女に会いたくなった」と、私は言わずもがなの台詞（せりふ）をつけくわえた。

「犬が轢かれたのは何日ですか？」とハンターが訊ねた。

「九月三十日」

「獣医の名前は？」

　質問のスタイルはいままでと変わらないが、もはや答えには興味を持っていない。つながりを見つけた、隠蔽工作を嗅ぎつけたと思っていたのに、なんのことはない、問題のふたりは犬好きのカップル、よきサマリアびとの男女でしかなく、ハンターの仮説は潰え去った。事情聴取は終了、もう引き揚げにかかっている。あとは、早く安心しすぎてぼろを出さないように注意するだけでいい。

むずかしい顔をつくり、「よく覚えてない。クーパー、かな」

「どんな車にはねられたと言いましたっけ？」

「知らない」ジープじゃない。ジープ以外のなにかにしろ。「轢かれる瞬間は見ていないので。獣医の話では、なにか大型の車じゃないかと。たぶんピックアップ。それともウィネベーゴか」

その瞬間、あのジャッカルを轢いた犯人がわかった。答えは最初から目の前にあったのに――四十ガロンしかないタンクの水を使ってバンパーを洗う老人、グローブから来たという嘘――ケイティとの関わりを協会から隠しておくこととアバヴァンの写真を撮ることに必死で、それが見えていなかった。パルボウイルスみたいなものだ。一カ所で問題を解決しても、またべつの場所に顔を出す。

「車種が特定できるようなタイヤ痕は？」

「なに？　あ、いいえ。あの日は雪だったので」顔に出たに違いない。そしてハンターはこれまでなにひとつ見逃さなかった。私は片手を目に押しあてた。「申し訳ない。質問でいろいろ思い出してしまって」

「こちらこそ、すみません」

「警察の報告書を見ればわかるんじゃないかな」とセイグラが言った。

「報告書なんかないんですよ。アバヴァンが死んだ当時、犬を殺すのは犯罪じゃなかったから」

正しい台詞だった。ふたりの顔に浮かんだ驚きは、今度ばかりは本物だった。彼らは信じられないという顔で、私ではなくおたがいの目を見た。もうひとつふたつ質問してから、ふたりは立ち上がった。玄関まで送っていった。

「ご協力ありがとうございました、マコームさん」ハンターが言った。「さぞつらい経験だったでしょうに」

ふたりを送り出し、スクリーンドアを閉めた。アンブラー夫妻は、ハイウェイカメラを出し抜こうとスピードを出しすぎていたのだろう。そもそもヴァン・ビューレン線を走ること自体、違法だったのだから。ラッシュアワーが間近に迫り、彼らのウィネベーゴはタンカー車線にいた。はねるまでジャッカルの姿に気づきもせず、気づいたときには手遅れだった。動物を轢き殺した罰が、懲役と車の没収だということは当然知っていたはずだし、道路にはほかにだれもいなかった。

「ああ、あとひとつだけ」ハンターが歩道の途中で振り返って叫んだ。「今朝、最初の取材には行ったとおっしゃいましたね。それ、なんの取材です?」

率直に。あけっぴろげに。「昔の動物園のほうに。ちょっとしたアトラクションみたいなやつです」


ふたりが車に乗り込み、通りを走り去るまで見送ってから、スクリーンドアにラッチをかけ、内側のドアを閉めてそちらもロックした。最初から、すべては目の前にあった――タイヤのにおいを嗅ぐフェレット、バンパーの洗浄、不安そうに道路のほうをうかがうジェイク。客が来ないか見ているのだと思ったが、そうではなかった。いまにも協会の人間が来るんじゃないかと気が気ではなかったのだ。アンブラー夫人がターコの話をしていたと告げたとき、「そんな話は退屈だろう」とジェイクは言った。罪の証拠を消すバケツを手にリア・ウィンドウの下に立ち、会話に聞き耳を立てて、もし妻がしゃべりすぎたらすぐに戻って黙らせる用意をしていた。なのに私はどれにも気づかなかった。レンズ越しにまっすぐ見たときでさえ気づかなかった――アバヴァンのことに気をとられていたせいで。そんなことは言い訳にもならない。ケイティは言い訳を使おうとさえしなかった。免許をとったばかりだったのに。

ニコンをとってきて、フィルムを出した。アイゼンシュタットの写真やビデオカメラのテープに関してはもう手遅れで、いまとなってはどうしようもないが、なにか映っているとは思えない。そっちを使って撮影したとき、ジェイクはすでにバンパーを洗い終えていた。

ニコンのフィルムを現像機に食わせた。「スライドショー、昇順、十五秒間隔」と言って、最初の写真が画面に出るのを待った。

運転していたのはどっちだろう。たぶんジェイクだ。「あの人、最初からターコのことが好きじゃなかったのよ」とアンブラー夫人は言った。その声にはまぎれもなく苦い響きがあった。ウィネベーゴを買うことについて、「あたしは気が進まなかったんだけど」

どちらがハンドルを握っていたにしろ、ふたりとも免許を失い、あのウィネベーゴは協会に没収される。去りにしアメリカ社会の標本ともいうべき八十過ぎの老夫婦を刑務所に送ることまではしないだろうが、裁判に半年はかかるし、テキサスはすでに規制法案を州議会にかけている。

最初の写真が画面に出た。オコティーヨの光量設定ショット。

実刑を免れ、なおかつタンカー車線の無許可使用なり売上税証明の不所持なりでウィネベーゴが没収されることも免れたとしても、アンブラー夫妻の旅に残された時間は六カ月しかない。ユタ州は完全分割道路法案を通そうとしているし、次はアリゾナ州。勤労意欲に欠けた作業員ののんびりしたペースでも、轢き逃げ事件の捜査が完了するまでに、フェニックス全域が分割道路になり、彼らは閉じ込められてしまう。動物園の永久的な住人。

コヨーテのような。

　半分サボテンに隠れたフェニックス動物園の看板。『100パーセント本物』看板のクロースアップ。駐車場のウィネベーゴ。

「一時停止。トリミング」該当箇所を指先で示し、「フルスクリーンに拡大」

　すばらしい写真が撮れていた。シャープなコントラスト、クリアなディテール。現像機のモニター画面はわずか五十万ピクセルだが、バンパーの黒い染みがやすやすと見てとれた。現像すればもっと鮮明になる。飛沫のひとつひとつ、灰色がかった黄色い毛の一本一本も見分けられるだろう。協会のコンピュータなら、この写真からなんの動物の血液かまで割り出せるかもしれない。

「続行」と命じると、次の写真が画面に現れた。ウィネベーゴと動物園正門の芸術写真っぽいショット。ジェイクがバンパーを洗っている。証拠隠滅の現行犯。

　ハンターはさっきの話を真に受けたかもしれないが、捜査線上にほかの容疑者は浮かんでいない。ケイティにもう二、三質問しようと思い立つまで、時間の猶予はどのぐらいか。アンブラー夫妻が犯人だと思えば、ケイティには手出ししないだろう。

　生ごみ処理タンクのまわりに集まる日本人の一家。ウィネベーゴの横腹に貼ってあるステッカーのクロースアップ。車内――ギャレーのアンブラー夫人、直立した棺桶みたいなシャワー室、コーヒーを淹れるアンブラー夫人。

アイゼンシュタットが撮った写真の中で、苦しみと愛情と喪失に満ちたあんな顔をしていたのも当然だ。はねる直前の一瞬、夫人の目にもあのジャッカルが犬そっくりに見えたかもしれない。

アンブラー夫妻の名前をハンターにひとこと告げるだけで、ケイティは捜査線上から消える。簡単なことだ。前にもおなじことをやったじゃないか。

「停止」塩入れと胡椒入れのコレクションを写したショットでスライドショーを止めた。赤い格子縞の蝶ネクタイを締め、赤い舌を出した白黒のスコッチテリア群。「露光。一から二十四まで」

画面にクエスチョンマークが点滅し、警告のビープ音が鳴りはじめた。無理もない。この現像機は多くの音声命令を処理できるが、なんの問題もない未現像フィルムを露光させるコマンドはプリセットされていない。その指示がまちがいではないことを、一歩一歩段階を踏んで機械に納得させている時間はなかった。

「とりだし」スコッチテリアが画面から消えた。現像機がフィルムを吐き出し、もとどおり巻き上げて保護ケースに格納した。

玄関ベルが鳴った。天井の電気をつけ、フィルムをぜんぶ引き出して、照明の光に曝した。アバヴァンを轢き逃げしたのはRVだったかもしれないと私は言った。そしてハンターは帰り際に、ふと思いついたような口調で、最初の取材はなんだったかと訊ねた。あのあと、ハンターはどこへ向かっただろう。〝ちょっとしたアトラクションみたいなやつ〟を調べにいき、アンブラー夫人に洗いざらい白状させた？　いや、そんなことをしてまた戻ってくるだけの時間はまだ経過していない。きっとラミレスに電話したんだろう。ドアをロックしておいて正解だった。

天井灯を消した。フィルムを巻き直し、また現像機にセットして、マシンが処理できる命令を与えた。「過酸化マンガン溶液で完全洗浄、一から二十四まで。感光乳剤を百パーセント除去。画面表示オフ」

画面が暗くなった。現像機がフィルム一本をまっさらに消去するには少なくとも十五分かかる。協会のコンピュータなら銀塩の結晶二個からでもオリジナルの画像を再現できるかもしれないが、とにかくこれでディテールは判別不可能になる。玄関ドアのロックを解除した。

ケイティだった。

ケイティはアイゼンシュタットをかざし、「忘れものよ。ブリーフケース」

ぽかんとしてそれを見つめた。忘れてきたことにも気がついていなかった。キッチンテーブルに置いたままケイティの家を飛び出し、幼い娘や道路建設作業員をなぎ倒す勢いで車を走らせた。それもこれも、ケイティが事件に巻き込まれるのをなんとか食い止めたかったから。なのに当のケイティがいまここにいる。いつハンターが戻ってきて、「今朝いらっしゃった取材なんですがね、写真は撮りましたか？」と質問するかもしれないのに。

「それはブリーフケースじゃない」

「ひとこと言っておきたかったの」ケイティは口ごもった。「あんなふうにあなたを責めたのはまちがいだった。あのジャッカルを轢いたのはわたしだとあなたが協会に話しただなんて。今日どうして訪ねてきたのかは知らないけど、でもあなたはそんなことができる人じゃ――」

「僕になにができるかなんて、きみにわかるもんか」スクリーンドアを細めに開けて、アイゼンシュタットに手をのばした。「わざわざ持ってきてくれてありがとう。道路通行クレジットは会社のほうから弁済させるよ」

帰れ。帰れ。協会が戻ってきたときここにいたら、俺と知り合った経緯を訊かれる。轢き逃げ犯の容疑をアンブラー夫妻に転嫁する証拠は、たったいまこの手で消してしまった。私はアイゼンシュタットの把手を握り、ドアを閉ざそうとした。

ケイティが片手でドアを押さえた。スクリーンドアと薄れゆく陽光のせいで、ケイティの顔はソフトフォーカスに見えた。ミーシャのように。「トラブル？」

「いや。ごめん、いま、すごく忙しいんだ」

「どうして会いにきたの？　あなたがジャッカルをはねたの？」

「いや」と答えたものの、スクリーンドアを開けてケイティを招き入れた。

現像機に歩み寄り、進行状況を訊ねた。まだ六フレーム目。

「いま、証拠を消してるところだ」とケイティに説明する。「今朝ジャッカルをはねた車の写真を撮ってあったんだ。でも、三十分前まで、その車が加害者だとは気づいていなかった」カウチにすわれと手で促し、「八十代のお年寄りカップルだよ。走っちゃいけない車線を、時代遅れのRVで走っていた。監視カメラとタンカーの目を気にしながらね。前方のジャッカルにいちはやく気づいて避けるのは不可能だった。でも、協会はそんなふうには考えない。だれでもいいから、だれかに責任をとらせる気でいる。死んだジャッカルが戻ってこないとわかっていても」

ケイティはキャンバス地のショルダーバッグとアイゼンシュタットをカウチの横のテーブルに置いた。

「あのあと帰ってきたら、協会の人間がうちに来ていた。アバヴァンが死んだとき、僕らがふたりともコロラドに住んでいたことを調べ上げていた。あれは轢き逃げで、きみが車をとめてアバヴァンを病院に運ぶのに協力してくれたと説明した。向こうは獣医の記録を握ってて、そこにきみの名前がある」

ケイティの表情は読めなかった。

「もし連中がまたやってきたら、動物病院まで車で送ったと言ってくれ」

現像機に歩み寄った。ロングショットのフィルム消去は終わっていた。「とりだし」と命じると、現像機はそれを手の中に吐き出した。リサイクラーに投げ込む。

「マコーム！　いったいどこにいるの？」ラミレスの声が轟（とどろ）いた。びくっとして玄関に歩きかけたが、ラミレスはそこにはいなかった。電話の警告ランプが点滅している。「マコーム！　だいじな話！」

ラミレスは、私が存在さえ知らなかった割り込みコマンドを使って着信拒否を解除したらしい。電話のところへ行ってボタンを解除した。ランプが消えた。「はい」

「まったく信じられない。いったいなにがあったと思う？」ラミレスは憤然とした口調で、「いまさっき、協会からテロリストみたいな男がふたりここに踏み込んできて、あなたが送ってきたものを押収したのよ！」

「なにを？」

「アイゼンシュタットのプリント！」まだ怒鳴り声で、「連中が来たときには、まだ見てもいなかったのよ、あなたがすっぽかした記者会見の素材を調達するので忙しくて。あなたの居場所を突き止める忙しさは言うまでもなくね！　プリントだけ焼いて、フィルムはビデオ素材といっしょにそのまま整理部にまわした。三十分前、やっと時間をつくってじっくり見ようと思ったら、写真をより分けてる最中に協会の強盗がやってきて、あたしの手からひったくっていった。令状もなし、『おそれいりますが』もなし、なんにもなし。文字どおりこの手からひったくったのよ。あれじゃまるで――」

「ジャッカルの群れか。ビデオカメラのテープじゃなかったのは確か？」アイゼンシュタットのフィルムには、アンブラー夫人とターコ以外なにも映っていない。いくらハンターでも、あれから犯行を立証することはできないはずだ。

「もちろん確かよ」ラミレスの大声が壁にぶつかってはねかえる。「アイゼンシュタットのプリントの一枚。ビデオカメラのほうはぜんぜん見てないもの。右から左へ整理部にまわした。言ったでしょ」

現像機に歩み寄り、アイゼンシュタットのカートリッジをセットした。最初の五、六枚は、なにも写っていない。ヒトリの後部からアイゼンシュタットが撮った写真。「十フレームめからスライドショー。昇順。五秒間隔」

「なんて言ったの？」ラミレスの詰問。

「向こうはなにを探してるか言った？」

「冗談でしょ。連中に関するかぎり、あたしなんかいないも同然。山をかきまわして勝手に探したのよ、あたしのデスクの上を」

小山のふもとのユッカ。さらにユッカ。カウンターにアイゼンシュタットを置く私の腕。私の背中。

「なにを探してたにしろ、連中はそれを見つけた」とラミレス。

ケイティに目をやった。ひるむようすもなく、まっすぐこちらを見ている。彼女はけっしてひるまなかった。犬を絶滅させるのはどんな気分だと私が言い放ったときも、その十五年後、彼女の家の玄関に私が現れたときも。

「制服の男が、それを相棒に見せてこう言ったのよ」ラミレスがしゃべりつづけている。「『あの女だってのは見込み違いでしたね。ほら、これ』って」

「その写真は見た？」

カップとスプーンの静物写真。アンブラー夫人の腕。アンブラー夫人の背中。

「なんとか見ようとはした。トラックみたいだった」

「トラック？　確かか？　ウィネベーゴじゃなく？」

「トラックよ。いったいどうなってるの」

返事をしなかった。ジェイクの背中。シャワー室の開いたドア。カフェインレスのインスタントコーヒー瓶の静物写真。ターコを回想するアンブラー夫人。

「女ってだれのこと？　あなたがライフラインをリクエストした彼女？」

「違う」アンブラー夫人の写真がカートリッジの最後だった。現像機は最初のフレームに戻ってモニター画面に表示した。ヒトリの後部。開いた車のドア。ヒラウチワサボテン。

「ほかになにか言ってなかった？」

「制服の男が、プリントのなにかを指さして、『ほら、ここ。サイドのナンバープレート。わかります？』って」

ぼやけた椰子の木と高速道路。ジャッカルを轢くタンカー。

「停止」スライドショーがストップした。

「なに？」

みごとな移動ショットだった。かつてジャッカルの下肢だったぐちゃぐちゃの真上を後輪が通過している。もちろんジャッカルはとっくに死んでいるが、この写真からではわからない。角度のせいで、口から流れ出した血が乾きかけているのも見えない。スピードが速すぎてトラックのナンバープレートも判別できないが、ナンバーはそこに写っている。協会のコンピュータが解読するだろう。タンカーがジャッカルを轢き殺した瞬間の写真に見えた。

「協会の人間はその写真をどうした？」

「編集局長のオフィスへ持っていった。整理部からオリジナルを引き揚げようと思ったんだけど、局長が先回りしてもう回収していた。ビデオカメラ素材といっしょにね。それからあなたに連絡をとろうとしたんだけど、着信拒否設定を迂回できなくて」

「連中はまだ局長室？」

「いま帰った。あなたの家に向かう途中。局長からは、『全面協力』しろって伝言よ。つまり、あなたがけさ撮った写真はネガもフィルムもひっくるめてぜんぶ引き渡せってことね。あたしまで手を引けと言われた。記事にはしない。この件はこれまで」

「いつ帰った?」

「五分前。だから、あたしのためにプリントを焼いてくれる時間はじゅうぶんあるわけ。ハイワイアはやめて。自分でとりにいく」

「『いちばん望ましくないのは協会とのトラブル』じゃなかったのか?」

「連中がそっちへ行くまで、少なくとも二十分はかかる。協会の連中に見つからない場所に隠しておいて」

「無理だよ」と言ってから、ラミレスの憤然たる沈黙に耳を澄ました。「現像機が壊れた。いまさっき、ロングショットのフィルムを食われたばかりだ」と言って、また通話拒否ボタンを押した。

「ジャッカルをはねた人間を見たいかい?」とケイティに訊ね、現像機のほうに手招きした。「フェニックスの福祉に貢献する公僕の一員だ」

ケイティがやってきてモニターの前に立ち、写真を見つめた。協会のコンピュータがほんとうに高性能なら、写真のジャッカルがすでに死んでいることを証明できるかもしれないが、協会はその前にフィルムを処分してしまうだろう。私が社にハイワイアしたデータは、いまごろもう、ハンターとセイグラが消去している。ふたりがやってきたら、このカートリッジのフィルムも過酸化マンガン溶液に浸しますよとこっちから申し出たほうが時間の節約になるかもしれない。

ケイティを見やった。「どう見ても有罪だろ？　ただし、現実にはそうじゃない」ケイティは無言で、身動きもしなかった。「こいつが轢いたんなら、ジャッカルを殺していただろうけどね。少なくとも時速百四十キロは出してたから。でも、この時点でジャッカルはもう死んでいた」

ケイティがモニター越しにこちらを見た。

「アンブラー夫妻が犯人だったら、協会は刑務所送りにするかもしれない。ふたりが十九年間住んできた家を没収するかもしれない。だれのせいでもない事故の責任を押しつけてね。彼らはジャッカルがいるのを見もしなかった。とつぜん目の前に飛び出してきたんだ」

ケイティは手をのばし、画面のジャッカルに指を触れた。

「あの夫婦はもうじゅうぶんに苦しんだ」ケイティを見ながら言った。外は暗くなりはじめている。照明はひとつもつけていなかったから、画面のタンカーの赤い色が反射して、ケイティの鼻を日焼けしたように見せていた。

「この十何年、彼女は飼い犬の死の責任を夫に押しつけて、ずっと責めつづけてきた。でも、彼のせいじゃなかったんだよ。ウィネベーゴの内部は、十平米の広さしかない。この現像機とたいして変わらないサイズだ。ふたりはその中で十九年暮らしてきた。そしてそのあいだに車線はどんどんせまくなり、ハイウェイは閉鎖され、生活はおろか、息をするだけの空間もなくなってしまい、なのに奥さんは、やってもいないことで夫を責めてきた」

画面の赤っぽい光を浴びて、ケイティは十六歳に見えた。

「協会も、タンカーの運転手にはなにもしない。毎日、何千ガロンもの水をフェニックスに運んでいるタンカーが相手じゃね。協会でさえ、給水活動をボイコットされるリスクはおかさない。ネガをこっそり処分して事件に幕を引く。そしてアンブラー夫妻は協会の追及を免れる。それにきみも」

現像機に向き直った。「再開」と命じると、画像が切り替わった。ユッカ。ユッカ。私の腕。背中。カップとスプーン。

「それに、こう見えても僕は、責任を転嫁することにかけちゃベテランなんだよ」アンブラー夫人の腕。アンブラー夫人の背中。シャワー室の開いたドア。「アバヴァンのことは話したっけ？」

ケイティはなおも画面を見ている。フォーマイカ百パーセントのシャワー室のライトブルーが映り、その顔がいまは青白く見えた。

「協会はもう、さっきのタンカーが犯人だと考えている。あと納得させなきゃいけないのは、僕の上司の編集デスクだけだ」電話機に手をのばし、通話拒否を解除した。「ラミレス。協会を追っかけたいか？」

ジェイクの背中。カップ、スプーン、インスタントコーヒー瓶。

「もちろん」ラミレスの声は、ソルト川さえ凍りつかせそうだった。「でも現像機が壊れたから、写真はプリントできないそうね」

アンブラー夫人とターコ。

通話拒否ボタンをもう一度押し、そこに手をのせたまま、「停止。プリント」と現像機に命じた。画面が暗くなり、トレイにプリント写真が滑り出てくる。「フレーム消去。過酸化マンガン一パーセント溶液で。経過を画面表示」ボタンから手を離し、「ドロレス・チウェリは最近どうしてる、ラミレス？」

「報道の遊軍。どうして？」

答えなかった。アンブラー夫人の写真が少しずつ少しずつ薄くなってゆく。

「協会がライフラインと裏でつながってるって話ね！」ラミレスが食いついてきた。ハンターには及ばないが、差はわずか。「だからあなたは昔のガールフレンドのライフラインをリクエストした、そういうことね？　あれは囮だった」

ケイティから目をそらさせるにはどうすればいいか悩んでいたが、ラミレスが自分で答えを出してくれた。協会とおなじように、結論に飛びついてくれた。もうひと押しすれば、ケイティも納得させられるだろう。今日どうしてきみに会いにいったと思う？　協会をひっかけるためだよ。僕のライフラインからでは協会が突き止めようのないだれか、つながりを知られていないだれかを選ぶ必要があってね。

「停止」と私は言った。

ケイティは、もうそれを半分信じているような顔で画面を見ている。アンブラー夫人の顔がさらにもうちょっと薄くなる。消えてゆくつながり。

「でも、あのトラックは?」ラミレスが食い下がる。「あなたの囮作戦に、あのトラックはどう関係してくるの?」

「関係ないよ。それに給水委員会もね。委員会は協会よりさらに強大な暴君だ。だから局長の言ったとおりにしろよ。全面協力。ジャッカル轢き逃げ事件は終了。かわりにライフライン盗聴で協会の首根っこをつかまえる」

ラミレスはその言葉の意味を嚙みしめている。あるいは、もうとっくに通話を切って、ドロレス・チウェリに電話しているところかもしれない。画面のアンブラー夫人に目をやった。かなり褪せて、わずかに露出オーバーに見えるが、まだ画像処理後の写真には見えない。そして、ターコは消え失せていた。

ケイティのほうを向いた。「あと十五分で協会が来る。きみにアバヴァンの話をする時間はぎりぎりありそうだな」カウチに手を振り、「すわって」とうながした。

ケイティがやってきて腰を下ろした。

「アバヴァンは最高の犬だった。雪が大好きでね。雪に穴を掘って、鼻面で雪のかたまりを放り投げたり、降ってくる雪に飛びついて捕まえようとしたり」

ラミレスは通話を切ったらしい。しかし、チウェリが捕まらなかったらまたかけてくるだろう。通話拒否ボタンを押し直し、現像機に歩み寄った。アンブラー夫人の写真はまだモニター画面に映っていた。過酸化マンガン溶液もさほど影響していない。しわや細い白髪はまだはっきり見分けられる。しかし、罪悪感や非難、喪失と愛の表情は消えていた。画面の彼女はおだやかで、ほとんどしあわせそうに見えた。

「犬のいい写真はほとんどない。犬は、いい写真を撮るのに必要な顔の筋肉が欠けてるんだ。それにアバヴァンは、カメラを見るとすぐに飛びついてくる癖があった」

現像機の電源を落とした。モニター画面の明かりがないと、部屋の中はほとんど真っ暗だった。天井の電気をつけた。

「当時、アメリカ国内に生き残っている犬の数は百頭を切っていたし、アバヴァンはすでに一度、新型パルボに感染して、あやうく死にかけたことがあった。彼の写真といえば、寝ているときに撮ったやつがあるだけだったから、雪と遊んでいるところを撮りたかった」

現像機のモニターの前にあるせまい棚によりかかった。ケイティは、動物病院にいたときとそっくりに見えた。両のこぶしを握りしめてカウチに腰を下ろし、私がなにかひどい言葉を投げつけるのを待っている。

「雪の中で遊ぶ写真を撮りたかったんだけど、アバヴァンはカメラを見るといつもこっちにすっ飛んでくる。だから、前庭に放してやってから、こっそり勝手口から抜け出して道路の向こう側へ渡り、松の木の陰に隠れた。アバヴァンから見えないようにね。でも、気づかれた」

「それでアバヴァンは道路を渡ろうと駆け出した」ケイティが言った。「そして、わたしがはねた」

ケイティは自分の手を見ていた。彼女が顔を上げるのを待った。その顔になにを見るかに、あるいはなにを見ないかに怯えながら。

「あなたがどこに越したのか突き止めるのにすごく時間がかかったのよ」ケイティは握りしめた自分のこぶしに向かって言った。「アクセスを拒まれるんじゃないかとこわくて、ライフラインのリクエストはできなかったし。とうとう新聞であなたの写真を見つけて、それでフェニックスに越してきたの。でも、こっちに来てみると、がちゃんと切られるんじゃないかとこわくて電話できなかった」

動物病院でミトンをいじっていたように、いまは両手をもみ合わせている。「夫には気にしすぎだって言われた。もういいかげん乗り越えるべきだ、ほかの人間はみんなそうしてる、どうせただの犬じゃないかって」ケイティが顔を上げ、私は現像機の上に両手をついた。「赦しはだれかに与えてもらうものじゃないって言われた。でも、ほんとはあなたに赦してもらいたかったわけじゃないの。ごめんなさいと言いたかっただけ」

あの日、動物病院で、ひとつの種の絶滅に貢献した気分はどうだと私が言ったとき、彼女の顔に非難や咎めの色はなかったし、いまもない。たぶん彼女の顔にはそのための表情筋がないのだろう。苦い気持ちでそう思った。

「今日、僕がなんのために訪ねていったと思う？」怒りにまかせて言った。「カメラはアバヴァンに駆け寄ったときに壊れた。結局あのとき、彼の写真は撮れなかった」現像機のトレイからアンブラー夫人の写真をとり、それをケイティに投げつけた。「この女性の飼っていた犬は新型パルボで死んだ。ウィネベーゴに残したまま夫婦で外出して、帰ってみたら死んでたんだ」

「かわいそうに」と言ったが、ケイティは写真を見ていなかった。私を見ていた。

「この女性は、写真を撮られていることを知らなかった。もしきみにアバヴァンの話をさせることができたら、きみのこういう写真が撮れるかもしれないと思ったんだよ」

もちろん今度こそ、それを見られるだろう。ケイティの家のキッチンテーブルにアイゼンシュタットを置いたとき、私がほんとうに望んでいた顔。アイゼンシュタットのレンズは違う方向を向いているけれど、いまも私はそれを見たいと願っている。本心があらわれた表情。犬はけっしてそれを見せてくれなかった。ミーシャでさえも。アバヴァンでさえも。ひとつの種の絶滅に貢献するのはどんな気分だ？

ケイティはアバヴァンを知らなかった。アンブラー夫人のことも知らなかった。しかし、嗚咽(おえつ)しはじめる直前の一瞬、彼女はその両者に似て見えた。ケイティは片手を口にあてた。「まあ」と彼女は言い、愛情と、そして喪失が、その声にも聞きとれた。「もしあのときこれがあったら、あんなことは起きなかったのね」

私はアイゼンシュタットを見た。もしあのときこれがあったら、ポーチにさりげなく置いておくことができた。アバヴァンは気づきもしなかったはずだ。雪に穴を掘り、鼻面で楽しげに雪のかたまりを放り投げ、そして私は粉雪をすくってきらきら光るシャワーのように投げてやり、アバヴァンはそれに飛びつき、そしてあんなことはけっして起こらなかった。ケイティ・パウエルの車はなにごともなく走り過ぎ、私はその車に手を振り、十六歳で運転を覚えたばかりの彼女は、たぶんハンドルから手を離してミトンの手袋をとる危険さえおかして手を振り返し、アバヴァンはブリザードに向かって勢いよく尻尾を振り、自分が巻き上げた雪煙に向かってわんわん吠えただろう。

第三波にも感染せず、十四歳か十五歳の老犬になり、もう雪で遊ぶこともやめてしまったアバヴァンが、やがて地上に残された犬の最後の一頭になっても、私は彼を檻の中に閉じ込めることを頑として拒み、連れ去ることを許さなかっただろう。もしあのときアイゼンシュタットがあれば。

アイゼンシュタットのことを私があんなに憎んでいたのも不思議はない。

ラミレスの電話から、少なくとも十五分が過ぎていた。協会がいつやってきてもおかしくない。「協会が来たとき、きみはここにいないほうがいい」私がそう言うとケイティはうなずき、頬の涙を拭って立ち上がると、ショルダーバッグに手をのばした。

「写真は撮るの？」バッグに腕を通しながら訊ねた。「つまり、新聞用以外に」

「新聞用の写真を撮るのもいつまでつづくか怪しいもんだよ。フォトジャーナリストは絶滅危惧種になりかけてるから」

「もしよかったら、いつかうちに来て、ジェイナとケヴィンの写真を撮ってくれないかしら。子供たちはどんどん育って、気がつくともういなくなってる」

「喜んで」ケイティのためにスクリーンドアを開け、闇に包まれた通りの左右をたしかめた。「敵影なし」ケイティが外に出た。そのうしろでスクリーンドアを閉ざした。

ケイティが振り返り、私でさえ閉ざすことができなかったあの愛しいあけっぴろげの顔で、最後にもう一度だけ私を見た。「いなくなってさびしいわね」と彼女は言った。

スクリーンドアに手を置いた。「ああ、僕もさびしいよ」

ケイティの車が無事に角を曲がるまで見送ってから、居間に戻って、ミーシャの写真を壁から下ろした。セイグラが来たとき戸口から見えるように、それを現像機にたてかけた。

一カ月かそこらして、アンブラー夫妻が無事テキサスに去り、協会がケイティのことを忘れたら、この写真を協会に売るのもいいかもしれないとセイグラに言ってやろう。そして一日か二日あとに、やっぱりやめたと言ってやろう。彼が説得に訪ねてきたら、私は彼にパーディタとビアトリクス・ポターのことを話し、彼は私に協会のことを話す。

記事の署名は、チウェリとラミレスのものになる——私はハンターに怪しまれたくない。それに、たった一本の記事で協会の屋台骨を揺るがすのは無理だろう。それでも、最初の一歩にはなる。

ケイティはアンブラー夫人のプリントをカウチに残していた。それを手にとり、しばらく見つめてから、現像機に食わせた。「リサイクル」と命じた。

カウチのそばのテーブルからアイゼンシュタットをとって、フィルム・カートリッジをとりだした。フィルムを引き出して露光させようとしたが、思い直して現像機にセットし、電源を入れた。「スライドショー、昇順、五秒間隔」

また自動起動するような置き方をしていたらしい——ヒトリの後部の写真が十枚ばかり。走りすぎる車と人々。すっぽり影になったケイティの写真。クールエイドのピッチャーと鯨のグラスとジェイナのおもちゃの静物写真。ほとんどまっ黒のフレームが数枚分——ケイティが持ってくるときにレンズを下にして置いていたのだろう。

「二秒間隔」と訂正し、現像機が最後の数枚を次々に表示するのを見守った。カートリッジの中にはほかになにも入っていないことを確認してから、協会が来る前に露光させるつもりだった。最後の一フレームをべつにすれば、あとはすべて、下向きに置かれたアイゼンシュタットが撮影した黒い写真。そして最後の一枚は、わたしの写真だった。

いい人物写真を撮るコツは、写真を撮られていると相手に意識させないこと。注意をそらすこと。だいじに思っているなにかについてしゃべらせること。

「停止」と私は言い、画像が静止した。

アバヴァンは最高の犬だった。雪と遊ぶのが大好きだった。私のせいで車にはねられたあと、彼は私の膝から頭を持ち上げ、私の手を舐めた。

協会がいまにもここへやってきて、ニコンのフィルムを没収し廃棄する。この写真も、カートリッジの残りの写真といっしょに処分するしかない。ケイティのことを思い出すきっかけをハンターに与えるような危険はおかせない。あるいは、ジェイナのおもちゃの車の指紋や血痕を調べようと思い立つきっかけをセイグラに与える危険も。

かえすがえすも残念だ。アイゼンシュタットは最高の写真を撮っていた。「カメラだってことも忘れちゃうわよ」とはラミレスの売り文句だが、たしかにそのとおりだった。カメラだということも忘れて、私はまっすぐアイゼンシュタットのレンズを見つめていた。

そして、すべてがそこにあった。ミーシャもターコもパーディタも、それに動物病院へ運ぶあいだ、頭を撫でながらだいじょうぶだと言い聞かせていたとき、アバヴァンが私に向けたあの表情――この十数年、私がどうにかしてカメラにとらえようとしてきた、愛と同情に満ちたあの顔も。

協会はいまにもやってくる。私は「とりだし」と命じて、出てきたカートリッジの蓋を開き、フィルムを光に曝した。

このところ、またもや〝世界の終末〟が流行している。マヤ暦だの、ニュースで報道される核テロリストだの、ますます深刻な脅威となりつつある地球温暖化だのがその背景。でも、世間が忘れているのは、世界はいつも終わりつづけているということだ。

絶滅は一日単位で起きている。公衆電話、ソーダ・ファウンテン、カーボン紙、LPレコード、金属製のメリー・ゴーラウンド、ウルワース、洗濯ばさみ、ビデオテープレコーダー、水泳帽、ダイヤル式電話、遠洋定期船、リネンのハンカチ、ビーマンのチューンガム。そしてわたしたちは、手遅れになるまで、なくなってしまうまで、ほんとうの意味ではそのことを理解しない。

とくに残念なのは、チェリー炭酸水、ドライブイン・シアター、それに、金属製の鎖と木製の座板でできたあのすばらしいブランコ。ええ、危険だってことはわかってるけど、でもああいうブランコはものすごく高く漕げて、まわりの風景を飛び出し、はるか空へと舞い上がることができた。それに、ドライブイン・シアターからの帰り道には、頭を車の外に突き出し（当時の車にエアコンはなかった）、月に照らされた夏の雲と満天に星をちりばめた黒い空を見上げることができた。

ローラーコースターも懐かしい——白いペンキを塗った木製のコースをガタガタ揺れる車両が走るやつが。それに、プルマン寝台車や白いテーブルクロスのかかった食堂車を連結した列車、グリーン・リバーの瓶入り炭酸飲料、キャンバス地のスニーカー。

もうすぐ、紙の本のことも、昔はそんなものがあったね、と懐かしむ日が来るんじゃないかと心配だ。

この短篇集に収録されている作品さえ、ものごとがいかに早く消えてしまうかの証拠だ。「最後のウィネベーゴ」だけの話じゃない。収録作の多くは、携帯電話とインターネットの出現以前に書かれた。エジプトとイラクは大きく変わったし、フィルムはほとんど絶滅し、「まれびとこぞりて」に出てくるような楽譜とか「ナイルに死す」のペーパーバックや旅行ガイドとかは、あと何年かすれば、珍奇で古めかしいものに見えるだろう。そして、「彼らはどうしてキンドルを使わないんですか？」と読者に質問されることになる。

ＳＦは、そういう質問にとりわけ弱い気がする。というのも、ＳＦは未来を予見したりするものだと思われているし、じっさい、再刊されるときには手を入れてアップデートしたくなる誘惑にかられる。とくに、俳優たちみんなが靴箱サイズの携帯電話で会話している映画を観た直後には——あるいは、ワールド・トレード・センターの前に立っているときには——年代設定（とりわけ、すでに過去になっている場合は）やテクノロジー描写に手を加えたくなる。

でも、ひとつを変えたら、もうひとつ、またひとつと変えたくなり、結局はプロット全体をいじることになる。それに、先代のラムセスに関する言及を鑿(のみ)で削らせて過去を消去したエジプトのファラオにちょっと似すぎているかもしれない。

だから、そのままにしておこう。わたしたちの過去と、来るだろうと思っていた未来、そしてそれがいかに儚いものだったかを思い出すよすがとして。そして、アルベール・カミュがこの主題について述べた次の言葉を思い出そう。「審判の日を待つことはない。それは、毎日起きている」

付　　録

二〇〇六年世界ＳＦ大会ゲスト・オブ・オナー・スピーチ
グランド・マスター賞受賞スピーチ予備原稿
グランド・マスター賞受賞スピーチ

二〇〇六年世界SF大会ゲスト・オブ・オナー・スピーチ

（二〇〇六年八月十七日）

世にも希なる趣向の奇跡
——書物とSFと、その中で過ごしてきたわたしの人生について

ワールドコンのゲスト・オブ・オナーに選ばれることがすばらしいのは、作家になるのを助けてくれた人たちみんなに感謝するチャンスが与えられるからです。たとえば、中学校時代の先生、ミセス・ワーナーは、ルーマ・ゴッデンの『ラヴジョイの庭』を教室で朗読し、ロンドン大空襲のことをはじめて教えてくれました。高校時代の英語の先生、ミセス・ファアニータ・ジョーンズは、それまで才能のかけらも見せていなかったわたしに、小説を書くことをすすめてくれました。それで書いたのが、TVドラマ『ルート66』のジョージ・マハリスとの出会いを書いた話。「彼の顔はバースデーケーキのようにぱっと輝い

た」というような、不滅のフレーズが出てきます。その小説のヒロインは、マンハッタンのダウンタウンをドライヴしている最中、どういうわけか一本の木に衝突します——それが『ブルックリンに生える木』（劇作家ベティ・スミスの未訳の自伝的長篇小説。エリア・カザン監督の映画『ブルックリン横丁』の原作）からとった木なのは明白ですね。

それに加えて、これだけの年月、小説を書きつづけるのに力を貸してくれた人々みんなに感謝するチャンスも与えられます。長年わたしに苦しめられている秘書、ローラ・ルイス。さらに長く苦しめられている家族。奇跡をなすエージェントのパトリック・デラハント、ラルフ・ヴィチナンザ、ヴィンス・ジェラーディス。きわめて辛抱強い担当編集者のアン・グロール、シーラ・ウィリアムズ、ガードナー・ドゾワ。きわめて辛抱強い読者および友人たち。塹壕で戦う戦友たちは、わたしが気力を失わないようといつも励まし、もう作家なんかやめるというわたしを説得して翻意させてくれたことも一度ならずありました。

SF界でのすばらしい時間は、みなさんのおかげです——最初のネビュラ賞晩餐会のあと、ジョン・ケッセルやジム・ケリーと、チョコチップ・クッキーと赤いピスタチオを食べながら朝まで語り明かし、指の赤い染みが何週間もとれなかったこと。エド・ブライアントやシンシア・フェリスやマイク・トマーンやジョージ・R・R・マーティンといっしょに創作ワークショップに参加したこと。ジャック・ウィリアムスンに会うため、チャーリー・ブラウン、スコット・エデルマン、ウォルター・ジョン・ウィリアムズといっしょにポータルズまで車で旅行したこと。ナンシー・クレス、エレン・ダトロウ、アイリーン・ガンとゴシップに花を咲かせたこと。マイクル・カサットかアイリーン・ガンかハワード・ウォルドロップが口にした言葉に笑い転げたこと。ガードナー・ドゾワの言葉に笑いすぎて、鼻からレタスのかけらが飛び出し、あやうく死にかけたこと。

みなさんは世界でいちばんウィットに富み、頭がよくて、気のいい人たちです。みなさんがいなかったら、わたしはSF界で五分と持ちこたえられなかったでしょう。

でも、いちばん肝心なのは、以下の人々に感謝することです。ロバート・ハインライン、ルイーザ・メイ・オルコット、キット・リード、デーモン・ラニアン、シグリ・ウンセット、シオドア・スタージョン、アガサ・クリスティー、ジェローム・K・ジェローム、ダフネ・デュ・モーリア、フィリップ・K・ディック、ルーマ・ゴッデン、L・M・モンゴメリー、ボブ・ショウ、ジェイムズ・ヘリオット、ミルドレッド・クリンガーマン、P・G・ウッドハウス、ドロシー・L・セイヤーズ、ダニエル・キイス、J・R・R・トールキン、ジュディス・メリル、チャールズ・ウィリアムズ、ウィリアム・シェイクスピア。

さてここから、このスピーチの本題へと話がつながります。ゲスト・オブ・オナー・スピーチでは、なにか重要なテーマについて話すのが慣例です。地球温暖化とか、来たるべきシンギュラリティとか、宇宙旅行とか、仮釈放規定違反者に対する刑の重罰化とか、世界平和とか。

でも、きょうは、まったく個人的なことを話したいと思います。本と、それがわたしにとってなにを意味しているか。本は世界のすべてです。

わたしの職業も人生も本のおかげです。家族さえも。冗談ではありません。たぶん、みなさんはごぞんじないでしょうが、わたしが結婚したのは本のおかげなんです。

いいえ、愛の詩とか、そういう話じゃありませんよ。それにもちろん、ロリータとも無関係。

わたしが結婚したのは、『指輪物語』のせいでした。

『大宇宙の少年』のキップ・ラッセルを引用すれば、「事の起こりはこうだった」。

わたしは、恋人と別れるという目的のためだけに飛行機に乗ってコネチカットへ向かう途中でした。機内で読むために、ペーパーバックを三冊買ってありましたが、ニュー・ヘイヴンに着くころにはフロドとサムのことが心配でたまらなくなり、恋人に向かって、「たいへん。モルドールへ潜入しようとしてるんだけど、指輪の幽鬼が追ってきてるし、ゴクリのことは信用できない。それに……」と話しかけ、彼と別れようとしていたことをすっかり忘れてしまいました。

そして、わたしと彼とは、きのうで結婚三十九周年を迎えました。

うちの娘の名前も、本からとりました。『リア王』に出てくる、父親思いの心やさしい娘にちなんで名づけたんですが、あらゆる意味でその名にふさわしい女性に成長してくれました。

そして、わたしが書いてきたすべての本も、本のおかげです。

本は、どう書けばいいかを教えてくれました。アガサ・クリスティーはプロットを、メアリ・スチュアートはサスペンスを、ハインラインは会話を、P・G・ウッドハウスはコメディを、シェイクスピアはアイロニーを、フィリップ・K・ディックは読者が立っている足の下からどうやってマットを引き抜くかを教えてくれました。

本には、それ以外にも、あらゆることに対処するためのあらゆる種類の有益な助言が満ちています。たとえば、ルールにしたがうことについては、W・サマセット・モームはこういいました。「小説を書くには三つのルールがある。残念ながら、だれもそのルールを知らない」

作家が訊かれがちな莫迦げた質問については、ドロシー・セイヤーズ『学寮祭の夜』の一節を引用しましょう。

〈大変だ！［とハリエット・ヴェインは思った］あのいやなミュリエル・キャンプショットが、知合い面をして近づいてくる。キャンプショットはいつも愛想笑いを浮かべていた。今も浮かべている。［中略］「ああいう筋書き、いったいどうやって思いつくの？」と言うに決まっている。やはり言った。厄介な。〉（浅羽莢子訳／創元推理文庫より）

編集者（または読者）が求めるものを書けという圧力への対処については、同じセイヤーズがこう語っています。「唯一できることは、自分が書きたいものを書いて、最善を祈ることだ」

職業を選ぶのにひどい失敗をしてしまったと感じることについては、ロバート・ベンチリーがかつてこう話してくれました。「十五年かかって、自分に書く才能がまったくないことがわかったんだよ。でも、作家の道をあきらめるわけにはいかなかった。そのときにはもう、有名になっていたからね」

なにをどう書くかについて教えてくれたのも本です。

はじめて英国に行ったとき、八年生のときの担任だったミセス・ワーナーが教室で朗読してくれたロンドン大空襲に関する本のことを思い出し、それでセント・ポール大聖堂に行く気になり、その結果、火災監視とオックスフォード大学の航時史学生とわたしのライフワークを発見したんです。

なによりも、本は、作家になるのがどういうことなのかを教えてくれました。ウィリアム・バトラー・イェイツいわく、「物語作家は、もしも人類が、恐怖を知らず、不屈の意志を持ち、自然の法則に足をすくわれていなかったらどんな存在になっていたかを思い出させてくれる」

そして本は――

おっと、話が先走りすぎたようです。はじまりからはじめましょう。

わたしは、はじめて本を見たそのときから、本が好きになりました。まだ字を読むこともできないころです。そして、字を覚えるなり、ちっちゃくてぽっちゃりした手が届くかぎりのものをなんでも読みはじめました。わたしの子供時代は、八歳になるまで図書館の貸し出しカードをつくってもらえず（暗い、野蛮な時代だったんです）、一度に三冊しか借りられませんでした（ほんとうに暗い、野蛮な時代でした）。

そこで、貸し出しカードをつくってもらった日、わたしはL・フランク・ボームの《オズ》シリーズの本を三冊借りました。

リタ・メイ・ブラウンいわく、「図書館の貸し出しカードをもらった日が、わたしの人生のはじまった日よ」

わたしの人生もおなじです。その夜のうちに《オズ》の本を三冊読み、翌日返却して、また三冊借り出しました。それから、《オズ》全巻と、《マイダのリトル・ショップ》（アイネズ・ヘインズ・ギルモアの未訳の児童文学。一九一〇年〜一九五五年に全十五冊が発表された）全巻と、エルシー・ディンズモアの全作――たぶん史上最悪の作品群――と、《ベッツィーとテイシイとティブ》全巻と、あおいろとみどりいろときいろとあかいろとむらさきいろの童話集（《アンドルー・ラング世界童話集》各巻）を読みました。

うちの家族はほかにだれも本好きがいなかったので、「本ばかり読んでないで、外で遊びなさい」としじゅういわれたんですが、どうやらその命令に目立った効果はなかったらしく、わたしは本を読みつづけ、《赤毛のアン》と《ナンシー・ドルー》と《きのこの惑星》（エレナー・キャメロンの未訳のジュヴナイルSFシリーズ。全六冊）と『不思議の国のアリス』と『小公女』と『クレス・デラハンティ』（ジェサミン・ウェストの未訳の少女小説）と『水の子どもたち』（チャールズ・キングズリー）を読破しました。

六年生のとき、『若草物語』を読んで、ジョー・マーチみたいな作家になりたいと思いました。

七年生のとき、『ブルックリンに生える木』を読んで、作中のフランシーがやったみたいに、著者別アルファベット順に並んだ図書館の本をAからZまで読みつくそうと決意しました。

八年生のとき、担任のミセス・ワーナーがルーマ・ゴッデンの『ラヴジョイの庭』を教室で朗読しました。爆撃された教会の瓦礫に花を植えて庭をつくる話で、そのとき、ロンドン大空襲に恋をしたんです。

それから、十三歳のとき、ハインラインの『大宇宙の少年』（別題『スターファイター』。原題 Have Spacesuit—Will Travel）を読み、すっかりとりこになりました。

事の起こりはこうでした。

わたしは十三歳で、中学校の図書室の棚に本を返していたとき、目についた一冊の黄色い本を手にとりました。カバーには、宇宙服を来た男が描かれていました（いまも目に浮かぶようです）。

題名は『大宇宙の少年』。わたしは本を開いて読みはじめました。

そう、ぼくは宇宙服を手に入れたんだ。

事の起こりはこうだった。

「父さん、月へ行きたいんだけど」

「いいとも」

と、父さんは答えて、本に目をもどした。それはジェローム・K・ジェロームの〝ボートの三人男〟で、もう暗記しているはずのものだ。

「父さん、ねえったら！ 真面目なんだよ」（矢野徹・吉川秀実訳／創元SF文庫より）

『スター・ウォーズ』の最後のほうにこんなシーンがあります。デス・スターが惑星を通過し、ルーク・スカイウォーカーが最後の出撃に向かいます。レイア姫は司令部にいて、戦況報告にじっと耳を傾けているところ。他の戦闘機パイロットたちは全員死ぬか行動不能に陥り、ダース・ヴェイダーの戦闘機はルークの機体をはっきり照準にとらえている。

そのときとつぜん、ミレニアム・ファルコンが画面左手からズームインしてきてダース・ヴェイダーの機を吹き飛ばし、ハン・ソロがルークに向かって、「邪魔者はいなくなったぜ、坊主。さっさとこいつを吹っ飛ばして家に帰るぞ」

ハン・ソロがこういったとき、レイア姫は戦闘マップから顔を上げず、表情も変えませんでしたが、映画館でそれを観ていた当時八歳の娘は、わたしのほうに顔を寄せていいました。「わあ、あの人、恋しちゃったね」

そして、その黄色い本を開いて、『大宇宙の少年』の最初の数行を読んだとき、わたしも恋してしまったのです。

わたしは夢中になって『大宇宙の少年』を読み、それから――『ボートの三人男』にちょっと回り道してから――『銀河市民』と『宇宙（そら）に旅立つ時』と『ラモックス』と『ダブル・スター』と『ルナ・ゲートの彼方』と『夏への扉』とハインラインが書いた他の全作品を読みました。

それから、アシモフと、クラークと、『火星年代記』と『黙示録三一七四年』と、それから、ああたいへん、年間ベストSFアンソロジーを発見して、世界はまばゆい可能性へと爆発したんです。

そこには、驚くべきショート・ストーリーと、ノヴェレットと、ノヴェラと、詩が、となりあわせに並んでいました。「ヴィンテージ・シーズン」と「ロト」と「海を失った男」と「おれには口がない、それでもおれは叫ぶ」と「アルジャーノンに花束を」と「ヒューストン、ヒューストン、聞こえるか？」（著者は順に、C・L・ムーア、ウォード・ムーア、シオドア・スタージョン、ハーラン・エリスン、ダニエル・キイス、ジェイムズ・ティプトリー・ジュニア）が、キット・リードとウィリアム・テンとジェイムズ・ブリッシュとフレドリック・ブラウンとゼナ・ヘンダースンとフィリップ・K・ディックの小説が、すべて一冊の本の中におさまっていたのです。

悪夢的な未来とハイテクの未来、すばらしいシャングリラと、奇妙な遠い惑星、エイリアンとタイムトラベルとロボットとユニコーンとモンスター、悲劇と冒険とファンタジーとロマンスとコメディとホラー、「表面張力」「宵待草」「デイ・ミリオン」「つぎの岩につづく」「世界の終わりを見にいったとき」「凍った旅」「ある晴れた日、ピーナッツを持って」（著者は順に、ジェイムズ・ブリッシュ、ジョン・コリア、フレデリック・ポール、R・A・ラファティ、ロバート・シルヴァーバーグ、フィリップ・K・ディック、シャーリイ・ジャクスン）、ほんの二、三ページから、二、三千語の話の中で、現実を上下逆さまにしたり裏表をひっくり返したりして、世界や宇宙に対する見方を一変させて、笑わせたり、考えさせたり、泣かせたりする。

恋をしたという以上でした。

わたしはショックに麻痺し、驚異の念に打たれて、言葉をなくしていました。マゼラン雲から天の川銀河を見たキップとおちびさん（ピーウィー）（『大宇宙の少年』の登場人物）のように。レイ・ブラッドベリの「世にも希なる趣向の奇跡」で、空中の美しい都市を見つめていたふたりの流れ者のように。

そのとき、わかったんです。これから一生、本を読んで過ごしたいと。それに、自分でも本を書きたいと。

わたしは、図書館の本をAからZまで順番に読むのを中断して、背表紙に小さな原子とロケットのマークがついている本をかたっぱしからぜんぶ読みはじめました。

アルファベット順読破計画は、そのときまだDまでしか達していなかったんですが、あとから思えば、そこまでたどりついていてラッキーでした。

というのも、十二歳のとき、母がとつぜん世を去って、わたしをうちのめし、世界がばらばらになってしまったのです。そのときのわたしには、本以外、頼るものがありませんでした。

本が命を救ってくれたんです。

きっと、本が逃げ道になったんだと思われるでしょうね。ええ、本が心配や絶望からの避難所になってくれるのはたしかです。

リイ・ハントがいうとおり、「悲しみと天候の双方から等しく身を守るため、わたしは本という塹壕に身を隠す」。

とくによく覚えているのは、ある晩、五歳の娘が横たわる病院のベッドにつきそって、娘が虫垂炎なのか、それとももっと悪い病気なのか、検査の結果が出るのを待ちながら、救命ボートにしがみつくように『ヘリオット先生奮戦記』にすがっていたときのことです。

ロンドン大空襲のあいだ、地下鉄シェルターにつくられた間に合わせの図書貸し出しコーナーでいちばん人気があった本は、アガサ・クリスティーのミステリーでした。小説の中では、殺人犯はいつも捕まり、罰を受け、正義がつねに勝利をおさめ、世界は秩序をとりもどすのです。

わたしも、悩みごとを抱えているときはアガサ・クリスティーを読みます。それにメアリ・スチュアートを。それにレノーラ・マッティングリー・ウェーバーの《ビーニー・マローン》シリーズを。

本は、長い夜や長い旅の時間、電話や裁判の評決や医師の診断を待つ時間をしのぐのに力を貸したり、日常のむなしさから精神状態を切り替えたり、悩みを忘れさせたりしてくれます。わたしたちは、そのかわり、キップとおちびさんや、フロドや、ヴァイオラや、ハリーや、チャーリーや、ハックの冒険にはらはらどきどきするのです。

でも、母が亡くなったとき、わたしに必要だったのは逃避ではなく、真実でした。そのとき、真実を話してくれる人は、まわりにだれもいませんでした。かわりに、大人たちはこんなことをいいました。「どんなことにも理由がある」とか、「きっと乗り越えられるよ」とか、「神は人が耐えられないほどの試練はけっして与えない」とか。

ウソです。ぜんぶウソ。伯母のひとりが訳知り顔にこういったのを覚えています。「善人は早死にするっていうからねえ」わたしが行儀よくふるまう動機付けにはおよそなりませんね。

「すべては神の計画なのよ」といった人もひとりではありません。当時わたしは十二歳でしたが、神様ってなんてバカなんだろうと思ったのを覚えています。わたしだってもっとましな計画を思いつくのに、と。

そして、最悪のウソは、「結局、これでよかったんだよ」。だれもかれもがウソをつきました――親戚、司祭、友人たち。

だから、その時点で図書館の棚のDまでたどりついていたのはさいわいでした。そのおかげで、マージェリー・アリンガムと、ジェイムズ・エイジー『家族の死』と、ピーター・S・ビーグルの『心地よく秘密めいたところ』とピーター・デ・ブリーズの『子羊の血』が真実を教えてくれました。

「時はなにも癒やさない」とピーター・デ・ブリーズはいいました。マージェリー・アリンガムは、「悼むことは忘れることではない。ほどくことだ。一分ごとに絆が解かれ、永久的で貴重ななにかがその結び目から回復され、吸収される」

一年後、SFを発見したときは、ロバート・シェクリイがこういいました。「なぜあることが起きて、べつのことが起きないのか、それに理屈をつけようとするな。理屈を求めるな。そもそも理屈があるなんて考えるな。わかったか?」

ボブ・ショウの「去りにし日々の光」とジョン・クロウリーの「雪」、それにトム・ゴドウィンは、死と記憶と冷たい方程式について、知るべきことをすべて教えてくれました。

しかし、それらの本には希望に満ちたメッセージもあります。「生者の国と死者の国があり、両者をつなぐ橋は愛である。それだけがいつまでも残り、それだけが意味を持つ」

そして、『オズのつぎはぎ娘』の中でドロシーはいいます。「あきらめないで……次になにが起きるか、だれにもわからないのよ」（ソーントン・ワイルダー『サン・ルイス・レイ橋』より）

「真実を求めれば、最後には慰めを見出す」とC・S・ルイスは書きました。「慰めを求めれば、慰めにも真実にもたどりつかない。最初は手ざわりのいい石鹸と虫のいい考え、最後には絶望だけだ」（『キリスト教の精髄』より）

わたしは、自分が探していたもの、必要だったもの、求めていたもの、愛していたものを、本の中に見出しました。よそでは見つからなかったものを。

フランシーと図書館と本がわたしの人生の救ってくれました。そして、いちばんだいじな教訓を与えてくれました。

「この痛みと悲嘆は世界の歴史でも前例がないと思うでしょう」とジェイムズ・ボールドウィンはいいます。「しかし、それから本を読む。すると、自分をいちばん苦しめているものこそが、いま生きている、かつて生きていたすべての人々と自分をつなぐ絆になるのだということを（本が）教えてくれるのです」

映画『マチルダ』のナレーターは、さらにいいことをいっています。

「マチルダは、あらゆる種類の本を読み、海に乗り出す船のように本を送り出した作家たち全員の声を栄養にして育ちました。そうした本が、マチルダに、希望と慰めに満ちたメッセージを与えました。『きみはひとりじゃない』」

本と恋に落ちた日の話はすでにしました。図書館の貸し出しカードをつくった日、『大宇宙の少年』の最初のページを開いた日、年間ベストSFアンソロジーを発見した日。でも、本やSFと恋に落ちたというだけではありません。

わたしが必要としたときに本がそこにあったというだけじゃありません。本を発見したとき、わたしは同時に、ゼナ・ヘンダースンが描く《ピープル》のひとりや、みにくいアヒルの子や、赤毛のアンや、ハリー・ポッターのようにわが真の家族、赤毛のアンのいう〝心の同類（キンドレッド・スピリッツ）〟、わが同族を発見したのです。

そして、魔女の呪文から解放されたオズマのように、『アンドロイドは電気羊の夢を見るか？』のデッカードのように、ベシーとジェミーとヴァランシーのように、自分が何者なのかを、わたしの知るかぎりはじめて発見したのです。

わたしは脱出しましたが、現実世界からではありません。流刑地から脱出し、帰郷したのです。お話の主人公のように。そして末永くしあわせに暮らしました。

本は、驚くべきものです。

本は現実からの逃避だとか、本の中に閉じこもっていないで外に出て遊べとか、ただの気晴らしだとか、娯楽だとか、時間の無駄だとか考える人は、完全にまちがっています。

本は、人間が生み出したものの中でもっとも重要で、もっとも力強く、もっとも美しいものなのです。

キップとおちびさんが裁判に出廷し、地球は破壊すべき危険であるという告発に対して弁護の論陣を張ったとき、キップはこういいます。「ぼくらの詩を聞かれたことはありますか?」

これ以上にすばらしい弁護を思いつけるでしょうか?

本は時間と空間と言語、文化や慣習や性別や年齢、死さえも超えて届きます。会ったこともないだれか、その本が書かれたときには生まれてさえいなかっただれかに語りかけ、助けや助言や仲間や慰めを提供します。

クラレンス・デイ・ジュニアに、こういう言葉があります。「本の世界は、人類がかつて創造したもっともめざましいものだ。人類がつくりだしたもののうち、永遠に残るものはほかにない。記念碑は倒れ、国は滅び、文明は老いて死に絶える。そして、闇の時代を経て、新たな種族が他の文明を興す。しかし、本の世界では、何度も何度もそうしたことが起こるのを見てきた書物が、なおも生きつづけ、書かれた日と同じように若く新鮮なまま、何世紀も前に死んだ人々の心の中にある心を語りつづけている」(『友が語るイェール大学出版局物語』より)

これこそが、世にも希なる趣向の奇跡です。

わたしは、ルイーザ・メイ・オルコットにも、ロバート・ハインラインにも、ルーマ・ゴッデンにもL・フランク・ボームにもフィリップ・K・ディックにもソーントン・ワイルダーにも、セント・ポール大聖堂のマシューズ首席牧師にも、会ったことがありません。それでも、時間を超え、空間を超えて、彼らはわたしに語りかけ、励まし、影響を与え、わたしがいま知っていることすべてを教えてくれました。

わたしの人生を救い、不思議で満たしてくれました。わたしはただ、彼らにお礼をいいたかったのです。ありがとうございました。

グランド・マスター賞受賞スピーチ予備原稿

こう見えても心配性のわたしは、グランド・マスター賞を授与されるさい、なにが求められているのかよくわからなかったので、『ラブ・アクチュアリー』のオーレリアの言葉を借りれば）「万一に備えて」、二種類の原稿を用意しました。

最終的にスピーチしたのは片方だけだったんですが、読者のお楽しみのために、使われなかったもう片方のスピーチ原稿をお目にかけます。

グランド・マスターになってどんな気分ですかとよく聞かれますが、それにはいろんな答えがあります。この賞をいただいたことは信じられないほど光栄で、おそれおおく、身にあまる思いです。なにしろこの賞を受賞した偉人たちに仲間入りするのですから。ロバート・ハインライン、ジョー・ホールドマン、ロバート・シルヴァーバーグ、それに尊敬する畏友ジャック・ウィリアムスン（グランド・マスター賞の受賞を知って最初に思ったのは、「きっとジャックが誇りに思うわ」でした）。

そうした思いに加えて、自分がグランド・マスターになるほどの年齢なんだと知って暗い気持ちになりましたし、受賞したことで有頂天になるあまり、ふと目を覚ますとすべては夢だったというオチが待っているんじゃないかと心配しました。

つまるところ、わたしは、フロドとキップ・ラッセルとアリスのような気分でした。しかし主に、ビアトリクス・ポターの気分でした。

第二次世界大戦のさなか、記者がビアトリクス・ポターにインタビューしました。その時点ではもう、彼女は相当な高齢で——たしか八十四歳だったと思います——湖水地方の農場で暮らし、軍服にする羊毛を刈りとるための羊を飼いながら、配給と食糧不足と燃料不足に対処していました。ちょうどそのときは、八十四歳特有の体の不調や痛みとともに、彼女の畑のひとつに墜落したドイツ軍機にも対処しているところでした。

ヒトラーがヨーロッパを征服し、数十の船団を沈め、英国じゅうの都市を爆撃し、いまにも英国本土に侵攻してきそうな情勢でした。

もしそうなったら、なにが起きるか、みんな知っていました——征服、処刑、強制収容所。

でも、記者が、いまのいちばんの望みはなんですかとたずねると、ビアトリクス・ポターはこう答えました。「戦争が終わるまで生きること。最後にどうなるか、この目で見るのが待ちきれないわ！」

それこそまさにわたしの気持ちです。前々から、わたしはそんなふうに感じてきました。そもそも、本を読みはじめたのもそのためです。シンデレラやピーター・パンがどうなったのか、十二人の踊る王女さまは捕まったのか、ピーターラビットはマグレガーさんの植木鉢の下から脱出できたのか、王子は呪いを解くことができたのかを知りたいからです。いまなお、それが本を読む理由ですし、だれにとってもそうだと思います。サブテキストやシンボリズムや高尚な実存的テーマのことは忘れてください。

わたしたちが知りたいのは、エリザベス・ベネットとダーシー卿が、フロドとサムが、スカウトが、子鹿フラッグがどうなったのかです。

リアの到着は間に合って、コーディーリアを救えるのか？　イライザ・ドゥーリトルはヘンリー・ヒギンズのもとにもどるのか？　オルフェウスは、追ってくるエウリュディケーをふりかえって見ることなく地上に帰れるのか？　それが知りたいんです。

これは友だちから聞いた話ですが、レオナルド・ディカプリオとクレア・デインズの『ロミオ＋ジュリエット』を観にいったとき、映画館から出てきたふたりの少女が泣いているのを目撃したそうです。そのうちの片方が、鳴咽しながらいうことには、「知らなかった、まさか、ふたりとも死んじゃうなんて！」

ええ。わたしも笑いました。

でも、ロミオとジュリエットの結末をもし知らなかったら？　はじめて観ているのだとしたら？　『指輪物語』をはじめて読んだとき、どのぐらい速くページをめくりましたか？　「冷たい方程式」は？　『ハンガー・ゲーム』は？　『レベッカ』は？　『レ・ミゼラブル』は？

その本を読み終えるために、何時まで起きていましたか？

ディケンズが『骨董屋』を雑誌に連載していたとき、アメリカの読者は港に群がり、英国から到着する船に向かって、「リトル・ネルは死んだのか？」と訊ねたそうです。

最近、わたしは、現代ロンドンの恐竜ハンターを描く英国のテレビドラマ『プライミーバル』にハマって、シーズン1を一気見してから、午前五時に娘に電話したんですが――娘はカリフォルニアに住んでいるので、向こうは午前四時です――電話に出た彼女は、眠そうな声を出すことも、こんな時刻に電話してくるんだからなにか悪いことが起きたにちがいないとパニックを起こすこともなく、おだやかな口調でこういいました。「もしもし、母さん。第六話をいま見終わったみたいね」

まさにそのとおりでした。

それから、すべての生活を投げ捨ててシーズン2を観ました。それからシーズン3を。そこまではすでにDVDになっていたからよかったんですが、シーズン4はリアルタイムで——一週間に一話ずつ——観るしかなく、さらにそのあとは、シーズン5がはじまるまで六カ月待たされることになり、もう死にそうでした。

いやほんと、もしも英国からの船にたずねられるとしたら、わたしはすべてを捨てて桟橋に駆けつけ、「コナーとアビーは無事にもどれるの？」と大声で叫んだでしょう。わたしが住んでいる場所が、最寄りの海岸から千マイル離れていようとも。

どうなったのか知りたいというこの強烈な欲望は、どこから生まれるのでしょう？　わたしたちがほんとうに知りたいのはなんなのでしょう？　フロドとサムの身に起きることでしょうか。それともわたしたちに起きることでしょうか。

物語の主人公は成長し、探求に旅立ち、恋に落ち、両親についておそろしい事実を発見し、自分自身についてもっと忌まわしいことを知り、奇妙な惑星を探検し、時間を超えて旅し、闘いに敗れ、戦争に勝ち、絶望に屈し、謎を解き、なにが重要なのかを解明し、愛を見つけ、王国を救い、その過程でわたしたち読者に、わたしたち自身のことを教えてくれます。なにが重要で、なにがそうでないかを示してくれます。人間になるすべを教えてくれます。そして、わたしたち自身の物語がどうなるのかを教えてくれるのです。

しかし、ビアトリクス・ポターは、自分の人生がどうなったのかをすでに知っていました。次にどうなるのか語ることはできないと、すでに知っていました。彼女は姪のためにお話を書き、世界的に有名な作家になりました。発行人と恋に落ち、自分の両親の意志に反して秘密裏に婚約し、そして最愛の彼が世を去りました。

それから、あらゆる希望が失われたかに思えたとき、彼女はまた恋に落ち、かつて夢見たすべてのものを発見しました。

彼女は自分の人生がどうなったのかをすでに知っていました。では、最後にどうなるのか知りたいといったとき、彼女はなにを意味していたのでしょうか。英国が戦争に勝つかどうかを知りたかったのか、それとも、なにかもっと大きなことを指していたのか。

『ブラックアウト』と『オール・クリア』に登場する年配のシェイクスピア俳優、サー・ゴドフリーが、タイムトラベラーのポリーに向かって、「われわれはこの戦争に勝ったのかね？」とたずね、ポリーが「ええ」と答えたとき、彼らは、自分たちがそのとき体験していた戦争よりもはるかに大きなものについて語っていました。サー・ゴドフリーは、「これは喜劇か、それとも悲劇？」とたずねますが、わたしたちが本を読むとき、ほんとうに知りたいことはそれだと思います。

これは、わたしたち自身の物語だけのことではありません。なにもかも一切合切――この世界と、わたしたちがすでに巻き込まれている戦争、過去と未来を含めた歴史の流れ全体――を指しています。

これは喜劇か、それとも悲劇？　それとも、ぞっとするような考えですが、話をちゃんとまとめる前に打ち切りが決まってしまったテレビドラマ？

その答えを教えてくれるのは文学だけです。

いいえ、もしかしたら歴史にも可能かもしれませんが、歴史が語ることを学ぶよりも早く、わたしたちはこの世から退場してしまいますからね。

映画『主人公は僕だった』で、ウィル・フェレルが演じた主人公は、いつもメモ帳を持ち歩き、自分がどんなストーリーの中にいるのか、手がかりをメモしようとしますが、それもうまくいきません。

だから、文学がわたしたちの唯一の希望なのです。

そして、どんな本も、一冊だけで答え全体を知ることはできません。小説に出てくるどんな名探偵も――ミス・マープルやシャーロック・ホームズでさえ――ひとりではこの謎を解くことはできません。

でも、それぞれの登場人物、それぞれの本、それぞれの作家――グレアム・グリーンから、ホーマー、P・G・ウッドハウス、フィリップ・K・ディック、ビアトリクス・ポターまで――が手がかりを握っています。

そして、わたしたちが読むすべての本、わたしたちが観るすべての映画とテレビドラマが、それぞれ答えの一片を持っています。『ドクター・フー』、『白鯨』、《ナンシー・ドルー》、「去りにし日々の光」、『ロリータ』、「ある晴れた日、ピーナッツを持って」、『エディプス王』、『ブリジット・ジョーンズの日記』、「みにくいアヒルの子」、『はだしで散歩』、『学寮祭の夜』、「夜来たる」、『わが町』、「草原」、『アーサー王の死』、『三十四丁目の奇跡』、それに『トワイライト』さえも。そう、これは巨大なジグソー・パズルのようなものなんです。

夫は、大学の授業で、科学がどんなふうにものごとを解明するかを教えるために、ミステリーの本を使った実験をやるそうです。本をばらばらにして、学生たちに一ページずつランダムに手渡し、学生はそれをもとに、なにが起きているのかをつきとめ、謎を解こうと努力します。

わたしたちも、それと同じことをしています。すべてのピースが揃うことはけっしてありません。しかし、本や映画、さらには恐竜ハンターにまつわるテレビドラマの助けを得て、答えを垣間見ることができるのです。

だからわたしは本を読み、本を書いて、わたし自身の断片を手がかりの山に加え、最後までその両方をやりつづけます。どうなるのかをつきとめ、わたしたちがどんな物語の中にいるのかを知るために。

サー・ゴドフリーに「これは喜劇か、それとも悲劇？」と訊かれたポリーは、きっぱりこう答えます。「喜劇です」と。

わたしもそう思います。

それは主に、わたしが『大宇宙の少年』と『ボートの三人男』と『テンペスト』の中に見つけた手がかりのためです。

わたしは、キップとおちびさんがどうなるのか知りたくてしかたがなかったんですが、同時に彼らが無事であること、つつがなく故郷に帰ることを願っていました。

自分たち自身にハッピーエンドを願うだけじゃなく、現実の存在であれ、架空の存在であれ、愛する人々のためにそれを願うのはいいしるしだと思います。『プライミーバル』のコナーとアビーに、『分別と多感』のエリナー・ダッシュウッドとエドワード・フェラーズに、ケイトとペトルッキオに、ピーター・ウィムジイ卿とハリエット・ヴェインに。

もうひとつのいいしるしは、Jとジョージとハリスの（犬のモンモランシーは勘定に入れずに）ボートの三人男がテムズ川を遡る旅をしてから百年が過ぎたいまもなお、わたしたちを笑わせていることです。

でも、いちばんの手がかりはシェイクスピアでしょう。人間描写が非現実的だとか、〝人生の明るい面〟ばかり見ているとかいってシェイクスピアを非難する人はいませんが、彼はハッピーエンドの大ファンでした。

シェイクスピアが書いたすべての喜劇のみならず、いくつかの悲劇にまで、ハッピーエンドがあります。

コーディーリアは絞首刑になり、リアは死にますが、それはふたりが和解してからのこと。父娘のたがいに対する罪すべてが赦され、「籠の中の二羽の鳥のように」いっしょに歌う機会を得てからのことなのです。

そして、さらに重要なのは、シェイクスピアが悲劇を書いたあと、また喜劇にもどったという事実です。シェイクスピアのこのテーマに関する最後の言葉は『マクベス』ではなく、『テンペスト』です。『テンペスト』は、哀歌のような演説でよく知られています。

われらの祭りは終わった
そしてこの幻に基礎の骨組みがないように
頭に雲をいただく塔も、豪華な宮殿も
荘厳な寺院も、巨大なこの世界のものも
そう、それが相続するものすべてが消え失せ
いま消えゆくこの実体のない仮装行列とおなじく
ちぎれ雲ひとつ残さず去りゆかん

でも、芝居はそこでは終わりません。和解と祝福と結婚で終わるのです。それこそが喜劇だと思います。

もちろん、絶対の確信があるわけではありません。でも希望を持っています。そして、

ビアトリクス・ポターのように、わたしも、どうなるのかこの目で見るのが待ちきれません。

グランド・マスター賞受賞スピーチ
（二〇一二年五月十九日、ワシントンDCで開かれたネビュラ賞授賞式にて）

バーブラ・ストライサンドがオスカーを獲ったときの言葉からはじめましょう。「ハロー、ゴージャス！」

わたしのことをご存じのみなさんは、わたしがアカデミー賞授賞式の中継を毎年熱心に見ていることもご存じでしょう。目当てはもっぱらファッションですが——二年前にグウィネス・パルトロウが着ていたあのピンクのひどいやつとか、今年エマ・ストーンが着ていた巨大な赤い蝶結びつきのドレスとか——受賞スピーチにも注目しています。ジャック・パランスがいきなり床に手をついて腕立て伏せをはじめたときとか。サリー・フィールドがオスカー像をハグして、「みんな、ほんとにわたしのことが好きなのね！」といったときとか。

いいえ、わたしたちは好きじゃありませんでしたけどね。

あるいは、ジェイムズ・キャメロンが、「おれは世界の王だ！」と叫んだときとか。リチャード・アッテンボローが自分をガンジーやマーティン・ルーサー・キング・ジュニアと比較したときとか。

こうしたリサーチすべては、この二週間、たいへん役に立ってくれました。いいえ、ひどいスピーチをする方法を教えることじゃなくて、いいスピーチをするやりかたを教えることで。

メリル・ストリープが教えてくれました。今年、『マーガレット・サッチャー 鉄の女の涙』で最優秀主演女優賞を受賞した彼女は、すばらしいスピーチをしました。エマ・トンプソンも、ジョン・ウェインも、いやもうフライト・オブ・ザ・コンコーズの片割れ（ニュージーランドの音楽コメディ・デュオのメンバー、ブレット・マッケンジーのこと。『ザ・マペッツ』の主題歌で二〇一一年のアカデミー歌曲賞を受賞した）だってやってのけたんです。朝飯前でしょ。

でも、きっとかなりむずかしいはずです。だって、ひどいスピーチもたくさんありますから。

わたしがいうひどいスピーチとは、とりとめがないとか論旨が一貫してないとかいうことじゃありません。それは予想の範囲です。受賞者は興奮しているものですし、言葉に詰まったって気になりません。泣くのも上等。老眼鏡をかけるのもＯＫだし、ありとあらゆる知り合いに――小学三年生でシンデレラの劇をやったときカボチャ役を割り振ってくれた先生まで含めて——感謝するのもいいでしょう。

それだったら全面的に理解できます。とりわけ、三年生のときの先生のくだりは。もっともわたしの場合は、『若草物語』に出会わせてくれた六年生のときの先生と、ロンドン大空襲を知るきっかけを与えてくれた八年生のときの先生と、レノーラ・マッティングリー・ウェーバーを紹介してくれたハイスクールの英語の先生ですが。

彼らがいなかったら、わたしはここにいませんでした。

そして、わがBFF——正真正銘の永遠の親友たち（ベスト・フレンズ・フォーエバー）——ジム・ケリー、シーラ・ウィリアムズ、シンシア・フェリス、マイクル・カサット、メリンダ・スノッドグラス、ジョン・ケッセル、ナンシー・クレスがいなかったら、わたしはここにいませんでした。

それに、わがBHE——史上最高の夫（ベスト・ハズバンド・エバー）——コートニーと、わがDTD——娘以上に愛しい娘（ディアラー・ザン・ドーター）——コーディーリア。

わがWWCIA——創作ワークショップの戦友たち（ライターズ・ワークショップ・コムレイズ・イン・アームズ）——エド・ブライアント、ジョン・スティス、マイク・トマーン、ウォルター・ジョン・ウィリアムズ、そしてわがLSE——長く悩まされてきた編集者たち（ロング・サファリング・エディターズ）——アン・グロール、ガードナー・ドゾワ、エレン・ダトロウ、ライザ・トロンビ、ショーナ・マッカーシー、それにわがFWAGM——グランド・マスターである友人たち（フレンズ・フー・アー・グランド・マスターズ）（いかすでしょ？）——ロバート・シルヴァーバーグ、ジョー・ホールドマン、フレデリック・ポール、そして長年のあいだに友だちになってくれたすばらしい人々すべて、クリス・ロッツから、ドクター・ニール・ゲイマン、ローズ・ビータム、リー・ホワイトサイド、クレイグ・クリシンガー、パトリス・コールドウェルとベティ・ウィリアムスンとSFWA、そして知り合いのすばらしいSF仲間全員。そのうちの何人かはこの世にいますし、そのうちの何人かは――チャーリー・ブラウン、ラルフ・ヴィチナンザ、アイザック・アシモフ、ジャック・ウィリアムスン――もういません。

メリル・ストリープが受賞スピーチでいったとおり、「いちばんだいじなのは、わたしたちが分かち合ってきた友情と愛情です。いまここで見渡すと、眼前にわたしの人生が見えます」

そして、わたしにも見えます。

シーといっしょにひと晩じゅう車を運転してシカゴのワールドコンに行ったこと。

ジョージ・R・R・マーティンとチョコレート・ドーナツを食べたこと。

シーラ・ウィリアムズ、ジム・ケリーともども、タッパーウェア博物館から放り出されたこと。

チャーリー・ブラウンをポータルズのジャック・ウィリアムスンの家まで車で送っていったこと。

シーラ・ウィリアムズ、ジム・ケリーともどもグランド・オール・オープリーの公開録音会場から放り出されたこと。

マイク・レズニック、ロバート・シルヴァーバーグと舞台の上でも下でも議論したこと。ガードナー・ドゾワ、アイリーン・ガンとのディナーの席で笑いすぎて鼻からレタスのかけらを飛び出させたこと。

ジム・ケリー、ジョン・ケッセルと赤ピスタチオを食べながらネビュラ賞について朝まで語り明かしたこと。

『スター・ウォーズ』とシェイクスピアとサングリアとアルゴンキン・ラウンドテーブル（一九二〇～三〇年代にニューヨークのアルゴンキンホテルに集った作家たちの総称）と『プライミーバル』とマルクス兄弟と電子書籍がいかに作家を葬るかと、わたしたちが死んだあとなにが起きるかについて楽しくしゃべりつづけ、それはもうたくさんの人たちと出会い、それはもうたくさんの友だちをつくったこと。

さて、そろそろ音楽のボリュウムが大きくなり、壇上から引きずり下ろされる前に、いうつもりでいたことをぜんぶいってしまおうと受賞者がどんどん早口になるころですから、わたしもそうすることにしましょう。というのも、いちばん恩がある人たちに感謝を捧げなければならないからです。

キップとおちびさんに出会わせてくれたロバート・A・ハインラインに。そして『ボートの三人男』と、SFのすばらしき世界全体に。

驚くべき可能性を示してくれたキット・リードとチャールズ・ウィリアムズとウォード

・ムーアに。

SFをどう書くべきかを教えてくれたフィリップ・K・ディックとシャーリイ・ジャクスンとハワード・ウォルドロップとウィリアム・テンに。

「去りにし日々の光」と「アルジャーノンに花束を」と「海を失った男」によって、SFを愛することを教えてくれたボブ・ショウとダニエル・キイスとシオドア・スタージョンに。

彼らがいなければ、それに、みなさんがいなければ、わたしはいまここにいませんでした。

メリル・ストリープがいうとおり、「友よ、みんなありがとう。この説明がつかないほどすばらしいキャリアは、みんなのおかげです」

もしくは、サリー・フィールドがいっていてもおかしくなかったように、「みなさんを愛しています。ほんとにほんとに愛しています」

この説明がつかないほどすばらしい賞をありがとうございました。

訳者あとがき

ヒューゴー賞／ネビュラ賞の受賞作だけを集めたコニー・ウィリス傑作選の第二弾、『空襲警報』をお届けする。本書は、二〇一三年七月にランダムハウス傘下のデル・レイから刊行された *The Best of Connie Willis: Award-Winning Stories*（全十篇収録）を邦訳にあたって二分冊にしたうちの、いわばシリアス篇にあたる。ユーモア篇にあたる残り半分は、『混沌(カオス)ホテル』のタイトルで一足早くハヤカワ文庫ＳＦから出ている。本書『空襲警報』単独でも楽しめるようにまとめたつもりですが、本来は二冊で一冊なので、セットで読んでいただけるとさいわいです（分冊・再編集の舞台裏事情については、『混沌(カオス)ホテル』巻末の訳者あとがきをご参照ください）。

さて、コニー・ウィリスと言えば、いまでこそスクリューボール・コメディの名手としてその名を轟かせ、饒舌な小説が苦手な人からは、「登場人物がおしゃべりすぎて耳が痛くなる」とか、「無駄話が多すぎてストーリーが進まない」とかぼやかれたりもするわけですが、作家デビューから十五年くらい（一九八〇年代前半まで）は、むしろ、抑制の利いたタッチで緻密に話を組み立てるシリアスな短篇群の書き手として知られていた。ヒューゴー賞、ローカス賞両賞ショート・ストーリー部門の候補に選ばれた「デイジー、日だまりの中で」（七九年）や、"Distress Call"（八一年）などが典型的な例。

そして一九八二年、アイザック・アシモフズSF誌（以下、アシモフ誌）二月号と七月号に発表した「空襲警報」（別題「見張り」）と「クリアリー家からの手紙」が、それぞれ翌年のネビュラ賞ノヴェレット部門とショート・ストーリー部門を受賞し、いきなりネビュラ賞二部門制覇を達成。「空襲警報」は、ほかにヒューゴー賞とSFクロニクル賞にも輝き、ここからコニー・ウィリスの華麗なる〝グランド・マスターへの道〟がスタートする。「クリアリー家からの手紙」のあとがきで著者自身が書くとおり、この二作によってウィリスのSF作家人生は〝一変した〟のである。

ウィリスがユーモア系の作品でメジャーなSF賞を受賞するのは八九年の「混沌（カオス）ホテル」が最初なので、賞を基準に考えても、作家としては、まずシリアスな小説で評価された格好だ。本書『空襲警報』に収録したのは、出世作にあたるその二篇を含め、八二年から九九年にかけて発表された五篇。破滅と崩壊、老いと死をテーマにした作品が並ぶが、そこはウィリスのこと、息詰まるサスペンスはあっても、重苦しさを感じることはない。

簡単に紹介すると、「クリアリー家からの手紙」は文明崩壊後の世界を背景に、ある一家の日常を描く、いわゆるポスト・アポカリプスもの。ロンドン大空襲下のセント・ポール大聖堂を舞台にした「空襲警報」は、オックスフォード大学史学部タイムトラベル・シリーズの記念すべき第一作。続く「マーブル・アーチの風」もロンドンが舞台だが、こちらは現代の話。妻を伴いひさしぶりにロンドンを訪れた初老の男が、地下鉄構内で奇妙な〝風〟に遭遇する。アガサ・クリスティーの同名長篇にオマージュを捧げた「ナイルに死す」も、海外旅行に出かけた中年夫婦の話。「マーブル・アーチの風」と同様、〝死〟がテーマになる。ラストを飾る「最後のウィネベーゴ」は、ゆっくりと滅びていく近未来アメリカを背景にした超絶技巧の中篇。深く胸を打つ結末は（とくに犬好きには）涙なくしては読めません。

以上五篇に加えて、この短篇集のために書き下ろされたあとがきが各篇につくほか、巻末には、特別付録として、ワールドコン（世界SF大会）のゲスト・オブ・オナー（主賓）スピーチと、デーモン・ナイト記念グランド・マスター賞受賞スピーチ（およびその予備原稿）が収められている。ウィリスはトークの名手としても有名で、ヒューゴー賞の司会（トーストマスター）やプレゼンターのスピーチではギャグばかり飛ばして会場を爆笑の渦に包むのが恒例だが、本書収録のスピーチでは意外なほど率直かつストレートに読書遍歴やSF愛を語っていて、ファンにとっては興味がつきない。

以下、本書『空襲警報』収録の五篇について、その背景をちょっとくわしく紹介する。作品によっては内容に立ち入るので、未読の方はご注意ください。なお、一部、既刊短篇集の訳者あとがきその他を下敷きにしました。

●「クリアリー家からの手紙」“A Letter from the Clearys” 初出：アシモフ誌一九八二年七月号

舞台は、ロッキー山脈のパイクス・ピークにほど近い山間部。十四歳の語り手は、両親に兄のデイヴィッド、犬のステッチと、平穏に暮らしている。だが、その見せかけの平和を、一通の手紙が打ち砕く……。

ウォード・ムーア「ロト」への偏愛を著者は何度も語っているが、本篇はその「ロト」の延長線上にある終末SF。世界の現実に対して語り手の少女が抵抗する小説だと考えれば、第一短篇集に収録された「わが愛しき娘たちよ」とも近い。

オースン・スコット・カードが発行するファンジン、ショートフォーム誌に本篇の詳細な作品分析を寄稿したジョン・ケッセルによれば、「クリアリー家からの手紙」はテロリストについての物語だという。つまり、語り手は世界の現状（＝家庭生活）に鬱憤を抱いて、異議申し立ての実力行使に打って出る。彼女が郵便局で見つけだした〝クリアリー家からの手紙〟はまさしく爆弾であり、彼女はそれで家族を吹っ飛ばす。すなわち、一見平凡な家庭生活の裏にある真実を手紙によって暴露するのだが、その行為はどんな解決ももたらさない。つまりお父さんは、世界を破滅させたテロリストに対する自説を述べながら、娘に説教してるわけで、だからこそ語り手は、「偶然あの手紙を見つけたのよ」と主張し、故意のテロじゃないと弁解する。

SFファンは主流文学を読み慣れていないから、〝信頼できない語り手〟によって語られる小説を正しく理解できない——というのがケッセルの結論。たしかにうっかり読み飛ばしてしまうと、ウィリスの周到な仕掛けに気づかずに終わる可能性もあるので、ショート・ストーリーのお手本のようなつくりをじっくり賞味してほしい。なお、このテロリストというモチーフは、「空襲警報」および『ブラックアウト』『オール・クリア』にも引き継がれている。

最後に、『わが愛しき娘たちよ』に収められた本篇へのまえがきを引用しよう。

読書のさまざまな楽しみの中でも最高のひとつは、びっくり仰天すること。ギャツビーをほんとうに殺したのがだれかを知る、ぞっとするようなあの瞬間。『オリエント急行の殺人』で真実が明かされ、「まさかそんな、×××××なんて！」とつぶやいて、やれやれ、いったいどうやってひっかけられたのかと本を置いて反省する、思わず笑ってしまいそうな瞬間。ジェイン・オースティンからメアリ・スチュアートにいたるまでの作中のヒロインたちが、とうとう真実の愛に目覚め、あなたの顔ににやけた笑みが広がる瞬間。そして、悪玉がだれなのか、謎の女性が語ろうとしていたことがなんなのかを突然理解する思いがけない一瞬。

作家になって、そうしたテクニックを習得するのが待ちきれなかった。トリック、ミス・ディレクション、情報の出し惜しみ。あるものをべつのものに見せかけて手がかりを隠し、レッド・ヘリングを目につきやすい場所に投げ出しておいて、ちょっとずつちょっとずつ糸をくりだして読者を食いつかせ、それからえいやっと釣り上げる……。わたしはそういう手管のすべてを身につけ、その不可避的な結果として、二度とびっくりすることのできない体になってしまったのだけれど、それでも他人をびっくりさせることはできる。本のページを閉じ、いったいどうやってひっかけられたのかと読者に首をひねらせる――いまのわたしには、そういう芸当が可能なのである。

本篇は、前述のとおり、一九八三年のネビュラ賞ショート・ストーリー部門を受賞。SFマガジン一九九〇年十二月号に訳載されたのち、ハヤカワ文庫SF『わが愛しき娘たちよ』に収録された。

●「空襲警報」"Fire Watch" 初出：アシモフ誌一九八二年二月号

ヒューゴー賞、ネビュラ賞、ＳＦクロニクル賞の三冠を獲得したコニー・ウィリス初期の代表作というだけでなく、その後長くつづくことになるオックスフォード大学史学部シリーズの開幕篇にあたる。ウィリスの作家歴にとってはもっとも重要な作品のひとつだろう。

シリーズの背景は、時間遡行技術が確立した二〇五〇年代。オックスフォード大学のベイリアル・カレッジにはタイムトラベル専用のラボがあり、ヒストリアンと呼ばれる史学部の大学院生たちが、現地調査実習のため、ネット（タイムトンネルみたいなもの）を通じて過去へと送られる。この航時歴史研究を監督する立場にあるのが史学部のジェイムズ・ダンワージー教授（史学部シリーズの全作品に登場する唯一のキャラクターなので、じつはダンワージー・シリーズと呼ぶべきかも）。

語り手の〝ぼく〟ことジョン・バーソロミューは、聖パウロ（セント・ポール）を観察するはずが、コンピュータの入力ミスで一九四〇年のセント・ポール大聖堂に行く羽目になる。おりしも、ロンドンは〝ブリッツ〟（blitzkrieg の略で、「電撃的集中攻撃」の意）と呼ばれる大空襲のまっただなか。〝ぼく〟はボランティアとして大聖堂の火災監視（これが原題の Fire Watch）に加わり、焼夷弾と戦う日々を送ることになる。

作中、バーソロミューのルームメイトとして登場する女子学生キヴリンが、みずからの過酷な現地調査の経験についてちらっと言及するくだりがあるが、その現地調査の一部始終を二千枚かけて描いた大作が、一九九二年に刊行されたシリーズ初長篇『ドゥームズデイ・ブック』。

時は二〇五四年（「空襲警報」の現在とほぼ同じ時期）。史学生キヴリンは、長年の夢をついに叶え、前人未踏の十四世紀へと現地調査に赴く。しかし、無事目的地に着いたかどうかを判定するデータが出る前に、担当のネット技術者が突如倒れ、意識不明の重体に陥る。どうやら正体不明のウイルスに感染したらしい。おりしも町はクリスマス・シーズンで、かわりの技術者は見つからない……。

隔離が宣言された未来のオックスフォードで、なんとか教え子の安否をたしかめようと孤軍奮闘するダンワージー先生が、二十一世紀パートの主人公になる。

一方、十四世紀にやってきたキヴリンも、到着と同時に病に倒れ、やはり意識不明に陥る。たまたま通りかかった現地の人間に助けられ、かろうじて一命はとりとめたものの、未来世界に帰還するためのゲートとなる出現地点（降下点）の場所がわからない。はたしてキヴリンは未来に帰り着けるのか。追い打ちをかけるように、思ってもみなかった危難が……。

人々の息遣いや生活の匂いまで含め、中世イングランドの日常を鮮やかに描き出したこの大作で、ウィリスは〝歴史観察ＳＦ〟とでも言うべきスタイルを確立した。

一九九八年に出たシリーズ第二長篇『犬は勘定に入れません――あるいは、消えたヴィクトリア朝花瓶の謎』は、一転して、恋あり冒険あり笑いあり涙なしのめまぐるしいドタバタ青春ラブコメディ。テムズ川の川下りで優雅な休暇と洒落込むはずが、主人公のネッド・ヘンリーは時間旅行先のヴィクトリア朝英国で、とんでもない騒動に巻き込まれる。

そして、最新長篇『ブラックアウト』『オール・クリア』（二〇一〇年）では、ふたたびロンドン大空襲が正面から描かれ、本篇の内容と密接にリンクした場面も挿入される（ので、未読の方はお見逃しなく）。こちらは、二〇六〇年の未来から、第二次大戦下のイギリスに現地調査実習に赴いた男女三人の史学生が帰還不能となり、なんとか未来に救助を求めようと奮闘する――という、ウィリス畢生の大作。八年の歳月を費やしてついに完成したときには、邦訳して三五〇〇枚というすさまじい分量になり、二冊に分けて出版することを余儀なくされた（邦訳では、『オール・クリア』がさらに『1』と『2』の二分冊になっている）。

「空襲警報」の登場人物や出来事がべつの角度から描かれるパートもあり、タイムトラベルSF的には、『バック・トゥ・ザ・フューチャー』と『バック・トゥ・ザ・フューチャー2』みたいな関係と言えなくもない（いやまあ、かなり言い過ぎですが）。

あるいは、9・11の惨禍を経て、本篇のテーマを大きく発展させたのが『ブラックアウト』『オール・クリア』二部作だとも言える。セント・ポール大聖堂はもちろん、地下鉄駅のシェルター、図書貸し出しコーナー、宿なしの少年少女、百貨店の売り子など、両者には多くの部品が共通する。『オール・クリア』の結末を読んでから「空襲警報」を読み直すと、また新たな発見があるはずだ。

本篇は、第一短篇集『わが愛しき娘たちよ』に「見張り」のタイトルで高林慧子氏の邦訳が収録されており、今回の新訳にあたって参考にさせていただいた。記して感謝する。また、この機会に、その後の長篇にあわせて訳語を変更すると同時に、長考のあげく、（〝空襲警報解除〟を意味する「オール・クリア」と対になる言葉として）「空襲警報」と改題した。なじみのある訳題を勝手にころころ変えるなとお怒りの読者もいるでしょうが、「見張り」だと（あるいは原題直訳の「火災監視」でも）、本のタイトルにちょっと使いにくいという事情もあってこうなりました。ご寛恕ください。

●「マーブル・アーチの風」"The Winds of Marble Arch" 初出：アシモフ誌一九九九年十月・十一月号

ウィリスがこの小説を発表したのは、ちょうど五十の坂を越えたあたり。いまの訳者の年齢とほぼ同じということもあってか、ひさしぶりにゲラで読み返してみると、いろんな意味で身につまされる。

テーマは、忍び寄る老いと死にどう立ち向かうか。SF的な理屈も披露されるものの、内容的にはかぎりなくメインストリーム小説に近い。翌々年に発表する長篇『航路』は、この時期すでに着手していたはずだから、『航路』のテーマを別の角度から描いた作品とも言える。

作中に出てくる年次大会（カンファレンス）は学会なのか業界団体の総会なのか判然としないが、ウィリス自身が書きながら念頭に置いていたのは、たぶん世界SF大会（ワールドコン）だろう。毎年八月ごろ、世界のどこか（主にアメリカ、ときどきイギリスまたはオーストラリア、たまにそれ以外）で開かれる、SF界最大の祭典である。

私事で恐縮ですが、わたしが最後にロンドンを訪れたのは、一九八七年のワールドコン（第四十五回世界SF大会、Conspiracy'87）がブライトンで開かれたときのこと。南回りの安い航空券を買い、クアラルンプールとドバイを経由してロンドン到着までに三十時間以上を費やす貧乏旅行だった。旅のお供は『イギリス1日4000円の旅』。大英博物館近くのB&Bはシャワーが共同だったし、ロンドンの地下鉄はエスカレーターが木製だったのに驚愕した。レスター・スクエア近くに芝居の売れ残りチケットを安く売る窓口があり、なにかミュージカルを見たはずだが、なんだったかもう思い出せない。

このところワールドコンには（横浜で開かれたNippon2007を別にして）すっかりご無沙汰してますが、ほぼ皆勤の日本SF大会のほうでは、年に一度、大会会場で旧交を温める友人が何人もいる。最初に出会ったころから数えるとすでに三十年以上になるSF仲間と数年ぶりに再会して、めっきり老け込んだその姿にぎょっとすることも少なくない。

というわけで、「マーブル・アーチの風」のディテールや会話はいちいち身に沁みるというか、生々しいリアリティを感じざるを得なかった。若い読者にはぴんと来ないかもしれませんが（SF的なアイデアに関しては、まあ、一種のメタファーと解釈すべきだろう）、ぜひ二十年後に（あるいは結婚して二十年経ってから）再読していただきたい。

なお、作中の記述は、地下鉄ルートに関してはおおむね現実の路線図に準拠してるが、大会会場の場所やホテルの位置は微妙に特定しにくくしてあるようだ。ロンドン観光のお供に本書を持っていく人もあんまりいないでしょうが、ご注意ください。

本篇は、二〇〇〇年のヒューゴー賞ノヴェラ部門を受賞。邦訳は、『マーブル・アーチの風』に収録されている。

●「**ナイルに死す**」"Death on the Nile" 初出：アシモフ誌一九九三年三月号

登場人物は、ヨーロッパからアフリカをまわる長旅に出た三組の夫婦。彼らが飛行機でカイロに向かうところから始まり、しだいに不穏な空気が漂いはじめる。内容的には、SFというより一種の心理サスペンス（またはホラー）か。死をテーマにしている点では、初期の掌篇"Distress Call"から、「マーブル・アーチの風」（九九年）、『航路』（〇一年）へと続く流れに位置づけられる。

題名は、作中にも登場するアガサ・クリスティーの同名作品から（加島祥造訳／クリスティー文庫）。一九三七年に出たポアロものの長篇で、ナイル川を遡る観光用の外輪蒸気船で起きた殺人事件の謎に灰色の脳細胞が挑む。ウィリスは大のクリスティー贔屓（びいき）で、『犬は勘定に入れません』や『ブラックアウト』二部作にも大量のクリスティー作品が登場する。それればかりか、『オール・クリア』では――というか、というのは読んでのお楽しみ。

本篇の小説的な趣向そのものはごくありふれている――というか、ホラー短篇の書き手ならだれでも一度は挑戦してみたくなる設定らしく、大森が翻訳した短篇にかぎっても、スティーヴン・キング「ウィラ」やキース・ロバーツ「東向きの窓」が同じようなアイデアを使っている。それだけにテクニックが問題になってくるわけですが、本篇の場合、旅行通の旅仲間がいつも朗読している観光ガイドブックとか、『死者の書』とか、日本人のツアー団体とか、小道具の使い方が絶妙。技巧のかぎりをつくしてじわじわとサスペンスを高めてゆく。

本篇は、一九九四年のヒューゴー賞とSFクロニクル賞のショート・ストーリー部門を受賞。SFマガジン二〇一三年七月号のコニー・ウィリス特集に訳載。今回が短篇集初収録。

●「**最後のウィネベーゴ**」“The Last of the Winnebagos”初出：アシモフ誌一九八八年七月号

傑作中の傑作をよりすぐった本書のトリをとるのは、ヒューゴー賞、ネビュラ賞のほか、アシモフ誌読者賞、SFクロニクル賞（以上すべてノヴェラ部門）に加えて、邦訳ではSFマガジン読者賞も獲得し、合計五冠に輝く「最後のウィネベーゴ」。綺羅星のごときウィリスの中短篇群の中でも、小説としての出来ばえではたぶんこれがベストだろう。作品のテーマは、滅び去ったもの／滅びゆくものへの愛惜、そして赦し。

SF的には、文明崩壊を扱った近未来ものに分類できるが、ウィリスは〝世界を滅ぼす災厄〟を描こうとはしない。終末に向かってしだいに坂を下りはじめている（いまの現実と地続きの）世界で、人々はどんなふうに暮らしているのか。その日常生活のひとコマを切りとって小説に仕立てる手法は、巻頭の「クリアリー家からの手紙」とも共通する。

第二短篇集 *Impossible Things* に本篇が収録されたときのまえがきで、ウィリスは、ジャンルSFで描かれる「世界の終わり」が、（ネビル・シュート『渚にて』やJ・G・バラード『沈んだ世界』を数少ない例外として）「ハルマゲドンというより『ロビンソン・クルーソーの冒険』に似ている」と書く。

「でも、わたしたちが知る世界の終わりは、けして冒険ではありませんし、突然の災厄や大規模な地殻変動とも限りません。カミュも言うように、『最後の審判を待っていてはいけない。それは、日々起きている』のです」

もっとも、「最後のウィネベーゴ」を読みはじめた読者は、最初のうち戸惑いを感じるかもしれない。過去の回想と作中の現在とが意図的にシームレスに融合され、物語は淡々と進んでゆく。いまの世界とは微妙に違っているらしいが、その違いはなかなか見えてこない。「協会」「分割道路（the divided）」「給水タンカー」「ヒトリ（Hitori）」「アイゼンシュタット（eisenstadt）」「新型パルボ」……見慣れない単語がちりばめられ、話の落ち着く先が一向に見えてこない。そもそもどうしてウィネベーゴなのか？　なぜ動物園なのか？

こうした一見無関係なピースがクライマックスでひとつに合わさり、思いがけない全体像を結ぶ。のちの『ドゥームズデイ・ブック』や『航路』にも使われているウィリス十八番の小説技法だが、本篇の場合、百五十枚足らずの中篇だけに、より純粋なかたちでテクニックの冴えを味わうことができる。老婆心ながらつけ加えれば、犬を飼っている人、愛するペットを失った経験がある人は、うかつに電車の中などで読まないほうがいいかもしれない。

ついでに訳注めいたことをいくつか。題名にもなっている「ウィネベーゴ」は、アイオワ州フォレストシティに本拠を置くWinnebago Industries社製の大型キャンピング・カー（アメリカで言うモーターホーム）。小型のものでも数百万円、大型になると一千万円を超えるから、家を売ってウィネベーゴで暮らす人もいるらしい。RV（recreational vehicle＝レジャー用車両）といえば、日本では（普通乗用車以外の）ワンボックスワゴン車やミニバン、SUVなどをひっくるめた呼び名として使われているが、本篇では（というか、アメリカでは）大型のキャンピング・カーを指す。作中に出てくるRVをすべてキャンピング・カーと訳そうかとも考えたが、それはそれで語感が日本ぽくなりすぎるので、ここは原文のまま、RVで通すことにした。RVといわれると三菱パジェロやトヨタのランクルを思い浮かべてしまうという人は、頭の中でキャンピング・カーに変換してください。

「新型パルボ」と訳したnew parvoは、実在する犬の伝染病、パルボウイルス腸炎の（架空の）新種。本篇の世界では、この新型パルボウイルス腸炎により、犬が絶滅している（種の絶滅というモチーフもウィリスのお気に入りで、『犬は勘定に入れません』の二十二世紀では猫が絶滅しています）。小説の舞台は、（ウィリス作品には珍しく）アリゾナ州フェニックスとその近郊。地名はほぼ実在のものが使われている。

前述のとおり、一九八九年のヒューゴー賞、ネビュラ賞、アシモフ誌読者賞、SFクロニクル賞をそれぞれノヴェラ部門で受賞。ローカス誌が実施したSF中篇のオールタイムベスト投票で第九位にランクインした。邦訳はSFマガジン二〇〇四年五月号のコニー・ウィリス特集に掲載ののち、短篇集『最後のウィネベーゴ』に収録された。

以上、コニー・ウィリスのヒューゴー賞／ネビュラ賞受賞中短篇のうち、シリアスな傾向の五篇。いずれ劣らぬ傑作群をじっくりお楽しみいただければさいわいです。

最後に、末筆ながらお世話になったみなさんに感謝を。本書の刊行に際しては、早川書房ミステリマガジン編集長の清水直樹氏と、校閲部の竹内みと氏にお世話になった。また、カバーイラストは、本書の姉妹篇にあたる『混沌(カオス)ホテル』ともども、おなじみの松尾たいこ氏に描いていただいた。いつもありがとうございます。

なお、ヒューゴー賞、ネビュラ賞受賞作以外にも、コニー・ウィリスの中短篇にはまだまだ邦訳書未収録の名作がある。本書が好評なら、いずれまた、新しい短篇集を本文庫からお届けできる日が来るかもしれない。ご期待ください。

■コニー・ウィリス邦訳書一覧（短篇集については、括弧内に収録作を示した）

1『わが愛しき娘たちよ』Fire Watch（84）大森望ほか訳／ハヤカワ文庫ＳＦ（92）※第一短篇集（「見張り」「埋葬式」「失われ、見出されしもの」「わが愛しき娘たちよ」「花嫁の父」「クリアリー家からの手紙」「遠路はるばる」「鏡の中のシドン」「ディジー、日だまりの中で」「通販クローン」「サマリア人(びと)」「月がとっても青いから」）

2『リンカーンの夢』Lincoln's Dreams（87）友枝康子訳／ハヤカワ文庫ＳＦ（92）※ジョン・Ｗ・キャンベル記念賞受賞

3『アリアドニの遁走曲(フーガ)』Light Raid（89）古沢嘉通訳／ハヤカワ文庫ＳＦ（93）※シン

シア・フェリスと合作
4『ドゥームズデイ・ブック』Doomsday Book（92）大森望訳／早川書房〈夢の文学館〉（95）→ハヤカワ文庫SF（上下）※ヒューゴー賞・ネビュラ賞・ローカス賞受賞
5『リメイク』Remake（95）大森望訳／ハヤカワ文庫SF（99）※ローカス賞受賞
6『犬は勘定に入れません——あるいは、消えたヴィクトリア朝花瓶の謎』To Say Nothing of the Dog（98）大森望訳／早川書房〈海外SFノヴェルズ〉（04）→ハヤカワ文庫SF（上下）※ヒューゴー賞・ローカス賞受賞
7『航路』（上下）Passage（01）大森望訳／ソニー・マガジンズ（02）→ヴィレッジ・ブックス（上下）→ハヤカワ文庫SF（上下）※ローカス賞受賞
8『最後のウィネベーゴ』（06）大森望編訳／河出書房新社〈奇想コレクション〉→河出文庫　※日本オリジナル短篇集（「女王様でも」「タイムアウト」「スパイス・ポグロム」「最後のウィネベーゴ」に、文庫版で「からさわぎ」を追加）
9『マーブル・アーチの風』大森望編訳／早川書房〈プラチナ・ファンタジイ〉（08）※日本オリジナル短篇集（「白亜紀後期にて」「ニュースレター」「ひいらぎ飾ろう@クリスマス」「マーブル・アーチの風」「インサイダー疑惑」）
10『ブラックアウト』Blackout（10）大森望訳／早川書房〈新☆ハヤカワ・SF・シリーズ〉（12）

11『オール・クリア』（1・2）All Clear（10）大森望訳／早川書房〈新☆ハヤカワ・SF・シリーズ〉（13）※10と合わせて、ヒューゴー賞・ネビュラ賞・ローカス賞受賞

12『混沌（カオス）ホテル』『空襲警報』The Best of Connie Willis: Award-Winning Stories（13）大森望訳／ハヤカワ文庫SF（14）※本書

訳者略歴　1961年生，京都大学文学部卒，翻訳家・書評家　訳書『ブラックアウト』『オール・クリア』『混沌（カオス）ホテル』ウィリス　編訳書『変数人間』ディック　著書『21世紀SF 1000』（以上早川書房刊）他多数

HM=Hayakawa Mystery
SF=Science Fiction
JA=Japanese Author
NV=Novel
NF=Nonfiction
FT=Fantasy

ザ・ベスト・オブ・コニー・ウィリス
空襲警報（くうしゅうけいほう）

〈SF1944〉

二〇一四年二月二十日　印刷
二〇一四年二月二十五日　発行
（定価はカバーに表示してあります）

著者　コニー・ウィリス
訳者　大森（おおもり）望（のぞみ）
発行者　早川浩
発行所　株式会社　早川書房

郵便番号　一〇一－〇〇四六
東京都千代田区神田多町二ノ二
電話　〇三－三二五二－三一一一（大代表）
振替　〇〇一六〇－三－四七七九九
http://www.hayakawa-online.co.jp

乱丁・落丁本は小社制作部宛お送り下さい。
送料小社負担にてお取りかえいたします。

印刷・信毎書籍印刷株式会社　製本・株式会社フォーネット社
Printed and bound in Japan
ISBN978-4-15-011944-7 C0197

本書は活字が大きく読みやすい〈トールサイズ〉です。